Bennet Bialojahn

Trans*Later

Kriminalroman

Querverlag

Die Handlung, die Figuren und manche Schauplätze dieses Romans sind fiktiv. Ähnlichkeiten mit lebenden und toten Personen sind unbeabsichtigt.

Erste Auflage September 2016

Lektorat: Lara Ledwa

Umschlag und grafische Realisierung von Sergio Vitale unter Verwendung eines Fotos von Reinhild Beermann.
Gesamtherstellung: FINIDR
ISBN 978-3-89656-249-4
Printed in the Czech Republic

Bitte fordern Sie unser Gesamtverzeichnis an:
Querverlag GmbH
Akazienstraße 25, 10823 Berlin
www.querverlag.de

„Leichenfund in der Breughelgasse, im Hinterhof vom *Trans*Later*."

„Wie bitte?" Kriminalhauptkommissarin Frieda Leippold versuchte sich zu konzentrieren.

„Ein Toter im Bermudadreieck. Der Club heißt *Trans*Later*, Breughelgasse 7, Hinterhof. Die Spurensicherung ist unterwegs, Ihre Kollegin Fricke habe ich bereits angerufen." Die Stimme aus der Zentrale hatte aufgelegt, bevor Frieda Leippold noch etwas fragen konnte.

„Scheiße." Sie quälte sich aus dem Bett. Es war 5.30 Uhr am Sonntagmorgen.

Sie putzte sich im Eiltempo die Zähne und zog sich ebenso schnell frische Klamotten an. Im Hinausgehen griff sie nach ihrem Pistolenholster und stolperte die Treppe hinunter. Im Auto nahm sie ihr Navigationsgerät in Betrieb. Sie lebte erst seit einem halben Jahr in Köln, eine Beförderung hatte sie von der regionalen Kriminalinspektion Koblenz nach Köln gebracht. Ihr Aufgabenbereich in Koblenz hatte Straftaten der mittleren bis schweren Kriminalität im Kommissariat fünf für Eigentumsdelikte umfasst. Ihr damaliger Vorgesetzter hatte ihr für Köln die Polizeiinspektion eins empfohlen, aber sie hatte einige Zeit für die Wahl des Kommissariats gebraucht. Sie war zwischen den Kommissariaten, die unterschiedliche Gewaltdelikte bearbeiteten, geschwankt: Tötungsdelikte, Sexualdelikte, Erpressung und Freiheitsberaubung, Durchführung von Brandermittlungen, Umweltkriminalität, Waffen- und Sprengstoffdelikte, Raubdelikte, Hehlerei, Eigentums-

und Vermögensdelikte. Friedas Wahl war schlussendlich auf das Kriminalkommissariat elf für Tötungsdelikte gefallen. Sie fragte sich in den letzten Tagen allerdings häufiger, ob es eine so gute Entscheidung gewesen war, sich nach Köln versetzen zu lassen. Sie ertappte sich immer wieder bei wehmütigen Gedanken an Koblenz und ihre Kolleginnen und Kollegen.

„Bermudadreieck, Breughelgasse." Sie rieb sich die Augen und gähnte herzhaft. „Die Fricke ist garantiert wieder vor mir da." Mit ihrer Kollegin Lara Fricke, die ihr schon mehrmals zugeordnet worden war, konnte sie nicht so recht warm werden. Eine Mischung aus Coolness und überraschender Empfindlichkeit mit einem Hang zu Sarkasmus und Ironie machte Lara nicht zur Wunschkollegin Friedas. Sie wusste einfach nicht, woran sie bei Lara war. Deren Lächeln konnte dazu verleiten, ihr mehr zu erzählen, als einem hinterher lieb war. Außerdem war Frieda die plötzliche Distanz, die Lara zwischen sich und anderen Menschen aufbauen konnte, einerseits befremdlich, andererseits aber übte dieses Verhalten auch eine gewisse Faszination auf sie aus. Sie beobachtete Laras scheinbare Launen aus sicherer Entfernung und beschränkte sich auf die notwendigen dienstlichen Kontakte. Dies würde nun ihr erster gemeinsamer Fall als eigenverantwortlich arbeitendes Ermittlungsduo werden und sie hoffte, dass sie sich zusammenraufen konnten und ein gutes Team bilden würden. Tief in ihrem Inneren bezweifelte sie dies allerdings.

Frieda atmete durch und verließ eilig ihre Wohnung.

Dank des frühen Sonntagmorgens mit wenig Autoverkehr bog sie gegen sechs Uhr in die Schaafenstraße ein und das Navigationsgerät führte sie über den Mauritiuswall, die Rubensstraße, vorbei an der Balduinstraße, zur Breughelgasse.

„Das ist ja mal tatsächlich eine Gasse, fast wäre ich vorbeigefahren." Frieda Leippold haderte nicht nur mit ihrer Kollegin, sondern auch mit der Kölner Straßenführung, die es immer wieder unmöglich machte, so abzubiegen, wie es ihr sinnvoll erschien.

Die Rubensstraße war ab der Breughelgasse bis Am Rinkenpfuhl abgesperrt, einige wenige Anwohner lagen in ihren Fenstern und beobachteten das Schauspiel, das die Polizei lieferte. Frieda Leippold ließ ihren Wagen auf der Straße stehen und kletterte unter dem Absperrband hindurch, nachdem sie sich ausgewiesen hatte. Noch bevor sie nach dem genauen Fundort fragen konnte, eilte ihre Kollegin Lara Fricke bereits auf sie zu.

„Guten Morgen, Frieda. Der Tote liegt da hinten. Zum Hinterhof gibt es einen Zugang vom *Trans*Later* oder durch dieses Tor hier.“ Lara Fricke schlängelte sich an dem Wagen der Rechtsmedizin vorbei und wies mit der Hand nach vorn. „Da liegt er. Dr. Schneider ist vor einer Minute gekommen.“

Der Hinterhof wimmelte von Menschen in weißen Schutzanzügen.

„Ist schon bekannt, wer der Tote ist?“ Frieda griff nach dem Schutzanzug und den Füßlingen, die in einem offenen Metallkoffer für alle bereitlagen.

„Nein. Der Doc starrt noch auf die Leiche.“ Lara Fricke sah hinüber zu den Mülltonnen.

„Geht es dir nicht gut? Du bist so blass.“ Frieda sah ihre Kollegin besorgt an.

„Nein, nein, alles okay“, war die hastige Antwort.

„Na, dann wollen wir mal.“ Frieda atmete tief durch.

„Ich hör mich schon mal in dem Club um, die Putzfrau, die ihn gefunden hat, wartet da drin.“ Lara wies mit dem Daumen über die Schulter und wartete die Reaktion ihrer Vorgesetzten nicht ab, sondern verschwand durch den Hintereingang in den Club.

War Lara Fricke nur übereifrig oder hatte sie ein Autoritätsproblem? Frieda wollte sich zu einem späteren Zeitpunkt Gedanken dazu machen.

Vor den Mülltonnen lag ein Mann mit einem gepflegten Dreitagebart, kein Blutfleck oder Schmutz auf dem T-Shirt störte die Symmetrie seiner Erscheinung. Seine Gesichtszüge waren jugendlich und wirkten weich, so dass Frieda den Impuls, sanft über seine Wange zu streichen, bewusst unterdrücken musste.

Sie ging in die Hocke, um ihn eingehender zu betrachten. Etwas an ihm ließ sie an ein Baby denken.

„Er sieht so unschuldig aus, findest du nicht?" Damit wandte sie sich an Dr. Schneider, der eine Brieftasche aus der Jeans gezogen hatte.

„Na, ganz so unschuldig scheint er nicht zu sein." Er hielt ihr einen Ausweis hin. „Er hat die Papiere einer Frau bei sich."

„Susanne Lippens. Aus Köln." Frieda sah von dem Foto im Ausweis zu dem jungen Mann und zurück. Susanne Lippens hatte lange blonde Haare, die Leiche trug einen modernen Kurzhaarschnitt. „Außer der Haarfarbe haben sie nicht viel gemein. Wieso hat er fremde Ausweispapiere dabei?" Sie richtete sich auf. „Was meinst du, wie lange ist er tot?"

„Das lässt sich schwer sagen. Eine heiße Julinacht, kein Regen und jetzt schon Temperaturen um die 22 Grad. Vielleicht eine Stunde, maximal zwei." Dr. Schneider war ebenfalls aufgestanden und machte seinen Mitarbeitern ein Zeichen, die daraufhin mit der Zinkwanne kamen, um die Leiche abzutransportieren.

„Die Todesursache?"

„Liebe Frieda, ich bin Mediziner und kein Hellseher", brummte er ärgerlich.

„Ich meine ja nur, vielleicht gibt es einen Hinweis auf eine Tatwaffe, nach der wir dann suchen könnten." Frieda räusperte sich. „Und dass du kein Hellseher bist, ist der besonderen Erwähnung nicht wert."

Dr. Schneider warf ihr einen schnellen Blick zu, bevor er sich wieder auf seine Arbeit konzentrierte. „Okay, die Einblutungen in den Augen deuten auf Ersticken hin. Keine Würgemale oder Strangulierungsspuren am Hals. Der Fundort ist vermutlich auch der Tatort. Es gibt keine Anzeichen dafür, dass der Tote bewegt wurde. Mehr kann ich dir im Moment wirklich nicht sagen."

„Hast du eine Ahnung, was die Tatwaffe gewesen sein könnte?"

„Das Einzige, was ich dir im Moment mit Gewissheit sagen kann, ist, dass es an der Leiche keine Kampf- oder Abwehrspuren gibt. Und jetzt machen wir beide in Ruhe unsere Arbeit!"

„Okay, Lars, ich komme zu dir ins Institut, wenn wir uns hier einen Überblick verschafft haben."

„Bis später, Frieda." Er nickte ihr kurz zu und Frieda folgte ihrer Kollegin in den Club. Nach der Hintertür kam zunächst ein schmaler Gang, der an den Toiletten vorbei in einen Raum führte, der hell beleuchtet war. Sie zuckte zurück, weil das Licht sie blendete, und es dauerte einen Moment, bis sie ihre Umgebung erfasste. An der schmalen Seite des Raumes schlängelte sich eine Theke entlang. Auf einem der Barhocker saß Lara Fricke und lachte mit einem Mann in den Dreißigern, der einen Hahn der Zapfanlage polierte und dabei seinen Bizeps spielen ließ. Er trug ein T-Shirt, das verriet, wie viel Zeit er in die Pflege seines sportlichen Körpers investierte. Das kurze Haar trug er mit Gel aufgepeppt, was ihm ein leicht verwegenes Aussehen gab. Frieda bemerkte seine manikürten Hände und war sich sicher, dass er viel Wert auf seine Erscheinung legte. Eine ältere, stark geschminkte Frau stand neben ihm und starrte mit trübem Blick in ein leeres Glas.

„Hallo." Lara Fricke sprang auf. „Meine Chefin, Frau Kriminalhauptkommissarin Leippold." Sie wies auf den

Mann und die Frau. „Conny Frantzen, der Eigentümer des Clubs, und Lilly."

„Lilly, wer?" Frieda sah zu der Frau.

„Lilly arbeitet hier als Bardame und ist die Seele des Clubs", antwortete Conny Frantzen. Er lächelte Frieda an. „Es nimmt sie sehr mit, vielleicht könnten Sie sie zuerst befragen, damit sie nach Hause gehen kann?"

Mit hochgezogenen Augenbrauen wandte sich Frieda an Lara Fricke.

„Die Putzfrau hat die Leiche gefunden und geschrien wie am Spieß, so dass Lilly nach draußen stürzte, um zu sehen, was los war." Lara holte Luft für ihren nächsten Satz, doch Lilly sagte mit leiser Stimme: „Der arme Junge, er war doch noch so jung."

Tränen liefen über ihre Wangen, als sie Frieda ansah.

„Wir versuchen herauszufinden, was mit ihm geschehen ist, Frau ...?"

„Wagner. Lilly Wagner." Wieder antwortete ihr Chef für sie.

„Hast du schon die Putzfrau befragt?" Frieda wandte sich von der Theke ab.

„Nein, sie wird noch von einem Arzt versorgt. Kann nicht aufhören zu heulen. Steht unter Schock, aber wir haben ihre Personalien und könnten sie auch später anhören."

Frieda blickte zu einer der Plüschecken, in der ein Notarzt gerade eine Spritze aufzog. Die Frau neben ihm schüttelte in einem Weinkrampf heftig die Schultern.

„Frag ihn, in welches Krankenhaus sie gebracht wird, damit wir sie vernehmen können. Ich möchte nicht so viel Zeit verlieren." Frieda fühlte Ungeduld in sich aufsteigen.

„Okay." Lara Fricke rutschte erneut von ihrem Barhocker.

„Möchten Sie einen Kaffee?"

Ehe Frieda sich versah, stand eine Tasse mit dampfendem Kaffee vor ihr. „Hm, der riecht gut." Sie nahm einen Schluck. „Der schmeckt auch gut."

Conny Frantzen lächelte nur.

„Wann hat die Putzfrau angefangen zu arbeiten?" Sie stellte die Tasse ab.

„Semra kommt immer gegen fünf Uhr am Morgen, dann ist normalerweise niemand mehr hier."

„Und heute ist es nicht normal?"

„Es ist CSD-Wochenende, wir haben, kurz bevor Semra angefangen hat zu schreien, die letzten Gäste verabschiedet." Conny Frantzen wirkte sehr zufrieden.

„CSD-Wochenende?"

„Ja, Christopher-Street-Day. Wir feiern hier in Köln zwei Wochen lang im Rahmen des ColognePride. Unter anderem ein Straßenfest an diesem Wochenende und heute findet zudem die CSD-Demo mit großer Parade statt."

„Demo?"

„Ja, Frau Kommissarin." Conny Frantzen sah Frieda kritisch an. „Der Höhepunkt ist die Parade mit bis zu 140 Wagen, vielen Fußgruppen und bis zu 900.000 Zuschauerinnen und Zuschauern am Wegesrand. Lesben, Schwule, Bisexuelle, Transgender und Intersexuelle demonstrieren für ihre Rechte und gegen Diskriminierung und Ausgrenzung."

„Können Sie uns eine Liste der Gäste machen?" Frieda nahm noch einen Schluck Kaffee.

„Sie sind wohl nicht von hier?" Er sah zu Lara. „Woher kommen Sie? Vom Land?"

Frieda blickte den Wirt irritiert an. „Ich verstehe nicht."

„Wie ich schon sagte, es ist CSD-Wochenende. Die Stadt ist voll von Touristen, die nur deswegen kommen. Aus der ganzen Welt reisen zum Beispiel Schwule und Lesben zu einem der größten Events in Europa an, um es hier richtig krachen zu lassen."

Frieda fühlte seinen mitleidigen Blick auf ihr, er musste sie wirklich für ein Landei aus der tiefsten Provinz halten.

„Um es, wie Sie sagen, richtig krachen zu lassen, kommen die Menschen in Ihr Lokal?"

„Das ist hier ein Szene-Club, Frieda." Lara schaute den Wirt entschuldigend an.

„Sie haben keine Stammgäste?" Frieda überhörte die Bemerkung ihrer Kollegin.

„Doch, natürlich, von denen leben wir schließlich. Aber in der letzten Nacht waren viele hier, die ich noch nie im Leben gesehen habe, geschweige denn kenne ich ihre Namen und Adressen." Conny Frantzen legte das Poliertuch beiseite. „Vielleicht möchten Sie jetzt Lilly befragen?"

Lara Fricke kletterte zurück auf den Barhocker und bekam auch eine Tasse gereicht.

Conny Frantzen sah zu Frieda, die sich verunsichert fragte, was dieser Blick zu bedeuten hatte. Sie wandte sich schnell der Bardame zu. „Frau Wagner, wie spät war es, als Sie den Schrei hörten?"

„Ich glaube, es war so um kurz nach fünf. Ja, es war fünf Uhr fünfzehn. Semra hatte sich umgezogen und wollte, wie sonst auch, die Mülleimer aus den Toiletten leeren. Das macht sie immer zuerst. Conny war dabei, die Vordertür abzuschließen, und ich wollte noch zur Toilette, bevor ich nach Hause gehe." Lilly Wagner sprach so leise, dass Frieda sich anstrengen musste, um zu verstehen, was sie sagte. Auch Lara Fricke beugte sich auf ihrem Hocker nach vorn. Nach einer Pause fuhr die Angestellte fort. „Wie gesagt, ich stand im Toilettenraum, als Semra schrie. Ich bin sofort rausgelaufen in den Hof und sah sie vor den Mülltonnen stehen. Sie hielt sich die Hände vor den Mund. Den Eimer, den sie leeren wollte, hatte sie fallen gelassen und der ganze Mist ergoss sich auf den Boden. Ich bin zu ihr gegangen und sah den Burschen auf dem Boden liegen."

„Haben Sie sonst noch jemanden gesehen oder gehört?“ Ihre Frage sollte beiläufig klingen.

„Darauf habe ich nicht geachtet, ehrlich gesagt.“ Lilly Wagner hob entschuldigend die Schultern. „Ich bin sofort reingelaufen, um den Krankenwagen zu verständigen.“ Sie wies zu dem Notarzt, der den Abtransport der Putzfrau begleitete. „Er hat dann die Polizei gerufen und sich um Semra gekümmert.“

„Danke, Frau Wagner, das wäre es für den Moment. Wir melden uns wieder bei Ihnen, wenn wir weitere Fragen haben. Sie können jetzt gehen.“ Frieda sah die Bardame aufmerksam an, die sich mit einem dankbaren Lächeln verabschiedete.

„Bis heute Abend, Lilly. Du kommst doch?“ Frantzen goss sich noch eine Tasse Kaffee ein.

„Ja, sicher. Bis heute Abend.“ Mit einem zögerlichen Kopfnicken verschwand Lilly Wagner durch die Hintertür.

„Gewohnheit, wir gehen immer zur Hintertür raus“, erklärte Frantzen.

„Bevor wir uns anschließen, möchten wir uns gern mit den Örtlichkeiten vertraut machen.“

„Natürlich.“ Conny Frantzen sah Frieda offen an. „Sind Sie eher der Typ Forscherin und Entdeckerin und wollen sich auf eigene Faust umsehen oder darf ich Sie begleiten und Ihnen mein Lokal zeigen?“

Frieda blickte unschlüssig zu Lara, die keinerlei Reaktion zeigte.

„Ich werde Sie führen“, entschied Conny Frantzen und kam hinter der Theke hervor. „Wenn Sie mir folgen wollen.“ Er wies einladend auf die Treppe, die nach unten führte.

Auf dem Weg hinunter geriet Frieda leicht ins Straucheln und Conny Frantzen fasste sie schnell am Oberarm. „Das fehlt mir noch, dass Sie sich hier verletzen.“ Er lächelte und Frieda nahm für einen kurzen Moment ein teures Parfüm wahr.

„Danke, aber ich komme schon alleine klar." Sie zuckte mit dem Arm und Conny Frantzen ließ sie augenblicklich los.

„Natürlich, Frau Kommissarin."

Lara, die auf der Treppe hinter ihnen gegangen war, überholte sie und blickte sich aufmerksam in dem großen Kellergewölbe um. Auf der Bühne an der rückwärtigen Wand standen Musikinstrumente und einiges technisches Gerät.

„Hier haben bis um zwei Uhr drei Livebands gespielt. Die Stimmung war sehr gut und die Leute haben ausgelassen gefeiert." Conny Frantzen sah von Frieda zu Lara. „Hier unten haben wir außerdem auch Toiletten und eine eigene Bar, die die Versorgung der Gäste während der Veranstaltung übernimmt."

„Wo ist das Personal?" Lara wedelte mit ihrem Block.

„Das habe ich um drei Uhr nach Hause geschickt. Wie schon gesagt, bis zwei Uhr spielten die Bands, danach machte die Bar zu und die Gäste kamen nach oben oder zogen weiter."

„Sie haben oben auch Musik?" Frieda stieg die Treppe wieder hinauf.

„Ja." Conny Frantzen und Lara folgten ihr. „Wir haben oben eine Musikanlage, die von der Theke aus gesteuert wird. Gestern war allerdings nicht besonders viel Platz zum Tanzen."

Oben angekommen, wies der Wirt in den Raum. „Das kennen Sie bereits, der Weg in den Hof ist Ihnen auch bekannt, ebenso die Toilettenräume. Dann kann ich Ihnen nur noch unsere Baustelle zeigen." Conny Frantzen öffnete eine Tür. „Unser Darkroom. Er wird in den nächsten Tagen offiziell eingeweiht."

Frieda blickte in einen stockdunklen Raum. „Gibt es hier kein Licht?“

„Frau Leippold, das ist Sinn und Zweck eines Darkrooms, aber für Sie mache ich eine Ausnahme.“ Er ging zurück zur Theke und wenige Augenblicke später flackerten zwei Neonröhren auf und tauchten den kahlen Raum in ein fahles Licht.

„Danke, Herr Frantzen.“ Frieda und Lara gingen zurück an die Theke.

„Wir brauchen noch Ihre Anschrift.“ Lara klappte den Block auf.

„Ich wohne oben.“ Conny Frantzen wies mit dem Daumen zur Decke.

Frieda machte Lara ein Zeichen, die sofort von ihrem Barhocker sprang. „Was wir Frau Wagner gesagt haben, gilt für Sie natürlich auch. Wir melden uns wieder. Und bitte, machen Sie uns bis morgen eine Gästeliste. Danke.“ Frieda hob ihre Hand zu einem Gruß und wandte sich zur Hintertür.

„Wissen wir eigentlich etwas darüber, ob einer der vielen Nachbarn etwas gesehen oder gehört hat?“ Frieda stand nun im Hinterhof und sah an den Häusern rundum empor.

„Nein, bis jetzt hat sich noch niemand gemeldet.“

„Dann wissen wir ja, was wir jetzt machen werden. Ruf doch bitte in der Zentrale an und fordere einige Streifen an, die uns unterstützen können. Sonst dauert das ewig.“

„Okay, mache ich. Wann treffen wir uns wo wieder?“ Lara sah ihre Vorgesetzte abwartend an.

„Wir bleiben einfach im Handykontakt, spätestens aber in zwei Stunden im Institut der Rechtsmedizin. Ich fahre vorher noch zu der Wohnung, vielleicht gibt es Angehörige dort, die unterrichtet werden müssen.“

•

Das Institut für Rechtsmedizin mit der Forensischen Pathologie lag unmittelbar am Melaten-Friedhof. Frieda Leippold fragte sich bei jedem Besuch, ob die Lage des Institutes wohl ein Kölner Scherz war. Sie bog auf den Parkplatz ein, der an diesem Sonntagmittag nicht überfüllt war, so dass es kein Problem darstellte, einen regulären Parkplatz zu finden. Sie blickte sich suchend um, von Lara Fricke war weit und breit nichts zu sehen. Zufrieden betrat sie das Gebäude, ignorierte den Aufzug und nahm stattdessen die Treppe in das Untergeschoss. Nach der Hitze, die inzwischen draußen herrschte, genoss sie die angenehme Kühle hier unten. Sie betrat den Seziersaal, in dem sie den Rechtsmediziner vermutete.

„Hallo, Lars, guten Tag, Herr Seibel." Sie lächelte dem Assistenten zu, der mit Dr. Schneider vor dem Seziertisch stand. Das Lächeln verschwand allerdings schnell aus ihrem Gesicht, als sie näher herantrat. Sie würde sich vermutlich niemals an den Anblick eines aufgeschnittenen menschlichen Körpers gewöhnen, ebenso wenig an seinen Geruch. Gerade wurde das Herz aus dem Rumpf gehoben und auf eine Waage gelegt. Sie schluckte heftig und hoffte, dass ihr von der aufsteigenden Übelkeit nichts anzumerken war.

„Wir haben sie ausgezogen, ihre Sachen registriert und dort drüben auf den großen Tisch gelegt." Der Assistent wies mit einem blutigen Daumen über seine Schulter.

„Sie? Ihre Sachen?" Frieda blickte Lars erstaunt an.

„Ja, Frieda. Er ist eine Frau. Es waren tatsächlich ihre eigenen Ausweispapiere, die wir gefunden haben."

Erst jetzt bemerkte Frieda Leippold das halblange, blonde Haar der Toten.

„Hallo, ich bin hoffentlich nicht zu spät?" Lara Fricke stürmte in den Seziersaal und die anderen zuckten zusammen.

„Frau Fricke, wir sind hier nicht auf der Kirmes, wie oft muss ich Sie noch bitten, sich in meinem Seziersaal angemessen zu bewegen?“, knurrte der Rechtsmediziner.

„’tschuldigung, Doc, ich bin halt ein stürmischer Typ.“ Sie stutzte und fügte munter hinzu: „He, das ist ja eine Frau. Ist das unsere Leiche?“

„Ja, Frau Fricke, das ist Ihre Leiche. Susanne Lippens, eine Frau, 175 Zentimeter groß und 6[illegible] Kilogramm schwer.“

„Wir werden die Sachen durchsehen, Lara.“ Frieda wandte sich um.

Sie war nie erbaut davon, in den intimen Sachen einer wie auch immer verstorbenen Person zu wühlen, aber jetzt fühlte sie sich wie im falschen Film. Säuberlich eingetütet lagen vor ihnen Utensilien, die Frieda vorher noch nie gesehen hatte und die sie nicht einzuordnen wusste. Sie wollte sich auf keinen Fall die erneute Blöße eines Provinzeis geben und fragte stattdessen nach der Liste der Gegenstände.

„Liegt hier.“ Lara griff nach der Klarsichthülle. „Wir können sie eben gemeinsam durchgehen und schauen, ob auch alles aufgenommen ist. Also, ein Personalausweis ausgestellt auf Susanne Lippens, geboren am 18.09.1981. Bargeld in Höhe von 95 Euro in Scheinen und 7,20 Euro in Münzen. Ein Schlüsselbund mit zwei einzelnen Schlüsseln. Eine Kurzhaarperücke, ein T-Shirt der Marke *Levi’s*, ebenso eine Jeans der Marke *Levi’s*. Chelseaboots und Socken. Eine Brustbinde, ein Packer mit einem Gurt, ein PackStick, eine Herrenunterhose…“

„Was ist ein Packer?“ Frieda hatte keine Ahnung.

„Das ist der Silikonpenis direkt vor dir, ein realistisch aussehender und sich anfühlender Dildo aus hautfreundlichem Material. Dieser hat ausgeprägte Hoden und eine spezielle Öffnung, durch die uriniert werden kann.“

„Okay, und was ist ein PackStick?“

„Das ist das unschuldige Gerät direkt daneben." Lara hob eine Plastiktüte hoch. „Dieser biegsame Stab kann vorsichtig in die Öffnung des Packers reingeschoben werden und ihn damit zum Stehen bringen, um munter zu ficken." Lara Fricke lächelte ihre Kollegin unschuldig an. „Natürlich erst, nachdem er mit einem Gleitgel eingerieben wurde. Offensichtlich haben wir es mit einem Transmann zu tun oder mit einer Frau, die schlicht Spaß am Verkleiden hat. Das werden wir vermutlich wissen, wenn wir uns ihre Wohnung genauer ansehen."

„Ja, aber vorher kannst du uns vielleicht etwas zur Todesursache und zum Todeszeitpunkt sagen." Damit wandte sich Frieda wieder zum Seziertisch.

„Kann ich, ist zwar erst in der schriftlichen Fassung endgültig, aber so viel jetzt: Tod durch Ersticken, herbeigeführt durch einen heftigen und gezielten Schlag auf den Kehlkopf. Der Kehlkopf ist infolge der Gewalteinwirkung gebrochen. Wie schon gesagt, es gibt keine Abwehrverletzungen an der Toten. Das lässt darauf schließen, dass sie entweder überrascht wurde oder den Angreifer kannte. Alles Weitere in meinem Bericht." Der Rechtsmediziner wollte sich gerade abwenden, als er noch hinzufügte: „Den Schlüsselbund könnt ihr übrigens mitnehmen, die Fingerabdrücke, die darauf zu finden waren, sind gesichert."

„Können Sie den Todeszeitpunkt genauer eingrenzen, Doc?"

Frieda wunderte sich über Lars' genervten Gesichtsausdruck, als er antwortete: „Frau Fricke, ich bin mit meiner Arbeit noch nicht fertig! Aber, wenn es Ihnen hilft, wage ich die Prognose, den Todeszeitpunkt auf die Zeit zwischen vier und fünf Uhr am Morgen einzugrenzen."

„Danke, Lars. Dann wollen wir mal in die Wohnung fahren. Vorhin hat niemand aufgemacht." Frieda griff nach dem Schlüsselbund.

„Die Befragung der Nachbarn in der Breughelgasse hat übrigens keine neuen Erkenntnisse gebracht. Niemand hat etwas gesehen, einige wenige haben den Schrei gehört und sind davon aufgewacht."

„Das bringt uns wirklich nicht weiter. Ich schlage vor, dass wir mit einem Wagen weiterfahren, das erleichtert die Parkplatzsuche." Frieda glitt hinter das Steuer.

„Wir müssen nach Lindenthal, nicht allzu weit von hier entfernt. Uhlandstraße." Lara ließ sich auf den Beifahrersitz fallen.

„Ich weiß. Ich war vorhin doch schon mal da."

Wenige Minuten später hatten sie ihr Ziel erreicht und auf Anhieb einen Parkplatz gefunden. „So darf es weitergehen." Frieda sah sich um. „Wie ist die Wohngegend?"

„Bildungsbürgertum, so in der Art." Lara warf die Autotür zu. „Die Nähe zum Stadtwald ist bei Familien mit Kindern sehr beliebt."

„Oder mit Hunden." Frieda sah einer Gruppe von Hunden nach, die von einer Frau mittleren Alters ausgeführt wurden.

Sie standen vor einer schmalen Eingangstür und Lara studierte die Namensschilder an den Klingeln. „Hier, Lippens. Vielleicht ist ja jetzt jemand da." Sie drückte beherzt auf den Knopf.

Als sich nichts tat, nahm Frieda die Schlüssel und sie traten in einen schmalen, kühlen Hausflur. Im Haus herrschte absolute Stille.

„Entweder schlafen die hier alle noch oder sie sind im Urlaub." Lara blickte das Treppenhaus hinauf. „Womöglich wohnen hier nur Lehrer."

„Du hast ja wohl gar keine Vorurteile, was?" Frieda schüttelte den Kopf. „Komm, wir müssen in die erste Etage."

Sie lauschten an der Wohnungstür. „Bleibt alles ruhig. Also gehen wir rein." Frieda schloss auf und sie betraten einen kleinen Flur, der mit Holzparkett ausgelegt war.

Eine Katze kam ihnen laut maunzend entgegen.

„Was ist denn das für ein Staubwedel?“ Lara blickte das Tier kritisch an.

„Das ist eine Norwegische Waldkatze. Meine Eltern haben auch so eine. Die Norweger sind eine wild aussehende Katzenrasse, die intelligent und erfinderisch ist.“

„Meinetwegen.“ Lara wandte sich ab.

„Na, du hast wohl Hunger?“ Frieda streichelte die Katze, die sich um ihre Beine schlängelte. „Ich füttere sie, du kannst dich umschauen.“

In der Küche fand sie schnell das Katzenfutter und versorgte das Tier, das sich auf das Schüsselchen stürzte, als hätte es wochenlang nichts zu essen bekommen.

„Ein schönes Tier.“ Frieda sah der langhaarigen Katze eine Weile zu, dann konzentrierte sie sich auf die Küche. Alles war penibel aufgeräumt, kein schmutziges Geschirr stand herum, kein benutztes Glas befand sich auf der Spüle. Die Spülmaschine war zur Hälfte befüllt, der Kühlschrank enthielt ausgewählte Köstlichkeiten bis hin zu französischem Champagner.

„Nobel, nobel.“ Frieda sah noch kurz zu der Katze, dann ging sie in das Wohnzimmer, in dem Lara gerade in einer kleinen Kladde blätterte.

„Ich habe hier das Adressbuch. Eine Heidrun und ein Helmut Lippens wohnen praktisch um die Ecke, das sind womöglich die Eltern.“

„Ja, womöglich. Um die Ecke sagst du?“

„Ja, Landgrafenstraße. Sollen wir zusammen hingehen?“ Frieda wusste, dass Lara es hasste, die Nachricht vom gewaltsamen Tod eines Angehörigen überbringen zu müssen.

„Nein, du machst hier weiter und ich werde gehen.“ Frieda setzte ein schiefes Lächeln auf und wandte sich zur Tür. Als es klingelte, schraken beide zusammen.

„Da wollen wir doch mal sehen, wer hier aufläuft." Frieda drücke den Türöffner und öffnete die Wohnungstür. Ein schwarzer Mops keuchte die Treppe herauf, gefolgt von einer Frau, die Frieda erstaunt ansah.

„Guten Morgen, ich möchte zu meiner Tochter." Die Frau schob sich nebst Mops an Frieda vorbei. Die Katze begrüßte den Hund freudig, indem sie ihr Gesicht an seinem rieb. Die Frau blickte sich suchend um. Als sie auch noch Lara Fricke entdeckte, herrschte sie: „Wer sind Sie, wo ist meine Tochter?"

„Nehmen Sie bitte Platz, Frau Lippens." Frieda schloss leise die Wohnungstür. „Ich bin Kriminalhauptkommissarin Leippold, das ist meine Kollegin, Kriminalkommissarin Fricke."

„Kriminalpolizei?" Mit entsetzt aufgerissenen Augen ließ sich die Frau auf einen der zwei Küchenstühle fallen. „Was ist passiert?"

„Ich muss Ihnen leider sagen, dass Ihre Tochter Opfer eines Gewaltverbrechens geworden ist." Frieda wurde von einem Schrei, der einem Aufheulen glich, unterbrochen. „Wir haben sie heute Morgen tot aufgefunden."

„Nein!" Frau Lippens verlor sämtliche Farbe aus dem Gesicht. „Nein, das kann nicht sein. Es muss sich um eine Verwechslung handeln. Vermutlich ist es ein schlechter Scherz!" Die Frau versuchte, sich zu sammeln.

„Ich habe hier den Ausweis, den wir gefunden haben." Frieda legte ihn auf den Tisch.

„Ja, das ist der Ausweis meiner Tochter. Er ist ihr sicher gestohlen worden." Trotzig reckte die Frau ihr Kinn vor.

„Vielleicht können Sie mich in die Rechtsmedizin begleiten, um die Tote zu identifizieren."

„Nein, das mache ich auf keinen Fall!" Die Frau stand abrupt auf, so dass der Mops erschrocken zur Seite sprang. Von der Katze war nichts zu sehen. „Ich gehe jetzt nach Hause, mein Mann wird sich beschweren!“ Sie blickte Frieda aggressiv an.

„Wenn Sie nichts dagegen haben, werde ich Sie begleiten.“ Frieda folgte der Frau, die zur Tür stampfte.

„Tun Sie, was Sie nicht lassen können. Arnold, komm!“ Frau Lippens zerrte den sich sträubenden Hund ins Treppenhaus.

Frieda erntete einen mitleidigen Blick ihrer Kollegin. Bis zu dem Haus, in dem die Eltern wohnten, sagte Frau Lippens kein Wort. Als sie in die Wohnung traten, rief sie mit erstickter Stimme nach ihrem Mann, der aus der Küche kam. Sie warf sich in seine Arme und weinte hemmungslos. Ihr Mann sah Frieda fragend an.

„Ich bin Kriminalhauptkommissarin Leippold, ich habe Ihre Frau in der Wohnung Ihrer Tochter getroffen. Ich muss Ihnen leider eine traurige Nachricht überbringen.“

Herr Lippens hob die Hand und Frieda verstummte. Er strich seiner Frau beruhigend über den Rücken und küsste sie leicht auf den Kopf.

„Nehmen Sie bitte im Wohnzimmer Platz, ich komme zu Ihnen, wenn ich mich um meine Frau gekümmert habe.“

„Natürlich. Lassen Sie sich Zeit.“ Frieda ließ die beiden allein und betrat den Raum, auf den sie hingewiesen worden war.

Na, jedenfalls kein Gelsenkirchener Barock, schoss es Frieda durch den Kopf, als sie an einer Schrankwand aus heller Eiche vorbeiging und die Fotos in Augenschein nahm, die dort aufgereiht waren. Ein Mädchen im weißen Kommunionskleid, die Taufkerze fest mit der kleinen Hand umschlossen, fiel Frieda sofort auf. Das Mädchen blickte wild entschlossen in die Kamera, hatte die Lippen zu einem schmalen Strich aufeinandergepresst und die Schultern fast bis zu den Ohren hochgezogen. Offensichtlich war das kein glücklicher Tag im Leben des Kindes gewesen. Die anderen Fotos zeigten alle eine ernste Susanne Lippens in den unterschiedlichsten Lebenslagen. Mit dem Abiturzeugnis, mit einer Medaille um den Hals in einer Schwimmhalle, am Steuer eines Autos.

„Da hatte meine Tochter gerade den Führerschein gemacht und durfte uns zu einem Ausflug in die Eifel kutschieren." Herr Lippens tauchte lautlos neben Frieda auf. „Meine Frau sagt, dass Sie den Ausweis meiner Tochter gefunden haben?"

„Ja, bitte." Frieda zeigte das Dokument vor.

„Das ist meine Tochter. Sie haben ihn bei einer Toten gefunden?"

„Ja. Ist es Ihnen möglich, die Tote zu identifizieren?"

„Ich werde Sie begleiten, sobald unser Hausarzt gekommen ist. Meine Frau ist völlig aufgelöst." Herr Lippens sah Frieda hilflos an. „Ich hoffe, dass es sich um einen schrecklichen Irrtum handelt. Ich weiß gar nicht, was sonst werden soll."

In dem Moment klingelte es und Helmut Lippens entschuldigte sich bei Frieda, um die Tür zu öffnen. Sie nutzte den Moment, um in der Rechtsmedizin anzurufen und ihr Erscheinen anzukündigen.

Eine Viertelstunde später saß sie mit dem Vater in ihrem Wagen.

„Susanne ist unser einziges Kind." Der Vater sprach leise, wie zu sich selbst. „Wir haben sie erst spät bekommen, wir waren beide schon über vierzig." Er lächelte. „Sie war so ein hübsches Mädchen, intelligent und fleißig. Sie hat uns viel Freude gemacht." Er schwieg, bis sie vor der Bahre standen, auf der die Leiche abgedeckt lag. Frieda gab Lars mit einem kurzen Nicken das Zeichen, das Tuch vom Gesicht zu nehmen.

Helmut Lippens schluchzte auf, seine Verzweiflung war mit Händen zu greifen. „Ja, das ist mein kleines Mädchen", flüsterte er tonlos.

Lars wollte das Tuch wieder über das Gesicht ziehen, doch Herr Lippens hielt seine Hand fest. „Bitte, ich möchte einen Moment mit ihr allein sein, um mich zu verabschieden."

Er stand zehn Minuten stumm neben der Toten, der er immer wieder zart über die Wange strich. Frieda Leippold beobachtete ihn durch eine Scheibe.

Anschließend fuhr sie ihn zurück nach Hause.

„Wissen Sie, was Ihre Tochter gestern gemacht hat?"

„Nein, wir hatten uns bestimmt drei Wochen nicht gesehen. Wir waren heute zum Mittagessen verabredet. Als sie nicht kam, ist meine Frau nachsehen gegangen, ob sie vielleicht verschlafen hat."

„Wir müssen die Wohnung versiegeln, bis die Spurensicherung mit ihrer Arbeit fertig ist. Können Sie die Katze nehmen?"

„Die Katze?" Er sah sie erstaunt an. „Sie hat eine Katze?"

„Ja, wir haben eine Katze vorgefunden." Jetzt war es an Frieda, erstaunt zu sein.

„Davon wusste ich gar nichts." Er schüttelte den Kopf. „Sie wollte doch immer einen Hund haben."

„Waren Sie denn nicht in ihrer Wohnung?"

„Nein. Susanne ist immer zu uns gekommen." Er blickte starr nach vorn.

„Und Ihre Frau? Ist sie auch nicht in der Wohnung gewesen?"

„Doch, doch. Manchmal." Er schien nicht mehr sagen zu wollen.

„Wir werden jetzt die Katze einfangen und sie zu Ihnen bringen."

„Ja, hoffentlich greift sie nicht Arnold an." Er stieg ohne einen Gruß aus dem Wagen und Frieda fuhr zurück in die Uhlandstraße, wo sie neben Lara Fricke auch die Kollegen der Spurensicherung antraf.

Die Katze protestierte laut in einem Transportkorb.

„Ich bring die Mimi zu den Lippens, wir treffen uns in einer halben Stunde im Büro."

•

„Was wissen wir bis jetzt?" Frieda sah Lara erwartungsvoll an, die ihr an dem Schreibtisch gegenübersaß, und biss genüsslich in ein Stück fettige Pizza.

„Die Tote wurde als Susanne Lippens identifiziert. Alter: vierunddreißig. Ledig mit Katze. Sie arbeitete als selbstständige Steuerberaterin. Todesursache ist ein heftiger Schlag gegen die Kehle, vermutlich mit der Handkante ausgeführt. Die Tote hat sich nicht gewehrt, keine Kampfspuren. Der abschließende Bericht der Rechtsmedizin liegt noch nicht vor. Die Spurensicherung ist noch in der Wohnung." Lara blickte auf.

„Das ist nicht sehr viel." Frieda seufzte. „Die Eltern haben nicht gefragt, was mit ihrer Tochter geschehen ist oder wo wir sie gefunden haben."

„Wahrscheinlich war der Schock so groß. In solchen Stresssituationen tun, sagen oder fragen wir nicht unbedingt das Nächstliegende." Lara tupfte sich den Mund und nahm sich das letzte Stück Pizza.

„Mag sein." Frieda war nicht überzeugt. „Bevor wir für heute Feierabend machen, fahren wir noch mal zum Fundort."

„Wir?" Lara machte sich nicht die Mühe, ihren Unmut über diese Idee zu verbergen. „Ich dachte, ich lass mich von einer Streife zu meinem Wagen bringen und mache mir einen gemütlichen Sonntagabend! Heute können wir doch nicht mehr viel tun! Außerdem macht das *Trans*Later* erst um 20 Uhr auf. Da ist also jetzt eh noch niemand."

„Du kennst dich ja mit den Öffnungszeiten bestens aus." Frieda warf ihr einen aufmerksamen Blick zu und sah dann auf ihre Armbanduhr.

„Um die Zeit machen alle Clubs für gewöhnlich auf“, war die schnelle Antwort.

„Gut, dann fahre ich allein dort vorbei. Bis morgen früh.“ Frieda warf die Pizzaschachtel in den Müll und verließ das Büro.

Als sie im Hinterhof des *Trans*Later* stand, gab sie Lara innerlich recht. Es gab nichts, was sie nicht schon am Morgen gesehen hatten. Frieda wollte zu ihrem Wagen zurück, als sie merkte, dass in einem der Fenster ein Mann sie, auf ein Kissen gestützt, beobachtete.

„Hallo“, rief sie ihm freundlich zu.

„Guten Abend“, war die ebenso freundliche Antwort.

„Kann ich Ihnen einige Fragen stellen?“ Sie hielt ihren Dienstausweis hoch.

„Natürlich, kommen Sie hoch. Hölter, bei Hölter klingeln.“

Frieda stand wenige Minuten später an demselben Fenster und blickte hinunter in den Hof des *Trans*Later*.

„Ist Ihnen gestern Nacht etwas aufgefallen, Herr Hölter?“

„Nein, gestern nicht. Ich war bei meiner Freundin.“

„Wenn nicht gestern, dann vielleicht in einer anderen Nacht?“

„Am Wochenende ist in dem Club eine Menge los. Und an dem CSD-Wochenende ganz besonders. Deswegen habe ich außer Haus übernachtet.“

Frieda wartete, dass er weitersprach. Ihr fiel ein Fernglas auf, das auf der Fensterbank stand.

Er trat von einem Fuß auf den anderen und druckste herum. „Manchmal geht es da unten ganz schön wild zu.“ Der Mann neben ihr stockte und leckte sich die Lippen. „Sex, verstehen Sie? Für mich wär das ja nix, so zwischen den Mülltonnen. Da kann ich mir was Schöneres vorstellen“, ereiferte er sich.

Frieda notierte sich in Gedanken, dass sie unbedingt wegen möglicher Beschwerden auf der Wache nachfragen musste.

„Haben Sie diese Frau schon mal gesehen?“ Sie zeigte ihm eine Porträtaufnahme der Toten aus der Rechtsmedizin.

„Nein.“ Er schien enttäuscht den Kopf zu schütteln.

„Diesen jungen Mann vielleicht?“ Nun hielt sie ihm das Foto hin, das am Fundort aufgenommen worden war.

„Ja, den kenn ich. Der Bengel hat nichts anbrennen lassen.“ In der Stimme des Mannes schien Bewunderung mitzuschwingen.

„Sie haben den Hof regelmäßig beobachtet?“ Frieda wies auf das Fernglas.

„Das ist doch nicht verboten!“ Der Mann verteidigte sich vehement. „Wenn die nicht wollen, dass man zusehen kann, dann sollen sie es woanders treiben.“

„Darum geht es mir nicht, Herr Hölter.“ Frieda wusste die Informationen, die sie von diesem Voyeur bekommen konnte, zu schätzen.

Der Mann sah sie misstrauisch an. Nach einer Pause fügte er hinzu: „Der hat manchmal Sex mit ’ner Frau gehabt. Hochgehoben, auf den Schwanz gesetzt, und dann gefickt. So eben.“

„War es immer dieselbe Frau?“ Frieda sah den Mann nicht an, weil sie nicht wollte, dass er die Abscheu, die sie seinetwegen empfand, in ihren Augen erkennen konnte.

„Nein, immer andere.“ Es war deutlich, dass er nichts mehr sagen wollte.

„Danke, Herr Hölter. Kommen Sie bitte morgen um zehn Uhr ins Präsidium, damit wir ein Protokoll aufnehmen können.“

„Muss ich das?“ Er sah sie abweisend an.

„Sie würden uns sehr helfen.“ Sie reichte ihm ihre Visitenkarte.

Er brachte sie grummelnd zur Tür. Frieda war froh, jetzt nach Hause fahren zu können. Die Müdigkeit kroch langsam in ihr hoch. Als sie den Wagen anlassen wollte, klingelte ihr Handy: „Hallo, Frieda, Lust auf ein Feierabend-Kölsch? Ich sitze hier im Biergarten am Aachener Weiher und spüle mir die Last des Tages von der Seele."

„Deine poetische Sprache ist wirklich entzückend, Lars. Bis gleich."

•

„Auf die verpasste CSD-Parade!" Lars stieß sein Kölschglas gegen ihres.

„Da ich nicht weiß, was ich verpasst habe, ist das für mich nicht weiter tragisch." Sie nahm einen großen Schluck. „Meinst du, dieser Menschenstau hier entspricht noch irgendwelchen Sicherheitsstandards?" Sie blinzelte argwöhnisch.

„Schalte doch mal deinen Polizistinnenblick aus, Frieda." Lars Schneider lachte. „Hier ist im Sommer immer so viel los. Bis jetzt hat sich noch niemand darüber beschwert." Er stand auf. „Ich hol uns noch zwei Kölsch."

Frieda sah dem Rechtsmediziner nach, der mit elastischem Schritt in der dicken Menschentraube verschwand. Sie hatte Lars direkt bei ihrem ersten Kölner Fall kennengelernt, er war ihr auf Anhieb sympathisch gewesen und so hatte sie, ohne zu zögern, seine Einladung für ein Abendessen angenommen. Seit ihrer dritten Verabredung schliefen sie miteinander, ohne eine verpflichtende Beziehung einzugehen.

„So verträumt, wie du mich beobachtest, könnte man glatt glauben, dir wäre *the sexiest man alive* begegnet." Lars stellte die Gläser auf den Tisch.

„Auf dich." Frieda lächelte ihn an und er strich sanft über ihre Hand.

„Du wirkst nachdenklich." Lars sah sie fragend an. „Liegt es an dem Fall oder an deiner reizenden Lieblingskollegin?"

Als Frieda nicht antwortete, sondern nur dumpf vor sich hinstarrte, fuhr er fort: „Vielleicht sollte ich etwas tratschen." Lars senke die Stimme und sein Blick wurde verschwörerisch.

„Lass den Quatsch!" Frieda schüttelte den Kopf. „Was meinst du denn mit Tratsch?"

„Also doch neugierig geworden, die Frau Kriminalgeheimrat." Selbstgefällig grinste Lars von einem Ohr zum anderen. „Also, der Kollegin Fricke eilt der Ruf voraus, nicht besonders wählerisch zu sein, was ihre Beziehungen angeht. Sie ist keine Kostverächterin und greift sich mal Männlein, mal Weiblein aus dem Angebot."

„Ja, und? Wozu sagst du mir das?"

„In letzter Zeit ist es diesbezüglich etwas stiller um sie geworden. Sie ist insgesamt zurückhaltender. Letztes Jahr ist sie noch bei der CSD-Parade in der Gruppe der schwul-lesbischen Kolleginnen und Kollegen mitgegangen, jetzt bekommt man den Eindruck, dass sie regelrecht untergetaucht ist. Selbst beim Come-Together-Cup spielt sie nicht mehr mit."

„Welcher Cup?"

Lars verdrehte die Augen und seufzte. „Der CTC ist ein Fußballturnier."

„Wie originell!"

„Nicht irgendein Turnier, liebe Frieda. Der Come-Together-Cup ist das publikumsstärkste Freizeitfußballturnier in Europa und zudem eine Benefizveranstaltung. Stell dir ungefähr tausend Fußballerinnen und Fußballer vor und dazu noch über zwanzigtausend Begeisterte. Alle zusammen setzen ein eindrucksvolles Zeichen gegen Ausgrenzung und für Vielfalt." Lars sah Frieda beifallheischend an.

„Ich hasse Fußball!"

„Manchmal kannst du eine echte Spaßbremse sein." Lars griff nach seinem Glas. „Aber keine Bange, für solche Banausen wie dich gibt es ein tolles Bühnenprogramm und im nächsten Jahr schleife ich dich dorthin!"

„Ich freue mich jetzt schon." Frieda tätschelte seine Hand. „Und womöglich soll ich der Kollegin Fricke dann auch noch dabei zusehen, wie sie für den Polizeisportverein ein Tor nach dem anderen schießt?"

„Na ja, du musst nicht gleich übertreiben." Lars lächelte sie begütigend an.

„Ich weiß, dass wir in unserer gemeinsamen Freizeit nicht über unsere Arbeit sprechen wollen, aber ich dachte mir, nachdem wir gerade schon dabei sind …"

„Noch fünf Minuten, wenn es dir hilft."

„Ich weiß nicht, was ich von unserem neuen Fall halten soll. Irgendwie habe ich keine Ahnung, wo der Kern ist, den ich anpacken kann." Sorgenvoll runzelte Frieda die Stirn.

„Du bist verunsichert, weil du, so vermute ich jetzt kühn, in deinem Leben noch nie etwas mit der LGBTIQ-Szene zu tun hattest." Lars blickte in ein verwirrtes Augenpaar. „Lesbian, Gay, Bisexual, Transgender, Intersex and Queer. Es werden auch die Abkürzungen LGBT oder LSBTTIQ benutzt. Lesbisch, Schwul, Bisexuell, Transsexuell, Transgender, Intersexuell und Queer. Inzwischen sind sechzig sexuelle Identitäten benannt. Wissentlich hast du vermutlich noch keinem Transmann gegenübergestanden, oder?"

„Transmann? Diesen Begriff hat Lara schon bei dir in der Gerichtsmedizin benutzt, ohne dass ich ihn verstanden habe. Und LGB-Dingsbums, wovon redest du?"

„Du solltest dich nicht mehr allzu oft als Provinznudel outen, du könntest Autoritätsprobleme bekommen. Auf die Schnelle ein paar Informationen: Ein Transmann ist biologisch gesehen eine Frau mit abweichender Geschlechtsidentität. Anders ausgedrückt ist eine Frau, deren Geschlechtsidentität männlich ist, ein Transmann. Männer, deren Geschlechtsidentität weiblich ist, werden folgerichtig Transfrauen genannt. Am besten führst du dir entsprechende Literatur zu Gemüte oder tourst ein wenig im Internet."

Frieda fühlte sich ertappt und war unangenehm berührt. „Dieser Handkantenschlag, von dem du als zum Tode führend ausgehst. Wer beherrscht den?" Sie brachte sich auf die sichere Seite der Fakten.

„Kampfsportler, Menschen, die im Nahkampf ausgebildet sind. So etwa."

„Könnte der Schlag auch von einer Frau ausgeführt werden?"

„Klar, Frauen schlagen, bei entsprechender Konzentration, auch Bretter durch. Ein einzelner, präzise und mit großer Sicherheit ausgeführter Schlag ist für eine trainierte Frau kein Problem." Er lächelte auf eine undefinierbare Art. „Übrigens, an dem Packer haben wir die DNA von zwei verschiedenen Frauen gefunden. Keine davon gehörte der Toten."

„Was bedeutet das?"

„Ach, Frieda! Mit dem Packer wurde Vaginalverkehr durchgeführt. Womöglich ein klassisches Eifersuchtsmotiv. Der Tote war scheinbar ganz schön umtriebig." Bewunderung war eindeutig aus diesen Worten herauszuhören und Frieda sah Lars strafend an.

„Das Motiv lass mal ruhig unsere Sache sein."

„Guck nicht so!" Lars lachte ungeniert. „Wollen wir zu mir oder zu dir?"

„Ich fahre zu mir. Ich habe von einem Freund den Tipp bekommen, meine Bildung zu fördern, indem ich durchs Internet surfe." Frieda legte einen Geldschein auf den Tisch. „Und ehrlich gesagt, turnt mich die Geschichte bei Weitem nicht so an wie dich!"

„Ups, böse Falle." Lars griff nach seinem Glas. „Lass dich nicht von der Polizei erwischen, dann bist du deinen Lappen los!"

„Keine Bange, ich bin mit dem Rad hier." Damit verschwand Frieda im Getümmel.

„Da kann dir genauso der Führerschein abgenommen werden, Frau Kriminaloberst", murmelte Lars ihr hinterher.

•

„Moin, du bist aber früh dran!" Lara Fricke stellte einen dampfenden Becher Kaffee auf ihren Schreibtisch und blickte zur Uhr, die 7.15 Uhr anzeigte.

„Ich konnte nicht gut schlafen." Von ihrer nächtlichen Bildungserweiterung sagte Frieda kein Wort. „Die Rechtsmedizin scheint auch nicht geschlafen zu haben, denn der abschließende Obduktionsbericht ist vor einer halben Stunde gekommen."

„Wow." Lara pfiff leise durch die Zähne. „Wenn jetzt die Spusi auch noch mit ihren Ergebnissen rüberkommt, steht einem erfolgreichen Tag nichts entgegen." Sie hatte kaum zu Ende gesprochen, als das Telefon auf ihrem Schreibtisch klingelte. Nachdem sie ihren Namen gesagt hatte, hörte sie aufmerksam zu und bedankte sich schließlich. „Wenn man vom Teufel spricht. Die Kollegen haben in der Wohnung des Opfers Fingerabdrücke einer Person gefunden, die in unserem System gespeichert ist."

Frieda sah sie erwartungsvoll an.

„Carolin Römer, arbeitet bei einer privaten Sicherheitsfirma als Bodyguard. Sie wurde im Zuge einer polizeilichen Ermittlung wegen Totschlags registriert. Ein Toter mit einem kompletten Abriss des Kehlkopfes von der Luftröhre im Rheinau-Hafen. Der Fall wurde nicht aufgeklärt." In Laras Augen blitzte es auf. „Das nenn ich doch mal eine handfeste Spur."

„Ich kann auch noch etwas beisteuern. An dem Packer der Toten war die Scheidenflüssigkeit von zwei verschiedenen, bislang unbekannten Frauen."

„Nein, das ist nicht dein Ernst!" Lara riss die Augen auf. „Die eifersüchtige Geliebte rastet aus und versetzt ihr einen Schlag vor die Kehle. Etwas, was Frau Römer sicherlich bestens beherrscht."

„Gut, wir nehmen uns zuerst die Römer vor, dann fahren wir zu den Eltern und versuchen etwas über Freundinnen und Freunde herauszubekommen. Danach statten wir ihrem Steuerbüro einen Besuch ab."

„Ja, und dann ist fast schon wieder Feierabend." Lara griff nach ihrem Kaffeebecher.

„Quatsch, so schnell vergeht die Zeit nun auch nicht." Frieda steckte ihr Pistolenholster an den Gürtel. „Ich habe uns für heute unseren Lieblingsdienstwagen organisiert." Sie klimperte mit dem Schlüssel.

„Doch nicht etwa den Uraltpassat?" Lara verdrehte die Augen.

„Genau den! Außer uns will den anscheinend keiner fahren. Der Wagen ist immer frei." Frieda lachte zufrieden. „Ich habe keinen Bock, immer um die neuen Modelle zu kämpfen."

„Wer hängt eigentlich immer diesen giftigen Mömmes hier auf?" Frieda entfernte ein übelriechendes Pappbäumchen vom Rückspiegel. „So was ist doch nicht nötig!"

Lara nippte an ihrem Kaffee und enthielt sich einer Antwort auf diese Bemerkung. Stattdessen sagte sie: „Wir bleiben auf der Schäl Sick. Wir haben es nicht weit, der Sicherheitsdienst von der Römer hat seinen Sitz im Mühlheimer Hafen."

Nach wenigen Minuten standen sie vor einem zweistöckigen Gebäude, an dem eines der Messingschilder auf *Römer&Santiago, Ihre Sicherheit ist unsere Spezialität* hinwies.

In dem Treppenhaus staute sich die Hitze hinter den großen Glasfenstern. Im ersten Stock fanden sie den Sicherheitsdienst und öffneten eine Milchglastür. Sie standen in einem kleinen Vorraum, in dem eine stark geschminkte Frau hinter einem kleinen Tresen saß.

„Was kann ich für Sie tun?“ Sie lächelte höflich.

„Wir sind von der Kripo“, beide Frauen hielten ihre Ausweise vor ihr Gesicht, „und möchten gern zu Frau Römer.“

„Frau Römer ist noch im Einsatz, eine amerikanische Popgöttin muss zum Flughafen gebracht werden.“ Die Sekretärin lächelte überheblich. „Herr Santiago ist in seinem Büro. Soll ich Sie bei ihm anmelden?“

„Ja, bitte, tun Sie das.“ Frieda steckte ihren Ausweis wieder in die Hosentasche.

„Gerne.“ Die Frau griff nach dem Telefon und wenige Augenblicke später wurden sie in das Büro von Carlos Santiago geführt.

Der Mann, der sich hinter seinem Schreibtisch erhob, als sie eintraten, war ungefähr zwei Meter groß und trug ein schwarzes T-Shirt, das einen ungehinderten Blick auf seine gewaltigen Bizepse gab. Frieda schätzte, dass seine Oberarme den Umfang ihrer Oberschenkel hatten.

„Die Polizei in meinem Haus? Was kann ich für Sie tun?“

Er hielt den Frauen eine Pranke hin, mit der er vermutlich Melonen zum Platzen bringen konnte. Frieda beobachtete, dass er seinen Auftritt genoss.

„Kriminalhauptkommissarin Leippold, das ist meine Kollegin Kriminalkommissarin Fricke.“ Wieder kamen die Ausweise zum Einsatz.

„Nehmen Sie doch bitte Platz. Kann Ihnen unsere Sekretärin etwas zu trinken bringen?“ Höflich wies er auf eine Sesselgruppe.

„Kaffee wäre nicht schlecht.“ Lara Fricke blickte bittend zu der Sekretärin, die abwartend im Türrahmen stand.

„Bringen Sie bitte das Gewünschte, Mandy, ich bleibe bei Wasser." Auf seinem Schreibtisch stand eine halbvolle Flasche des teuersten italienischen Wassers.

Während der Kaffee geholt wurde, setzten sich Frieda und Lara in die großen, burgunderfarbenen Ledersessel, die eine angenehme Kühle abgaben.

„Was kann ich also für Sie tun?", sagte Santiago, als der Kaffee auf dem kleinen Beistelltisch in feinstem Porzellan dampfte.

„Wir möchten eigentlich zu Carolin Römer. Sie ist Ihre Angestellte?" Frieda beobachtete ihr Gegenüber.

„Caro war meine Angestellte. Wie Sie unschwer auf dem Schild erkennen können, ist sie meine Geschäftspartnerin." Selbstgefällig strich er sich über die Stirn. Als die beiden Polizistinnen schwiegen, fuhr er fort: „Vor einem Jahr ist Frau Römer gleichberechtigte Partnerin geworden."

Frieda stellte sofort die Verbindung zu dem unaufgeklärten Tötungsdelikt her. Vor zirka einem Jahr wurde Carolin Römer in das Polizeiarchiv aufgenommen.

„Sie haben sicherlich auch Angestellte?" Frieda hakte nach.

„Ja, selbstverständlich. Wir beschäftigen insgesamt fünfzehn Frauen und Männer." Er wurde vorsichtig. „Was wollen Sie denn von Caro?" Er rutschte in seinem Sessel nach vorn.

„Ja, was wollen Sie von mir?" Eine Frau war, von ihnen unbemerkt, eingetreten und bewegte sich mit katzenhafter Geschmeidigkeit auf sie zu. Sie war schlank und durchtrainiert, ihr schwarzes Haar trug sie zu einem Pferdeschwanz gebunden. „Mandy sagte mir, dass die Polizei da ist."

„Sie sind Frau Römer?" Frieda war aufgestanden. Als die Frau wortlos nickte, fuhr sie fort: „Können wir uns irgendwo ungestört unterhalten?"

„Oh, bleiben Sie in meinem Büro, ich wollte sowieso in den Fitnessraum." Carlos Santiago sprang behände hoch und verließ augenblicklich den Raum.

Carolin Römer nahm seinen Platz ein und sah die Beamtinnen fragend an.

„Kennen Sie diese Frau?" Frieda legte ihr das Foto von Susanne Lippens vor.

Carolin Römer zögerte, schluckte und schüttelte dann den Kopf. „Nein, ich glaube nicht."

„Und diesen Mann?" Es folgte das Foto vom Tatort.

„Das ist Sunny." Carolin Römer sah auf. „Was ist mit ihm passiert?" Sie wirkte angespannt und atmete nur flach.

„Sunny, und wie weiter?"

„Ich kenne nur den Namen Sunny, wir sind uns ein, zwei Mal begegnet." Carolin Römer stand plötzlich auf und ging zum Fenster. „Was ist passiert?"

„Susanne Lippens, oder wie Sie sagen, Sunny, ist am frühen Sonntagmorgen tot aufgefunden worden."

„Susanne?" Carolin Römer schüttelte heftig den Kopf.

„Wann haben Sie Sunny zum letzten Mal gesehen?" Lara stand auch auf.

„Auf der Party, Samstagabend im *Trans*Later*."

„Haben Sie eine Nahkampfausbildung, Frau Römer?" Frieda saß ruhig in ihrem Sessel.

„Wie kommen Sie denn auf die Frage?" Carolin fuhr heftig herum.

„Beantworten Sie bitte meine Frage, Frau Römer."

„Ich bin Trägerin des braunen Gürtels im Shotokan-Karate, außerdem habe ich eine Ausbildung in Nahkampftechniken gemacht, als ich hier eingestiegen bin. Beantwortet das Ihre Frage umfassend?"

„Danke, Frau Römer. Wo waren Sie in der Nacht von Samstag auf Sonntag?" Lara Fricke hatte ihren Notizblock gezückt.

„Wie schon gesagt, ich habe Sunny im Club *Trans*Later* getroffen. Wir haben getanzt und den CSD gefeiert.“ Carolin Römer sah auf ihre Finger.

„Wann haben Sie den Club mit wem verlassen?“

„Ich bin um ein Uhr gegangen. Allein.“ Sie blickte an Frieda vorbei.

„Sind Sie noch mal zurückgekommen?“

„Nein, ich bin direkt nach Hause und ins Bett.“ Sie wandte sich wieder zum Fenster.

„Kann das jemand bezeugen, Frau Römer?“

„Also, allein heißt allein. Wer soll da was bezeugen?“ Gereizt sah sie zu Frieda. „Mein Mann war im Wohnzimmer beschäftigt, vielleicht hat er mich gehört.“

„Kann jemand im Club bezeugen, wann Sie gegangen sind?“

„Vielleicht.“ Mürrisch drehte sie sich wieder weg.

„Wie eng waren Sie befreundet?“

„Ich sagte doch schon, dass wir uns nur oberflächlich kannten. Karneval sah ich sie zum ersten Mal im *Trans*Later*, ich war auch mal bei ihr zu Hause.“

„Sie? Bei ihr?“ Lara Fricke brannte ihr mit den Augen Löcher in den Rücken und Frieda blickte sie erstaunt an. „Sunny war doch wohl eindeutig männlich, als Sie ihn kennenlernten! Und haben Sie nicht gerade gesagt, Susanne kannten Sie nicht?“

Carolin Römer machte sich nicht die Mühe, sich umzudrehen oder zu antworten. Sie blickte stur weiter aus dem Fenster.

„Ihre Bekanntschaft war also oberflächlich.“ Frieda zog die Befragung wieder an sich. „So oberflächlich, dass Sie sie in ihrer Wohnung besucht haben? Waren Sie ein Paar?“

„Wollen Sie mich auf den Arm nehmen?“, lachte Carolin Römer auf und drehte sich um. „Wenn ich oberflächlich sage, dann meine ich auch oberflächlich.“

„Kennen Sie noch andere Gäste des Clubs mit Namen?“

„Die Transszene ist recht übersichtlich, zumindest unter der Woche. Am Wochenende kommen auch Leute aus dem Umland oder aus anderen Gegenden extra angereist. Köln ist sehr beliebt in der Schwulenszene. Soweit ich weiß, ist das Publikum im *Trans*Later* aber sehr gemischt. Vermutlich kommen da auch Heteros auf ein Kölsch und ein heißes Tänzchen rein."

„Also, kennen Sie noch andere Gäste?" Frieda wurde ungeduldig.

„Nein."

„Vielleicht fällt Ihnen ja noch etwas ein", Frieda legte ihre Karte auf den Tisch, „wahrscheinlich kommen wir noch mal auf Sie zu. Auf Wiedersehen."

In der Tür stießen sie beim Hinausgehen fast mit einem Mann zusammen, der hastig den Raum betrat und auf Carolin Römer zuging.

„Ein munteres Kommen und Gehen hier." Lara schloss die Tür.

„Ja, ein interessantes Völkchen." Nachdenklich stieg Frieda in den Wagen.

„Ich traue der Karate-Queen nicht über den Weg. Und du?" Lara zog die Tür heftig zu.

„Sie hat uns noch nicht alles erzählt. Ich wüsste gern, wer der Mann mit dem sorgenvollen Blick war, der gerade zu ihr gegangen ist. Wir brauchen Informationen über ihren Familienstand, könnte spannend werden." Frieda starrte auf die Straße. „Wie komme ich denn jetzt auf die andere Rheinseite?"

Lara lachte laut los. „Vielleicht sollte ich fahren?"

Schnell waren die Plätze getauscht und Lara fädelte sich in den Verkehr ein. Über den Auenweg fuhr sie am Tanzbrunnen vorbei und nahm Kurs auf die Deutzer Brücke.

„Ich war gestern auf dem Nachhauseweg übrigens noch im Krankenhaus bei der Putzfrau. Sie wollten sie über Nacht dabehalten, wegen des Schocks. Beobachten und so. Ich habe sie für morgen ins Präsidium bestellt, um ihre Aussage aufzunehmen. Sie konnte mir nicht viel sagen, hat angeblich nichts und niemanden gesehen. Vielleicht fällt ihr ja bis morgen noch etwas ein." Lara konzentrierte sich auf den Verkehr, der sich über die Aachener Straße quälte.

„Schon komisch, dass niemand etwas gesehen hat." Frieda bewunderte im Stillen Laras Fahrkünste. Sie schien diese Stadt zu kennen wie ihre Westentasche. Frieda fragte sich, ob sie jemals ohne Navi fahren könnte.

„Oder der Täter hatte schlichtweg Glück, wenn man das in diesem Zusammenhang sagen kann." Lara grinste schief.

„Bingo, ein Parkplatz direkt vor der Tür!" Lara reckte ihren rechten Daumen in die Höhe.

„Ich habe uns telefonisch angekündigt, sie müssten also da sein." Frieda betätigte den Klingelknopf und augenblicklich summte der Türöffner. „Wir werden wirklich erwartet. Da muss jemand direkt an der Wohnungstür gestanden haben."

„Was ist das für ein Geräusch?" Lara stand im Treppenhaus und legte den Kopf schief, um sich zu konzentrieren.

„Das ist Arnold, er versucht zu bellen. Mops eben." Frieda grinste.

„Das hört sich aber extrem ungesund an!" Lara folgte ihr.

An der offenen Wohnungstür wurden sie von Helmut Lippens in Empfang genommen. „Meine Frau ist im Wohnzimmer."

Arnold wuselte um ihre Füße herum und drückte mit seinem ganzen Körper seine Freude über den Besuch aus. Lara sah ihn misstrauisch an. „Mir sind die Geräusche, die er macht, nicht ganz geheuer", wisperte sie Frieda zu.

Auf dem Sofa saß Heidrun Lippens so aufrecht, als hätte sie einen Stock verschluckt. Ihren Augen war anzusehen, dass sie viel geweint hatte.

„Es tut mir leid, dass wir Sie noch mal stören müssen.“ Frieda konnte ihr Mitgefühl nicht verbergen. Wie schrecklich musste es sein, sein einziges Kind auf so grausame Art und Weise zu verlieren?

„Sie tun nur Ihre Arbeit.“ Heidrun Lippens wirkte wie eine Aufziehpuppe.

„Wir brauchen noch einige Informationen über Ihre Tochter. Kennen Sie zum Beispiel ihre Freundinnen und Freunde? Können Sie uns Namen und Adressen sagen?“ Frieda setzte sich in einen freien Sessel. Helmut Lippens hatte neben seiner Frau Platz gefunden. Lara hatte sich an den Esstisch gesetzt und ihr Notizheft vor sich liegen.

„Unsere Tochter hatte nicht so viele Freundinnen und Freunde, wir …“, er stockte, „… beziehungsweise sie hatte Ansprüche.“ Helmut Lippens nahm die Hand seiner Frau.

„Wie meinen Sie das?“

„Nun, sie hat bis vor einem Jahr hier bei uns gewohnt und wir haben ein Auge auf ihren Umgang gehabt.“ Er sah Frieda fest an, so als erwartete er eine Diskussion, für die er sich wappnen müsste.

„Ihre Tochter lebte ungewöhnlich lang bei Ihnen.“ Lara sah den Vater misstrauisch an. „Mit vierunddreißig Jahren und einem gut dotierten Job sollte man doch meinen, dass jemand früher auf eigenen Beinen steht?“

Herr Lippens schnaubte verächtlich.

„Dann wohnte Ihre Tochter noch gar nicht so lange allein?“ Frieda schaltete sich wieder ein.

„Nein, plötzlich wollte sie weg, es passte ihr hier nicht mehr.“ Die Empörung über diese Tatsache füllte schlagartig den Raum und Frieda glaubte für einen Moment, keine Luft mehr zu bekommen. Sie bekam eine Ahnung davon, wie sich Susanne Lippens gefühlt haben musste.

„Dabei war sicherlich nicht Karsten die treibende Kraft“, fuhr er fort.

„Karsten?“

„Ja, die beiden wollten sich verloben. Karsten ist Juniorteilhaber in einer Anwaltskanzlei.“ Seine Brust platzte bald vor Stolz.

Frau Lippens hatte noch keinen Ton gesagt und es sah auch nicht so aus, als wollte sie das ändern.

„Ihre Tochter war als selbstständige Steuerberaterin tätig?“ Frieda nahm den Faden wieder auf.

„O ja, meine Tochter war sehr erfolgreich, sie hatte zwei Angestellte.“ Herr Lippens blickte sich zu Lara um und nannte die Adresse des Büros.

Während Herr Lippens weiter von den Wundertaten seiner Tochter sprach, die bis zurück in den Kindergarten reichten, beobachtete Frieda freundlich lächelnd das schweigende Zusammenspiel der Eheleute. Sie überlegte, ob Frau Lippens nichts zu sagen hatte, es sich um pure Rollenverteilung handelte oder ob die Mutter sich hinter ihrem Mann versteckte.

„Wann bekommen wir ihren Wohnungsschlüssel?“ Nur langsam drang die Frage in Friedas Bewusstsein.

„Wenn die Spurensicherung ihre Arbeit abgeschlossen hat“, antwortete sie schließlich.

Frieda blickte fragend zu Lara und als diese den Kopf schüttelte, stand sie auf.

„Wie heißen denn nun die Freundinnen und Freunde Ihrer Tochter?“

„Detti war ihre Freundin seit der Grundschule.“ Frau Lippens war kaum zu hören. „Also, Bernadette Krüger heißt sie korrekt, aber Susanne hat sie nur Detti genannt.“ Herr Lippens fuhr seiner Frau über den Mund und nannte die Adresse der Freundin.

„Vielen Dank für das Gespräch. Vielleicht müssen wir Sie nochmals befragen.“ Frieda wandte sich mit Lara zur Tür. Die Eheleute Lippens waren beide ebenso aufgestanden und begleiteten sie.

Plötzlich fuhr die Hand von Frau Lippens vor und umfasste wie eine Stahlkralle Friedas Handgelenk. „Finden Sie Susannes Mörder!“

„Heidrun, bitte“, Herr Lippens räusperte sich und lächelte seine Frau begütigend an, „ich bezweifle nicht, dass sie ihr Möglichstes tun werden.“

„Wir werden alles dafür tun, die Tat aufzuklären.“ Frieda legte ihre Hand sanft auf die von Frau Lippens, die daraufhin sofort ihren Griff lockerte und verschämt ihre Hand zurückzog.

Die beiden Beamtinnen verabschiedeten sich und die Wohnungstür wurde vernehmlich geschlossen.

„Puh“, Lara fächelte sich auf der Straße Luft zu, „komische Atmosphäre im Hause Lippens.“

„Ja, und immer noch keine Frage danach, wo und wie wir ihre Tochter gefunden haben.“ Frieda sah am Haus hoch. „Komm, wir gehen die wenigen Schritte zu ihrer Wohnung zu Fuß.“

„Der Alte hat mir beim Hinausgehen noch die Visitenkarte des zukünftigen Verlobten in die Hand gedrückt.“ Sie hielt die Karte hoch. „Karsten Schmitz, typisch kölscher Name“, fügte sie lächelnd hinzu, „Kanzlei Rhöndorff, Volkmann und Schmitz, Kaiser-Wilhelm-Ring.“

„Den befragen wir später. Ich bin gespannt, was die Wohnung noch so an Geheimnissen preisgibt.“ Frieda klimperte bereits mit den Schlüsseln. „Sag mal, Lara, wurde bei der Toten eigentlich kein Handy gefunden?“

„Am Fundort nicht, vielleicht in der Wohnung.“ Lara trat hinter Frieda in die Wohnung, in der noch zwei Kollegen fleißig waren.

„Hallo“, flötete Lara fröhlich.

Die Antwort erfolgte etwas bedeckter.

„Haben Sie in der Wohnung ein Handy gefunden?“ Frieda trat in das Wohnzimmer.

„Kein aktuelles, nur ein ausrangiertes.“

„Danke.“ Frieda sah sich um. Sie schätzte, dass das Wohnzimmer zirka dreißig Quadratmeter groß war. Es enthielt nur wenig Mobiliar, nämlich lediglich eine schwarze Ledercouch und einen dazu passenden Relax-Sessel, einen Großbildfernseher auf einem Glastisch, eine große gläserne Bodenvase mit langstieligen roten Rosen und ein großformatiges Landschaftsbild in kräftigen Farben einer aufstrebenden Kölner Malerin. Das Adressbuch, in dem Lara gestern schon geblättert hatte, lag auf dem Sofa. Lara, die ihrem Blick gefolgt war, sagte hastig: „Da lag es auch gestern, ich habe es nur wieder zurückgelegt.“

„Ihr könnt die Latexhandschuhe ausziehen, wir sind hier fertig.“ Der Kollege der Spurensicherung trat zu ihnen. „Viel gab es hier ja nicht zu untersuchen. Ich habe selten eine so aufgeräumte und saubere Wohnung gesehen wie diese hier.“ Er tippte sich an die Stirn. „Tschö, Ladys, wenn ihr die Wohnung nicht mehr braucht, könnt ihr sie freigeben und das Siegel entfernen.“

„Is klar.“ Lara lächelte spitzbübisch.

„Ist er nicht verheiratet?“, fragte Frieda, als die Kollegen verschwunden waren.

„Stimmt auch wieder“, seufzte Lara.

„Bist du aktuell auf der Suche?“ Frieda blickte verwirrt auf. Der Bürotratsch hatte ihr geflüstert, dass Lara sich eher zurückgezogen hatte, was Dates betraf.

„Ich hätte nichts dagegen, wenn sich was ergeben würde.“ Lara schmunzelte. „Na ja, Spaß beiseite. Die Küche gibt nicht viel her, selbst der Mülleimer ist geleert.“

„Dann stürzen wir uns auf das Schlafzimmer!“

Auch dieser Raum zeichnete sich durch eine strenge Kühle aus. Ein Doppelbett, ein Kleiderschrank und eine Kommode.

„In dieser Wohnung stehen nirgendwo Fotos. Sind im Bad Utensilien des Freundes zu finden?“ Frieda runzelte die Stirn.

„Nein, kein Rasierapparat, keine Zahnbürste, kein zweiter Kamm." Lara sah sich irritiert um, dann öffnete sie die oberste Schublade der Kommode. „Hier kommen wir der Sache schon näher."

Frieda trat neben sie und blickte ebenfalls hinein. Säuberlich aufgereiht lagen hier Spezialunterwäsche, verschiedene Packer, Gurte, Gleitcremes, Bartkleber, Bartentferner, Stoppelpaste, Brustbündnisse und unterschiedliche Dildos. Alles ordentlich und einzeln verpackt.

„Das nenne ich mal eine Ausrüstung." Lara holte eine Tüte heraus. „Ich möchte nicht wissen, was das alles gekostet hat."

„Andere spielen Golf, sie hatte vielleicht dieses Hobby." Frieda versuchte sich ein Bild von der Frau zu machen, deren Tod sie aufklären wollten.

„Glaubst du wirklich, dass das ein Hobby ist?" Lara zog die nächste Schublade auf, in der sich Damenslips, BHs und Strümpfe ein ebenfalls penibel geordnetes Stelldichein gaben. Im Kleiderschrank hingen neben vielen Unisex-Klamotten auch graue Businesskostüme und Hosenanzüge.

„So, wie es scheint, hatte sie zwei klar voneinander getrennte Leben." Frieda schloss die Schiebetüren. „Hat sie kein Laptop oder PC?"

Lara ging sofort in die Küche und gab eine Erfolgsmeldung. „Ihr Notebook ist hier in einer Schublade des Tisches."

„Okay, das nehmen wir mit. Das und das Adressbuch. Wir warten noch damit, die Wohnung freizugeben." Frieda war nicht wohl bei dem Gedanken, dass Herr Lippens die Kommode seiner Tochter durchstöberte. Sie wusste auch nicht, warum, aber sie hatte das Bedürfnis, Susanne Lippens zu schützen.

„So, ich habe jetzt Hunger." Lara tippte auf ihre Armbanduhr. „Wir sollten etwas essen und uns dann das Steuerbüro vorknöpfen. Mit leerem Magen bin ich zu nichts zu gebrauchen."

Frieda zeigte sich einsichtig und so saßen sie bald in einem Biergarten am Stadtwald. Um erst gar keine Mittagsmüdigkeit aufkommen zu lassen, stiegen sie nach ihrem Imbiss sofort wieder ins Auto Das Büro von Susanne Lippens befand sich auf dem Ubierring, in der Nähe des Agrippinaufers. Lara parkte in zweiter Reihe und setzte das Blaulicht auf das Autodach, damit die freundlichen Mitarbeiterinnen des Ordnungsamtes auf der Suche nach Parksündern sofort erkennen konnten, dass es sich um ein Einsatzfahrzeug handelte.

Ein schlichtes Messingschild mit der Aufschrift *Susanne Lippens, Steuerberaterin* und einem dezenten Hinweis auf die Telefonnummer hing neben anderen am Hauseingang. Die Tür war auf und so suchten Frieda und Lara im Haus nach dem Büro. Im zweiten Stock wurden sie fündig. Das gleiche Schild wie unten neben dem Eingang hing neben der Tür, die ins Büro führte. Hier mussten sie allerdings klingeln. Augenblicklich wurde die Tür aufgerissen und eine junge Frau, die einen biederen Eindruck machte, starrte sie mit weit aufgerissenen Augen an.

„Oh, ich dachte, Sie wären Frau Lippens." Die Frau hatte ihre Fassung recht schnell wiedergefunden und bat sie herein. „Was können wir für Sie tun?" Ihr geschäftsmäßiger Ton gab ihr eine arrogante Note.

Sie standen in einem abgeteilten Flur, in dem sich eine Garderobe, zwei Stühle und eine Grünpflanze befanden. Der Blick fiel von hier in ein Büro, in dem sich zwei Schreibtische gegenüberstanden. Ein Platz war von einem älteren Mitarbeiter mit Glatze besetzt, der eifrig die Tastatur seines PCs bearbeitete.

„Leippold und Fricke, Kripo Köln." Dem obligatorischen Spruch folgte das Zeigen der Dienstausweise.

„Kripo?“ Die Augen der Angestellten weiteten sich wieder. „Frau Lippens ist noch nicht da. Wir können sie auch nicht erreichen.“

„Und Ihr Name? Bitte.“ Lara hatte das Notizbuch schon in der Hand.

Der Angestellten schien zu dämmern, dass irgendetwas überhaupt nicht in Ordnung war, denn statt zu antworten, fragte sie: „Wo ist Frau Lippens, was ist mit ihr?“

„Nehmen Sie bitte Platz.“ Frieda wies auf den freien Schreibtisch und die beiden Polizistinnen folgten der verunsicherten Frau.

„Mein Name ist Rotbach, das ist Herr Frei.“ Die Stimme verlor zunehmend an Kraft.

„Wir müssen Ihnen leider sagen, dass Ihre Chefin Opfer eines Gewaltverbrechens wurde. Ihre Leiche ist gestern Morgen gefunden worden. Haben die Eltern Sie nicht informiert?“ Frieda blickte in entsetzte Augen, beide Angestellten schüttelten sprachlos den Kopf.

„Nein, wir haben uns gewundert, dass Frau Lippens nicht kam, und ich habe bei ihr zu Hause angerufen, aber nur den Anrufbeantworter erreicht. An ihr Handy ist sie auch nicht gegangen.“ Fassungslos blickte Frau Rotbach sie an. „Was ist denn überhaupt geschehen?“

„Ermordet sagen Sie? Kann es kein Unfall gewesen sein?“ Herr Frei sah sie an, als hätte sie soeben in einer ihm völlig fremden Sprache gesprochen.

„Wer macht denn so was?!“ Neben Entsetzen war auch Empörung in der Stimme Frau Rotbachs zu hören.

„Wo wurde sie denn gefunden?“

Statt zu antworten, stellte Frieda ihrerseits die nächste Frage: „Hatte Ihre Chefin Ärger mit einem Mandanten?“

„Nein.“ Frau Rotbach, die Frieda an eine Gouvernante aus einem Kinderbuch erinnerte, wandte sich an sie. „Bei unseren Mandanten herrschte keine große Fluktuation, es gab, meines Wissens, noch nie irgendwelche Schwierigkeiten.“

„Hatte Frau Lippens einen Tätigkeitsschwerpunkt?" Lara hielt den Stift einsatzbereit.

„Wir arbeiten vor allen Dingen für Reisebüros, es gibt nur wenige andere Mandate."

„Würden Sie uns bitte eine Liste Ihrer Mandanten zur Verfügung stellen?"

„Ich weiß nicht, ob wir das so ohne Weiteres dürfen." Herr Frei schien von der gewissenhaften Sorte zu sein.

„Wir ermitteln in einem Mordfall, aber Sie können natürlich auch auf den richterlichen Beschluss warten." Frieda sah ihn mit aller Autorität an. „Aber statt unsere Arbeit zu behindern, können Sie sich auch kooperativ zeigen."

Die beiden Angestellten warfen sich einen schnellen Blick zu, dann entschieden sie sich für eine Zusammenarbeit.

„Wann haben Sie Frau Lippens zuletzt gesehen?", fragte Frieda, nachdem sie eine Liste der Namen und Anschriften ausgehändigt bekommen hatte.

„Ich habe Frau Lippens am Freitag bei Büroschluss gesehen. Als ich um 17 Uhr ging, war sie noch in ihrem Büro." Herr Frei wies auf eine geschlossene Tür. Er wirkte immer noch fassungslos und seine Hände zitterten leicht.

„Was haben Sie dann gemacht, Herr Frei?"

„Mein Patenkind hatte einen runden Geburtstag und wir sind zu der Feier ins Emsland gefahren. Am Sonntag sind wir wieder zurückgekommen."

Frieda blickte daraufhin seine Kollegin erwartungsvoll an.

„Und Sie?" Lara half etwas nach, denn Frau Rotbach schien die Frage überhört zu haben.

„Also, ich habe noch eine Überstunde gemacht, ich bin um 18.30 Uhr ins Wochenende gegangen."

Frieda sah, dass sich ein abschätziges Lächeln in Herrn Freis Mundwinkeln zeigte.

„War Ihre Chefin zu der Zeit noch in ihrem Büro?“, fragte Frieda ungeduldig, diese Frau reizte sie.

„Ja. Ja, natürlich. Frau Lippens hat immer länger gearbeitet als wir“, antwortete die Angestellte schnippisch.

„Danke, das war es für den Moment. Sie machen jetzt bitte Feierabend und geben uns Ihre Schlüssel für das Büro, wenn Sie fertig sind. Wir müssen es versiegeln.“ Frieda versuchte, freundlich zu bleiben.

„Aber die Arbeit bleibt dann liegen.“ Frau Rotbach schien nicht gewillt zu sein, das Büro freiwillig zu verlassen.

„Lissy“, ihr Kollege wurde energisch, „unsere Arbeit ist hier vermutlich für immer getan. Dieses Büro wird bestimmt nicht fortgeführt.“ Er fuhr seinen PC herunter und räumte seinen Schreibtisch. Das war schnell getan und er griff nach seiner Tasche. „Frau Rotbach hat einen Schlüssel, ich nicht.“ Wieder erschien ein merkwürdiges Lächeln in seinen Mundwinkeln. „Dieses Büro hatte eine klare Hierarchie.“

„Kommen Sie doch bitte morgen Vormittag ins Präsidium.“ Frieda reichte ihm ihre Karte, nachdem sie seine Kontaktdaten aufgenommen hatte. „Ich habe da noch einige Fragen.“

Frau Rotbach warf ihnen einen misstrauischen Blick zu und beschäftigte sich, wie es schien, extrem langsam, damit, ihren Schreibtisch in Ordnung zu bringen.

Als sich Herr Frei verabschiedet hatte, gingen Frieda und Lara in Susanne Lippens Büro. Die Tür ließen sie offen, um Frau Rotbach im Auge behalten zu können.

Der Raum war genauso groß wie das andere Büro. Neben einem dezenten Schreibtisch enthielt der Raum eine Schrankwand und mehrere offene Regale. Lara öffnete die verschiedenen Schranktüren und stieß dabei auf einen Safe.

„Da sieh an.“ Sie drehte sich um. „Wissen Sie die Kombination für diesen Safe, Frau Rotbach?“

„Nein.“ Die Angestellte verkörperte den reinen Protest.

„Wissen Sie, wo wir ihn finden können?“ Lara grinste Frieda an.

„Nein.“

„Dann müssen wir wohl suchen“, gab Lara fröhlich zurück.

„Kommen Sie bitte morgen Nachmittag ins Präsidium. Bis dahin werden sich bestimmt noch einige Fragen ergeben.“ Frieda nahm den Schlüssel, den Frau Rotbach ihr hinhielt. „Geben Sie uns bitte auch Ihre Adresse und Telefonnummer.“

„Ich kann das gar nicht verstehen.“ Frau Rotbach hatte tatsächlich Tränen in den Augen. „Wer sollte denn etwas gegen sie haben?“

„Das werden wir herausfinden.“ Frieda hoffte es zumindest.

Fünf Minuten später war die Angestellte verschwunden und Frieda ging zurück zu Lara. Die war mittlerweile dabei, den Schreibtisch auf einen Hinweis bezüglich der Zahlenkombination für den Safe zu durchsuchen. Frieda nahm sich den Terminkalender vor, der auf dem Schreibtisch lag. Er zeigte die vergangene Woche an und Frieda blätterte um zu dieser Woche. „Sie hätte heute einen Arzttermin gehabt. Dr. Raimundt. Keine Adresse, keine Telefonnummer.“ Sie nahm ihr Smartphone und gab eine Suchanfrage ein. „Es gibt nur einen Dr. Raimundt. Nämlich Horst Raimundt, Ringklinik Arosa. Da rufe ich doch gleich mal an.“ Frieda setzte sich auf den Sessel, der vor dem Schreibtisch stand.

„Das ist ja mal interessant“, sagte sie nach wenigen Minuten. „Die Ringklinik Arosa arbeitet schwerpunktmäßig im Bereich der plastischen Chirurgie und Dr. Raimundt ist …", sie sah in Laras ungeduldig blickende Augen, „Spezialist für geschlechtsangleichende Operationen."

„Und Susanne Lippens hatte bei ihm heute einen Termin?" Lara grübelte.

„Warum, wird uns der Arzt morgen Nachmittag sagen, dann haben wir einen Termin bei ihm und den richterlichen Beschluss, der ihn von seiner Schweigepflicht entbindet. Die Sekretärin war reichlich zugeknöpft und wenig gesprächig." Frieda erhob sich. „Und, bist du schon fündig geworden?"

„Nein", knurrte Lara.

„Vielleicht finden wir etwas in ihrem Adressbuch, das haben wir doch dabei." Frieda zog das Büchlein aus ihrer Jackentasche und blätterte es durch. „Unter ‚S', wie möglicherweise für Safe, steht hier eine Zahlenreihe." Sie konnte ihr Triumphgefühl kaum verbergen.

„Na toll, und ich such mir hier die Finger wund!" Lara schloss die Schreibtischschublade geräuschvoll. Sie stand auf und ging zu dem Safe. „Na, dann schieß mal los!"

Die Safetür schwang sanft auf und die beiden standen Schulter an Schulter, gespannt auf den Inhalt.

„Das ist eine Menge Geld." Lara hob einen Stapel Geldbündel heraus. „Zehntausend Euro in bar", staunte sie.

„Und ein Testament." Frieda hielt einen Umschlag in den Händen. „Verschlossen und versiegelt. Hier auf der Rückseite steht zudem: Kopie, Original hinterlegt bei Rechtsanwalt und Notar Friedrich Myllendonk."

„Ein Testament? Ist sie nicht noch etwas jung dafür gewesen?"

„Findest du?" Frieda sah ihre Kollegin erstaunt an. „Ich habe erstmalig meinen letzten Willen aufgeschrieben, als ich sechzehn war. Eine Klassenkameradin von mir war auf dem Nachhauseweg von der Schule mit ihrem Fahrrad von einem LKW erfasst worden. Sie war auf der Stelle tot und ihren kleinen Hund haben die Eltern ins Tierheim gebracht, mit der Begründung, dass er sie immer an den schrecklichen Unfall erinnern würde." Frieda sah Lara an. „Ich hatte damals auch einen Hund und habe mir Gedanken gemacht, was wohl mit ihm passieren würde, wenn ich plötzlich tot wäre."

„Und?" Lara blickte ernst zurück.

„Ich habe meine Patentante gefragt, ob sie im Fall der Fälle Blacky übernehmen würde. Und das habe ich dann aufgeschrieben." Frieda lächelte in Erinnerung an ihre wilde Promenadenmischung. „Vielleicht hatte Susanne Lippens auch etwas Wichtiges, das sie geregelt haben wollte."

Mit dem Blick auf die Uhr sagte Lara unvermittelt: „Sieh mal in deinem schlauen Büchlein unter ‚M' nach. Das wird meine letzte Amtshandlung für heute." Sie griff nach dem Telefon und sah Frieda erwartungsvoll an. Diese tat ihr den Gefallen und diktierte die Nummer des Notars.

„Die Kanzlei wurde vom Tod der Mandantin unterrichtet und Herr Myllendonk wird das Testament am Mittwoch um zehn Uhr im Beisein der Begünstigten öffnen." Lara hatte den Hörer wieder aufgelegt.

„Schluss für heute", sagte sie mit einem Blick auf ihre Armbanduhr. Sie verabschiedete sich in den Feierabend, während Frieda noch mal ins Präsidium fahren wollte.

Sie lenkte den Wagen auf die Bayenstraße und fuhr über die Severinsbrücke. Der Rhein machte einen beruhigenden Eindruck, wozu sicherlich die Schiffe beitrugen, die, wie an einer Perlenkette aufgereiht, den Fluss gemächlich auf- und abwärts fuhren. Sie wechselte auf der Kalker Hauptstraße die Fahrspur, um auf den Walter-Pauli-Ring abzubiegen, an dem der Gebäudekomplex des Polizeipräsidiums lag: In der Nähe der Lanxess-Arena und in unmittelbarer Nachbarschaft der Köln-Arcaden, dem neuesten Einkaufszentrum der Stadt. Frieda erinnerte sich noch sehr gut an ihren ersten Arbeitstag und an die offizielle Begrüßungsrede des Polizeipräsidenten, der es sich nicht hatte nehmen lassen, alle neuen Beamtinnen und Beamten per Handschlag in den neuen Berufsalltag zu schicken. Bei der Gelegenheit hatte sie auch erfahren, dass die Straße vor dem Präsidium nach einem im Dienst getöteten Polizeibeamten umbenannt worden war. Zum damaligen Zeitpunkt ein Novum in Deutschland. Das neue Kölner Polizeipräsidium befand sich nur wenige hundert Meter vom Tatort entfernt, an dem Walter Pauli infolge eines Durchschusses im Brustbereich, der das Herz traf, verstarb. Wie sich später herausgestellt hatte, gehörte der Täter zum terroristischen Umfeld der „Bewegung 2. Juni". Anlässlich der Einweihung des Gebäudes 2001 waren sich der Polizeipräsident und der Oberbürgermeister darin einig, dass mit der Umbenennung der Straße dauerhaft aller im Dienst getöteten Polizeibeamtinnen und -beamten gedacht werden sollte.

Frieda stellte den Wagen auf dem Parkplatz der Fahrbereitschaft ab und saß bald wieder an ihrem Schreibtisch. Sie hatte das Notebook aufgeklappt vor sich liegen und starrte auf das Feld, in dem das Passwort eingegeben werden musste.

„Verflixt, das kriege ich doch nie raus." Enttäuscht blickte sie hoch.

„Ist was nicht in Ordnung?" Judith, die ultimative Computerspezialistin im Haus, stand in der offenen Tür.

„Dich schickt der Himmel." Frieda strahlte sie an. „Ich dachte, du bist schon weg. Von daher mein dilettantischer Versuch, das Programm zu öffnen." Sie lächelte gewinnend. „Ich brauche das Passwort, das ist für dich ein Mückenpups, oder?" Sie schob das Notebook über den Tisch. „Du wolltest doch bestimmt noch keinen Feierabend machen." Frieda holte aus ihrem Schreibtisch eine Tafel Schokolade und öffnete das Papier.

„Du weißt genau, wie du es machen musst." Judith saß schon am Tisch. „Weißt du, du kannst noch so viele Passwörter einrichten, das hindert einen Profi in keiner Weise daran, auf die Daten zugreifen zu können."

Sie arbeitete zehn Minuten schweigend, während Frieda sich keinen Millimeter bewegte, um Judiths Konzentration nicht zu stören. Sie blickte aus dem Fenster in den strahlend blauen Himmel und lauschte den Verkehrsgeräuschen. Unterbrochen wurde die Stille im Raum nur von dem Rascheln des Schokoladenpapiers, wenn Judith zugriff. Dann war die Schokolade gegessen und Judith drehte das Notebook wieder zu ihr.

„Et voilà, Madame." Diesmal strahlte sie Frieda an und erhob sich. „Ich muss zurück, das Passwort habe ich aufgelöst, du kannst jetzt jederzeit auf alle Daten zugreifen."

„Danke, Judith, du bist die Beste."

„Und für das nächste Mal ein kleiner Tipp: Ich mag am liebsten Trauben-Nuss." Damit war Judith verschwunden.

„Um die E-Mails lesen zu können, werde ich vielleicht wieder deine Hilfe brauchen", rief Frieda ihr nach.

Okay, dann würde sie sich für heute mit den Dokumenten zufriedengeben. Sehr schnell stieß sie auf den Entwurf eines Testamentes. Sie öffnete die Datei. Auf den ersten Blick konnte sie nichts Ungewöhnliches feststellen. Die Mutter würde die Wohnung bekommen, der Verlobte ihre Mandanten und ihre langjährige Freundin Detti erhielt zehntausend Euro. So weit, so gut. Der Entwurf war auf Ende letzten Jahres datiert und Frieda war gespannt, ob die offizielle Testamentseröffnung vielleicht doch eine Überraschung parat hielt.

•

Um neun Uhr, als Herr Frei das Büro betrat, war es schon so heiß, dass das T-Shirt Frieda am Leib klebte. Die neu eingebaute Klimaanlage war defekt und Lara hatte von zu Hause einen Ventilator mitgebracht, der für wenig Kühlung sorgte. Obwohl alle Türen offenstanden, staute sich die Hitze. Die Geräusche auf dem Flur und die Stimmen aus den anderen Büros machten die Arbeit auch nicht angenehmer.

„Herr Frei, nehmen Sie bitte Platz." Frieda wies auf einen Stuhl neben den Schreibtischen. Ohne zu fragen, stellte Lara ein Glas Wasser vor ihn, das er, dankbar lächelnd, annahm.

„Was können Sie uns über Frau Lippens sagen?" Frieda fächelte sich mit einem alten spanischen Fächer, den sie mal in jugendlichem Überschwang in einem Urlaub in Andalusien gekauft hatte, Luft zu.

„Ich kann gar nicht sagen, wie leid mir das tut." Herr Frei sah beide bekümmert an. „Ich weiß nicht, ob ich noch mal so eine Chefin bekommen werde. Frau Lippens war, trotz ihrer Jugend, sehr kompetent und hat sich kontinuierlich einen größer werdenden Mandantenstamm aufgebaut." Er nahm einen Schluck Wasser.

„Wie lange waren Sie bei Frau Lippens beschäftigt?" Lara goss nach.

„Seit drei Jahren."

„Wissen Sie, wann Frau Lippens sich selbstständig gemacht hat?"

„So genau weiß ich das nicht. Da kann Ihnen Frau Rotbach sicherlich weiterhelfen. Sie war schon da, als ich im Büro anfing." Bedauernd zuckte er mit den Schultern.

„Gab es Streit mit Mandanten?" Frieda lächelte freundlich.

„Nein, nicht, dass ich wüsste." Entschieden schüttelte er den Kopf.

„Und die Stimmung im Büro? Wie war die?" Lara hakte nach.

„Gut. Sehr gut sogar. Frau Lippens war sehr großzügig. Zum Geburtstag gab es immer ein kleines Geschenk und einen halben freien Tag, wenn der Geburtstag auf einen Arbeitstag fiel. Als meine Tochter krank war und wir nicht schnell genug einen Babysitter finden konnten, hat sie mich sofort nach Hause geschickt und gesagt, dass ich erst wiederkommen soll, wenn wir eine stabile Betreuung für unsere Tochter gefunden haben. Und auch später erkundigte Frau Lippens sich immer nach ihrem Genesungsprozess und hat Christina sogar mal einen Teddybären ins Krankenhaus geschickt." Er lächelte in Erinnerung an diesen Moment. „Wissen Sie, sie hat einen nie angemotzt oder so, sie war nicht launisch." Er blickte nachdenklich und runzelte die Brauen. „In letzter Zeit allerdings war sie öfter mal sehr zurückgezogen."

„Wie machte sich das bemerkbar?"

„Sie schloss häufiger die Tür zu ihrem Büro und ließ sich stundenlang nicht blicken." Simon Frei schwieg einen Augenblick. „Manchmal schien es mir so, als machte sie ein Wechselbad der Gefühle durch. In einem Moment himmelhochjauchzend und im anderen zu Tode betrübt, wie man so sagt. Dieser Stimmungswechsel konnte sich in sehr kurzer Zeit vollziehen, aber sie war eigentlich nicht launisch, wissen Sie! Ich möchte keinen falschen Eindruck erwecken." Er richtete sich in seinem Stuhl auf.

„Alles ist für uns wichtig, Herr Frei, auch die kleinste Beobachtung kann uns in unseren Ermittlungen voranbringen." Frieda lächelte einladend.

„Ich möchte nicht, dass Sie denken, ich würde hier irgendeinen dummen Bürotratsch verbreiten."

„Das denken wir ganz gewiss nicht, Herr Frei!"

„Vielleicht hatte es mit ihrem Verlobten zu tun, Herr Schmitz, er war einige Zeit fast täglich in seiner Mittagspause da, um Frau Lippens abzuholen." Er schluckte.

„Und? Hat sich daran etwas verändert?“ Frieda wartete gespannt.

„Ungefähr vor drei Wochen habe ich ihn zum letzten Mal gesehen.“ Simon Frei sah sie bedauernd an. „Mehr kann ich Ihnen nicht sagen. Wir hatten reichlich zu tun und wenig Zeit rumzuquatschen.“ Er rutschte auf seinem Stuhl unruhig hin und her. „Ich hoffe, dass ich bald wieder eine Anstellung bekomme.“ Sorgenvoll runzelte er die Stirn. „Wie ich schon sagte, so eine gute Stelle gibt es nicht so häufig.“

„Vielen Dank, Herr Frei. Falls wir noch Fragen haben sollten, rufen wir Sie an.“ Frieda erhob sich und streckte ihre Hand aus. „Auf Wiedersehen und alles Gute!“

Lara sah ihm nachdenklich hinterher, als er auf den Flur trat. „Vielleicht lief es gar nicht so ideal im Leben der Susanne Lippens. Trotz des Bargeldes im Safe.“

„Ja, irgendetwas muss sich in den letzten Wochen verändert haben.“ Frieda griff nach dem Notebook. „Ich schaue mir mal ihre Mails an.“ Sie klemmte sich das Notebook unter den Arm und wandte sich zur Tür.

„Wo gehst du dafür hin? Mails kannst du doch auch hier lesen.“ Lara staunte.

„Wenn die Mails verschlüsselt sind, kann mir Judith sicher helfen.“ Frieda verharrte in der Tür.

„Sieh doch erst mal nach, ob der Postfachzugang überhaupt gesperrt ist.“

Frieda konnte sehen, wie Lara sich innerlich an die Stirn tippte, und obwohl sie sich mal wieder aufgrund ihrer mangelnden IT-Kenntnisse ertappt fühlte, versuchte sie freundlich zu bleiben.

„Ja, vermutlich ist das keine schlechte Idee.“ Sie ging zurück zu ihrem Schreibtisch und setzte sich.

„Guten Tag, ihr beiden.“ Ihr Kommissariatsleiter, Thomas Neuenschildt, stand in der Tür. „Wie kommt ihr voran?“

„Wir tragen noch Informationen zusammen. Das Bild der Toten wird etwas klarer." Frieda lächelte ihren Chef an.

„Schön. Ihr wisst ja, dass aufgrund der Urlaubszeit unsere Personaldecke recht dünn ist. Ich kann euch noch niemanden zuteilen."

„Schon gut", brummte Lara, „noch wächst uns nichts über den Kopf."

„Wusste ich es doch." Kriminaloberkommissar Neuenschildt verschwand so schnell, wie er aufgetaucht war.

„Das hätte er sich auch sparen können, der alte Wichtigtuer." Lara verschanzte sich wieder hinter ihrem Computer.

„Du hattest recht, Lara, das Postfach ist gar nicht gesichert." Frieda erntete nur ein weiteres Brummen ihrer Kollegin und versenkte sich ebenso wortlos in den Mailkontakten.

„Die Lippens hatte ganz schön Geld an den Füßen." Frieda blickte auf. „Von der Eigentumswohnung wissen wir ja schon, aber das gute Stück ist unbelastet. Dann gibt es noch Aktien und Anleihen, eine weitere Immobilie und teuren Schmuck."

Lara reagierte wieder mit einem Brummen.

„Sie war eine gute Partie." Frieda klappte das Notebook zu. „Da gab es bestimmt einige Begehrlichkeiten."

„Aber nur, wenn jemand davon gewusst hätte. Ich kann mir nicht vorstellen, dass die Lippens mit ihren Vermögensverhältnissen hausieren gegangen ist." Lara biss in ein trockenes Brötchen und verzog das Gesicht. „Chinesisch?"

„Wer bestellt?" Die Frage war rein rhetorisch, denn sie zog bereits ihr Handy aus der Tasche. „Wie immer?"

Frieda nickte grinsend. Zumindest, was den Essensgeschmack betraf, waren sie und Lara sich ähnlich.

„Dauert noch mindestens vierzig Minuten." Lara steckte ihr Handy zurück.

„Och nee, wir sind Stammkundinnen!"

„Andere wahrscheinlich auch." Lara ging zum Kaffeeautomaten.

Sie waren gerade bei den gebackenen Bananen angekommen, als der Pförtner telefonisch Frau Rotbach ankündigte.

„Okay, ich gehe und hol sie am Fahrstuhl ab." Lara packte ihren Müll zusammen und warf alles in den Papierkorb. Frieda wusste, dass sie nicht allzu viel Zeit haben würde, auch ihre Essensreste zusammenzupacken, und machte sich schleunigst daran, ihren Schreibtisch aufzuräumen.

Als Lissy Rotbach das Zimmer betrat und verlegen stehen blieb, war Friedas erster Gedanke, dass sie in der Nacht viel geweint haben musste, denn ihre Augen waren rot und verquollen. Sie wies auf einen Stuhl.

„Frau Rotbach, geht es Ihnen nicht gut?"

Diese Frage von Frieda löste eine heftige Weinattacke bei der Büroangestellten aus. Es dauerte eine ganze Weile, bis sie sich so weit beruhigt hatte, dass sie sprechen konnte.

„Es ist so schrecklich." Lissy Rotbach schluckte heftig. „Einen solchen Tod zu erleiden, schrecklich."

„Sie haben Frau Lippens am Freitag gesehen. Wie war sie da, wie wirkte sie auf Sie?"

„Sie war wie immer. Sie wünschte mir ein schönes Wochenende. Als ich mich von ihr verabschiedet hatte, klingelte kurz darauf ihr Handy und ich hörte auf dem Weg zur Tür, dass sie sich für den Abend verabredete."

„Konnten Sie hören, mit wem sie sich wo verabredet hat?" Frieda spürte ein Kribbeln im Magen.

„Mit wem sie sprach, konnte ich nicht hören. Susanne nannte auch keinen Namen, aber wo sie sich treffen wollte, konnte ich noch hören."

Bei „Susanne" hatten sich Lara und Frieda einen schnellen Blick zugeworfen und Lara fragte: „Wo, Frau Rotbach?"

„Ich verstand *Trans*Later*." Sie blickte auf ihre Hände und knetete ihre Finger.

„Sie sagten gerade ‚Susanne', Frau Rotbach. Wie war Ihre Beziehung zu Frau Lippens?"

Lissy Rotbachs Gesicht wurde bleich. „Oh, ich ...", begann sie zu stottern, „ich habe mich versprochen. Ich meinte natürlich Frau Lippens." Sie versuchte ein Lächeln, um abzumildern, worauf sie gerade einen Hinweis gegeben hatte.

„Und wie war nun Ihre Beziehung zu Frau Lippens?" Frieda musste ihre Ungeduld zügeln.

„Wie meinen Sie das?" Lissy Rotbach versuchte, ihre Fassung zu bewahren.

„Was ist daran nicht zu verstehen?" Lara schaltete sich ein. „Wie gut standen Sie sich mit Ihrer Chefin?"

„Wie Sie sagen, Frau Lippens war meine Chefin." Lissy Rotbach starrte Lara böse an. Diese blickte abwartend zurück.

„Ich hatte gehofft, dass wir mehr sein könnten", sie sah die Beamtinnen verlegen an, „mehr als nur Chefin und Angestellte."

„Was haben Sie sich denn erhofft, Frau Rotbach?"

„Nun, Freundschaft, ich hatte ihr viel Freundschaft zu geben." Lissy Rotbach bekam glänzende Augen.

„Vielleicht auch Liebe?" Frieda konnte die Zurückweisung, die Lissy Rotbach erlebt haben musste, deutlich spüren.

„Sie hat mich nicht direkt ausgelacht, aber ernst genommen hat sie mich auch nicht." Susanne Lippens Angestellte blickte verloren zum Fenster. Nach einer Weile fuhr sie fort: „Ich hätte alles für sie getan, alles!"

„Wie hat Frau Lippens auf Ihre Offenbarung reagiert?" Lara wartete gespannt.

„Als ich ihr meine Liebe gestanden habe, hat sie meine Hände genommen und sich bedankt. Sie sagte, dass es eine Ehre für sie sei, dass eine Frau wie ich solche tiefen Gefühle für sie hegt, aber dass es ihr leidtäte, sie würde die Gefühle nicht erwidern. Sie sagte außerdem, dass sie von einer weiterhin guten Zusammenarbeit ausgeht. Dann hat sie sich wieder an ihren Schreibtisch gesetzt und in der Folge so getan, als wäre nichts gewesen." Lissy Rotbach atmete tief durch. „Ich war froh, dass Simon nichts mitbekommen hatte. Es war mir so unendlich peinlich."

„Was ist aus Ihren Gefühlen für Frau Lippens geworden?"

„Was soll daraus geworden sein, Frau Leippold? Genauso wenig, wie wir uns aussuchen können, in wen wir uns verlieben, genauso wenig können wir uns mit Macht entlieben." Frieda erntete einen tieftraurigen Blick.

„Wo waren Sie in der Nacht auf Sonntag?" Frieda beugte sich vor.

„Ich bin ausgegangen." Lissy Rotbach verschränkte die Arme.

„Mit wem?"

„Allein."

„Wohin sind Sie gegangen?"

Lissy Rotbach mahlte mit ihrem Kiefer. Dann sagte sie: „Ins *Trans*Later*."

Frieda und Lara sahen sie sprachlos an.

„Sie waren im *Trans*Later*?" Frieda versuchte sich das vorzustellen.

„Ja, was ist dabei?"

„Sie hatten von der Verabredung gehört und wollten sehen, mit wem sich Frau Lippens traf?"

„Richtig. Man muss die Konkurrenz kennen, um kämpfen zu können, Frau Fricke."

„Haben Sie Frau Lippens getroffen?"

„Nein, ich habe sie offensichtlich verpasst."

„Wie lange waren Sie im *Trans*Later*, Frau Rotbach?" Frieda saß wie auf heißen Kohlen.

„Ich glaube, ich bin so gegen 22 Uhr dort angekommen." Lissy Rotbach überlegte. „Ja, so war es. Gegen Mitternacht bin ich wieder gegangen. Es war zwar ein buntes Völkchen dort versammelt und ein Mann flirtete auch mit mir, aber als dann so eine drahtige Schnepfe kam, hatte er nur noch Augen für sie und nahm mich gar nicht mehr wahr. Da bin ich dann irgendwann gegangen." Sie schien jetzt noch verschnupfter zu sein und Frieda hatte eine Idee. Sie griff in ihre Schreibtischschublade und holte das Foto hervor, das am Tatort gemacht worden war.

„War das dieser Mann?"

„Ja", Lissy Rotbach lächelte, dann stutzte sie, „ja, das ist er ohne Brille. Aber …"

„Was?"

„Er kam mir im Club für einen Moment bekannt vor und dieses Gefühl hatte ich jetzt gerade auch." Sie sah die Kommissarinnen hilflos an.

„Das ist Sunny, Frau Rotbach", Frieda wartete einen Moment, „Sunny Lippens."

„O mein Gott." Die Angestellte schlug sich vor den Mund und Frieda sah, wie das Begreifen einsetzte. „Kein Wunder, dass ich mich mit ihm so vertraut fühlte."

„Wussten Sie nichts von dem Doppelleben?" Frieda konnte es sich kaum vorstellen, dass es möglich sein sollte, einen geliebten Menschen nicht wiederzuerkennen.

„Nein, überhaupt nicht", war die heftige Antwort.

Frieda bezweifelte stark, dass Lissy Rotbach Sunny nicht erkannt hatte.

„Gibt es Zeugen dafür, wann Sie nach Hause gekommen sind?" Lara ließ sich nicht beeindrucken.

„Nein, ich bin im Haus niemandem begegnet."

„Ist Ihnen im Club irgendjemand aufgefallen?" Lara blieb am Ball.

„Nur die Frau, die mich verdrängt hat." Damit präsentierte Lissy Rotbach ein astreines Motiv, ohne mit der Wimper zu zucken.

•

„Dr. Raimundt steht noch auf dem Programm." Lara gähnte. „Mal schauen, ob er den Kreis unserer Tatverdächtigen noch erweitert."

„Wann macht der Club auf? Wir müssen noch mal mit Frantzen reden. Ich glaube, dass er uns noch so einiges zu erzählen hat." Frieda fuhr sich nachdenklich durchs Haar. „Wir können ja nach dem Besuch in der Klinik Arosa einen Abstecher zum *Trans*Later* machen und schauen, ob wir dort Herrn Frantzen antreffen."

„Okay." Lara schien nicht so begeistert über diesen Vorschlag zu sein.

Die Ringklinik Arosa empfing sie klimaanlagenkühl, so dass es sie für einen Moment fröstelte, als sie aus der flirrenden Hitze in die Halle traten. An den Aufzügen wiesen edle Messingschilder darauf hin, wo welcher Arzt zu finden war.

„Hier, Privatdozent Dr. Horst Raimundt, plastische Chirurgie, zweiter Stock." Laras Finger rutschte von dem Schild auf den Aufzugknopf und die Tür des mittleren Lifts glitt leise zur Seite. Im ebenfalls klimatisierten Inneren dudelte die obligatorische Musik und begleitete sie in den zweiten Stock. Aus dem Fahrstuhl traten sie in einen Empfangsbereich, der komplett in Marmor gehalten war, und sahen hinter dem Tresen gegenüber zwei, in dezentes Rosa gekleidete, freundlich lächelnde Mitarbeiterinnen.

„Guten Tag", diesmal übernahm Lara die übliche Begrüßung, „mein Name ist Fricke, das ist meine Kollegin Leippold, wir sind von der Kripo Köln und haben einen Termin bei Herrn Dr. Raimundt."

„Sie werden bereits erwartet“, antworte eine der Damen mit strenger Stimme und einem vorwurfsvollen Blick auf die Uhr. Sie waren genau drei Minuten über der verabredeten Zeit. „Bitte folgen Sie mir.“

Sie wurden in den Bereich „Beratung“ geführt, gegenüber lag der Bereich „OP“, der durch eine Glastür verschlossen war und auf dem die Aufschrift „Zutritt nur für autorisierte Personen!“ prangte. Ihr Weg führte sie an einem leeren Wartezimmer vorbei zu dem Besprechungsraum von Dr. Raimundt.

Die Mitarbeiterin klopfte und wartete keine Antwort ab. Sie öffnete die Tür und flötete: „Die Damen von der Polizei, Herr Doktor.“ Dann trat sie zur Seite und ließ die Beamtinnen eintreten.

Der Arzt kam ohne große Umschweife zum Grund ihres Besuches. „Sie sagten, dass Sie im Fall Susanne Lippens Fragen hätten. Welcher Art Fall ist Frau Lippens?“ Er sah sie mit großen Augen an und wies auf zwei Stühle vor seinem Schreibtisch.

„Frau Lippens wurde Opfer eines Tötungsdeliktes, in dem wir ermitteln.“ Frieda übernahm die Antwort.

„Wen soll sie denn getötet haben?“, fragte er ironisch lächelnd.

„Sie hat niemanden getötet, sie wurde getötet.“ Frieda beobachtete die Reaktion des Arztes, dem sämtliche Farbe aus dem Gesicht wich und der erschrocken in seinem Stuhl nach vorne fuhr.

„Ich hoffe, ich verstehe Sie falsch.“ Er schluckte. „Sie meinen, dass Frau Lippens tot ist? Getötet wurde?“

„Ja genau, Sie verstehen mich richtig. Frau Lippens wurde am frühen Sonntagmorgen tot aufgefunden.“

„Mein Gott!“ Entsetzt ließ sich Dr. Raimundt wieder nach hinten fallen. „Was ist mit ihr geschehen?“

„Wir befinden uns in den Ermittlungen, Herr Doktor, und können keine Details mitteilen. Dafür haben Sie sicherlich Verständnis. Wir haben im Terminkalender von Frau Lippens gesehen, dass sie gestern einen Termin bei Ihnen gehabt hätte." Frieda schob die richterliche Aufhebung der Schweigepflicht über den polierten Tisch.

„Ja, das stimmt."

„Als sie nicht kam, haben Sie nicht an den Leichenfund im Bermudadreieck gedacht?" Lara meldete sich zu Wort.

„Wissen Sie, wenn ich alles glauben würde, was in der Zeitung steht, würde ich vermutlich auf eine einsame Insel auswandern." Er sah sie scharf an. „Ich habe weder von dem Leichenfund gelesen noch mich über den ausgefallenen Termin gewundert. Es kommt häufiger vor, dass Patientinnen oder Patienten plötzlich kalte Füße kriegen, wenn ich das mal so salopp ausdrücken darf."

„Wäre der gestrige Termin der erste bei Ihnen gewesen?" Frieda übernahm wieder die Befragung.

„Nein, sie war vor einigen Wochen zu einer ersten Beratung hier."

„Weswegen ist sie gekommen?"

„Frau Lippens wollte durch mich eine geschlechtsangleichende Operation durchführen lassen." Er sah die aufmerksam blickenden Beamtinnen an und fuhr fort: „Sie wollte ihr biologisches Geschlecht ändern lassen."

„Was können wir uns darunter vorstellen, Herr Dr. Raimundt?"

„Meine Damen", gnädig blickte er sie an, „in der Kürze der mir zur Verfügung stehenden Zeit versuche ich Ihnen eine korrekte Schilderung des Ablaufs der geplanten Operation zu geben. Sollten sich die Brüste nach der Hormontherapie, die Susanne Lippens bereits begonnen hatte, nicht verkleinert haben, war der Plan, sie operativ komplett zu entfernen. Folgende Entscheidung war noch offen: Entweder die durch Hormone vergrößerte Klitoris freizulegen und zu einem Penis umzugestalten oder Muskeln aus dem Unterarm zu entfernen, um daraus einen Penis zu formen. Es gibt inzwischen hervorragende Implantate, mit denen zum Beispiel die Hoden nachgebildet werden können. Ebenso gibt es verschiedene Mechanismen, mit denen auch eine Erektion möglich ist."

„Und das alles gelingt problemlos?" Frieda schauderte bei der Vorstellung an die Operation.

„Sehr geehrte Frau Kommissarin", er behielt seinen gnädigen Ton bei, „die Medizin hat auf vielen Gebieten exorbitante Entwicklungen vollbracht. Gerade in Deutschland leisten Chirurgen Außerordentliches."

„Wer übernimmt denn die Kosten für diesen schwierigen Eingriff?"

„Die Krankenkassen nach zähem Kampf. Selbstzahler mit dem nötigen Kapital von etwa 75.000 Euro müssen selbstverständlich nicht lange warten oder sie haben die Alternative Thailand. Dort bleiben sie in der Regel im unteren fünfstelligen Bereich. Es ist bedauerlich, dass Frau Lippens nicht mehr, wie sie es selbst nannte, ihr richtiges Leben in letzter Konsequenz führen konnte." Dr. Raimundt sah auf die Uhr. „Eine Patientin wartet auf mich, ich muss unser Gespräch beenden. Wenn Sie noch Fragen haben, lassen Sie sich bitte am Empfang einen neuen Termin geben." Damit stand Dr. Raimundt auf und rauschte aus dem Zimmer.

„Danke für Ihre Zeit." Frieda sah ihm nach. „Das hat er, glaube ich, nicht mehr gehört."

•

„Wir brauchen Einsicht in das Testament der Toten. Das könnte vielleicht weitere Aufschlüsse bieten." Lara Fricke traktierte ihren Papierkorb mit Papierkügelchen.

„Dafür brauchen wir einen richterlichen Beschluss. Zu einer Testamentseröffnung werden die nächsten Familienangehörigen eingeladen, da sie per Gesetz pflichtteilsberechtigt sind, und weitere, im Testament genannte Erben. Die Polizei gehört nicht dazu." Frieda beobachtete belustigt die Beschäftigung ihrer Kollegin. „Ich kümmere mich um den Papierkram und wenn wir nicht zugelassen werden sollten, setzen wir uns morgen in das Vorzimmer des Notars und schauen, wer alles da ist und wie die Stimmung unter den Erben so ist." Frieda griff zum Telefon, während Lara ihren Tageswert an versenkten Kügelchen auf einem Blatt festhielt.

„Ich wüsste zu gern, wo das Handy von Frau Lippens abgeblieben ist", sinnierte Frieda laut, nachdem sie den Hörer aufgelegt hatte.

„Wurde vielleicht als Trophäe mitgenommen."

„Möglicherweise." Nachdenklich blickte Frieda in die Luft und verschränkte die Arme hinter dem Kopf.

•

Der Notar entnahm dem Umschlag mehrere Briefbögen und die Urkunde. Über seine Lesebrille hinweg sah er die Anwesenden streng an.

„Frau Lippens hat mich gebeten, ihr persönliches Anschreiben an Sie zuerst vorzulesen. Dieser Bitte werde ich nun nachkommen." Im Raum herrschte absolute Stille. Es wirkte so, als würde niemand mehr zu atmen wagen. Der Notar räusperte sich, bevor er begann:

„Ihr Lieben,
wenn ihr bei Herrn Dr. Myllendonk sitzt, bedeutet dies einen traurigen Anlass. Zumindest für mich gilt das. Ich bin nicht nur tot, sondern, was im Moment ähnlich schlimm wäre, ich habe meine Ziele nicht erreicht. Dieser Brief wird mit der Unterschrift von Susanne Lippens enden, eine Vorstellung, die mich erschauern lässt. Aber der Reihe nach:

Liebe Mutti, ich danke dir für alles, vor allem dafür, dass deine Liebe zu mir von Respekt und bedingungslosem Vertrauen erfüllt war. Ich weiß, dass du mich niemals verlassen wirst. Du warst immer gern bei mir und ich möchte, dass du dich in die Wohnung zurückziehen kannst, wann immer du es willst. Sie soll dir gehören und du kannst mit ihr machen, was du möchtest.“

Frau Lippens weinte still in ihr Taschentuch. Ihr Mann legte seine Hand auf ihre, doch sie entzog sie ihm.

„Lieber Papa, du warst immer sehr stolz auf meine Leistungen. Auszeichnungen waren dir dabei sehr wichtig. Es tut mir leid, dass ich dich enttäuschen muss. Wenn ich mein neues Leben vor diesem Testament begonnen hätte, würde es nichts mehr von Susanne geben und du würdest mit leeren Händen dastehen. Nun, so weit ist es nicht gekommen und doch habe ich dir nichts zu hinterlassen.“

Helmut Lippens schnaubte: „Was soll das? Wovon schreibt sie da? Sie muss verrückt gewesen sein.“ Seine Hände zitterten. Seine Frau hatte aufgehört zu weinen und ihr war äußerlich nichts mehr anzumerken. Sie saß still und aufrecht neben ihrem Mann und blickte nach vorn zu Dr. Myllendonk.

„Wenn ich bitte fortfahren könnte, Herr Lippens.“ Der Notar strich sich über seinen Schnäuzer. Als es keine Erwiderung gab, nahm er wieder Susanne Lippens Schreiben zur Hand:

„Lieber Karsten, unsere Trennung war für dich eine Überraschung, aber für mich ein wichtiger Schritt. Ich wollte dir nichts vormachen und wir haben uns gegenseitig Ehrlichkeit versprochen, in aller Konsequenz. Wir haben auch mal davon geträumt, dass wir gemeinsam mein Büro weiterführen und erweitern. Ich möchte dir also die Entscheidung überlassen, meine Mandanten zu überneh-

men, und wünsche dir eine Frau, die deinen Ansprüchen entsprechen möchte."

Karsten Schmitz seufzte leise und sah auf seine Hände.

„Liebe Detti, wir waren von klein auf befreundet. Wir sind in der Schulzeit durch dick und dünn gegangen, haben uns so manches Mal gegenseitig aus der Patsche geholfen und waren immer füreinander da. Weißt du noch, auf der Klassenfahrt nach Münster, als ich von einem Glas Bier betrunken war und eine große Show abgezogen habe? Du hast mich dazu gebracht, leise durch das Fenster in die Jugendherberge zurückzukehren und mich ins Bett zu legen. Damit ich nicht wieder aufstehen konnte, hast du dich kurzerhand dazugelegt, und ich war vor lauter Aufregung lange wach. Oder als ich für dich Schmiere gestanden habe, weil du mit deinem Freund in Ruhe rumknutschen wolltest. Ganz nebenbei: Ich habe nie verstanden, warum du bei deinen Freunden so einen sicheren Griff ins Klo hattest. Aber weiter: Wir haben unsere Träume und Wünsche miteinander geteilt und hatten keine Geheimnisse voreinander. So sollte es für mich auch bleiben, als ich dir ganz vorsichtig von meinen Gedanken zu einer Geschlechtsangleichung erzählt habe. Deine Reaktion ließ mich hoffen und als du mich wieder besuchtest, habe ich als Sunny geöffnet, und ein Teil meiner Träume zerrann in einem winzigen Augenblick. Als du mich erkannt hast, bist du wortlos gegangen und hast mir eine Mail geschrieben, in der du mir mitteiltest, dass du keinen Kontakt mehr zu mir wolltest. Ich habe dich geliebt, seit ich denken kann, und ich vermisse dich so. Meinen ursprünglichen Plan, dir Geld zu hinterlassen, habe ich über den Haufen geworfen, als dein unsäglicher Freund bei mir aufgelaufen ist, um eine Anzahlung auf das Erbe zu fordern. Diese Begegnung war für mich sehr unerquicklich und ich frage mich, warum du ihm davon erzählt hast. Ich würde mich sehr freuen, wenn du als meinen letzten Gruß das Bild aus dem Wohnzimmer akzeptieren könntest. Wir haben so oft gemein-

sam davor gesessen und sind in Gedanken spazieren gegangen. In meiner Vorstellung habe ich dabei immer deine Hand gehalten."

Bernadette Brandt schluchzte auf und Heidrun Lippens reichte ihr ein Taschentuch.

„Nach Abzug meiner Verbindlichkeiten und dem Pflichtteil für meinen Vater soll mein bescheidenes Vermögen in die Stiftung Kreuzblume einfließen, die sich für den Erhalt der Domspitzen einsetzt. Herr Dr. Myllendonk wird als mein Testamentsvollstrecker darauf achten, dass alles korrekt abläuft. Er wird euch jetzt meine Wünsche in juristisch einwandfreie Worte umformulieren. Ich wünsche euch alles Liebe. Eure Susanne."

Der Notar tat genau das, was angekündigt worden war. Anschließend nahm er seine Brille herunter und fragte die Anwesenden, ob sie ihr Erbe antreten wollten.

Als Erster verließ Karsten Schmitz hastig den Raum, ohne sich von den Einzelnen zu verabschieden, und stürmte an Frieda vorbei, die nach ihrer Zulassung zur Testamentseröffnung neben der Tür Platz genommen hatte. Draußen wartete Lara, die ihm folgte.

Frieda fing Bernadette Brandt ab, die kurz darauf den Raum verlassen wollte.

„Frau Brandt?" Frieda trat einen Schritt vor.

„Ja?"

„Bitte entschuldigen Sie, Kripo Köln, Leippold mein Name." Das obligatorische Zeigen des Ausweises folgte. „Ich habe einige Fragen." Frieda zeigte auf einen kleinen, abgetrennten Wartebereich, in dem sich niemand aufhielt. „Vielleicht setzen wir uns einen Moment hierher."

„Was kann ich für Sie tun?" Bernadette Brandt hatte rote Augen vom Weinen. Sie folgte ihr aber und setzte sich auf einen der unbequemen Stühle.

„Wann haben Sie Susanne Lippens zuletzt gesehen?" Frieda setzte sich ihr gegenüber.

„Wann ich Susanne das letzte Mal gesehen habe?", fragte Bernadette Brandt mit einem sarkastischen Unterton. „Nun", sie richtete sich etwas auf, „Susanne sah ich zwei Tage vor der Begegnung, die in dem Brief beschrieben wurde. Danach habe ich meine Freundin nicht mehr gesehen." Ihre Augen füllten sich wieder mit Tränen. „Als ich sie, wie schon gesagt, zwei Tage später zu einem Clubkonzert abholen wollte, machte mir dieser ... dieser Freak die Tür auf."

„Freak?", fragte Frieda vorsichtig.

„Wie würde es Ihnen denn gehen, wenn Sie sich auf einen Abend mit Ihrer besten Freundin freuen? Wie würden Sie reagieren?" Bernadette Brandts Aggressivität füllte blitzartig den Raum. „Na? Haben Sie eine schlaue Antwort?" Sie blickte wütend zu Frieda. „Ein fetziger Typ machte mir die Tür auf. Wissen Sie, coole Brille und gepflegter Dreitagebart. Ich lächelte ihn an und überlegte, wo Susanne den aufgegabelt hatte, als der plötzlich mit Susannes Stimme sprach. Ich hätte mich beinahe rückwärts auf den Hintern gesetzt, so einen Schrecken habe ich bekommen. Und dann habe ich erkannt, wer da vor mir stand, und bin weggerannt. Regelrecht geflohen bin ich." Bernadette Brandt sah sie um Verständnis bittend an. „Können Sie das nachvollziehen?"

„Ehrlich gesagt, nicht wirklich." Frieda ließ den Blick nicht von ihrem Gegenüber. Innerhalb kurzer Zeit bekam sie hier ein weiteres Motiv geliefert und sie wartete gespannt, was Frau Brandt noch erzählen würde.

„Wissen Sie, als Susanne davon sprach, dass sie jemanden kennen würde, der sich umoperieren lassen würde, dachte ich doch nicht im Entferntesten daran, dass sie von sich sprach! Sie war so furchtbar egoistisch."

„Ich dachte, die Menschen in Köln wären so tolerant." Frieda lächelte.

„Natürlich bin ich tolerant. Ich habe überhaupt nichts dagegen, wenn sich irgendeine kranke Seele nicht wohl im eigenen Körper fühlt. Aber doch nicht Susanne!" Bernadette Brandt schien regelrecht empört zu sein. „Wie stellte sie sich das vor? Mach aus einer Frau einen Mann und alles andere bleibt beim Alten? Wie hätte unsere Freundschaft ausgesehen, was hätte ich meinem Mann sagen sollen? Er hätte sicherlich nicht verstanden, dass ich mit einem anderen Mann meine Freizeit verbringen möchte."

„Sie hatten also weniger etwas gegen Sunny als vielmehr Angst vor Ihrem Mann." Frieda versuchte sich Herrn Brandt vorzustellen.

„Ach, Sie haben doch keine Ahnung!"

„Herr Myllendonk hat gerade vorgelesen, dass Ihr Mann einen Vorschuss auf Ihr Erbe verlangt hatte. Wussten Sie davon?"

„Kev hat nicht mit mir gesprochen. Ich habe es erst von Susanne erfahren. Sie hat mich angerufen und gesagt, dass sie ihn rausgeworfen habe. Er sei in ihrem Büro aufgetaucht und unverschämt geworden."

„Wann war das, Frau Brandt?"

„Um Karneval rum, glaube ich. Er hat es dann auf meine Solidarität mit ihm geschoben, dass ich Susanne nicht mehr treffen wollte. Er hat überhaupt nicht weiter gefragt."

„Wofür brauchte Ihr Mann das Geld?"

„Er ist überraschend arbeitslos geworden und der Wagen ging kaputt." Bernadette Brandt stand auf.

„Wo war Ihr Mann in der Nacht von Samstag auf Sonntag?" Frieda blieb sitzen.

„Er hat seine Eltern in Remscheid besucht. Kann ich jetzt gehen?"

„Eine letzte Frage habe ich noch: Wo waren Sie in der Nacht, auch in Remscheid?“

„Nein, ich habe es nicht so mit meinen Schwiegereltern. Ich bin zu Hause geblieben.“ Bernadette Brandt wollte sich wegdrehen.

„Gibt es dafür Zeugen?“ Frieda stellte sich ihr in den Weg.

„Nein. Auf Wiedersehen, Frau Kommissarin.“

Frieda sah ihr nachdenklich hinterher und machte sich dann auch auf den Weg. Am Auto wartete Lara auf sie und schleckte ein großes Eis.

„Dieser Schmitz ist ein arrogantes Arschloch. Scheint in seiner Männlichkeit gekränkt zu sein. Er fragte mich allen Ernstes, ob sein Name in diesem Zusammenhang an die Presse gelangen würde. Für den Fall wollte er, rein prophylaktisch sozusagen, eine einstweilige Verfügung erlangen. Bei ihm kann ich mir das Motiv ‚Rache‘ gut vorstellen. Erfolgreicher Jurist und Steuerberater wird von einem Transmann abserviert und schäumt vor gekränkter Eitelkeit und Wut. Narzisstische Kränkung nennen die Psychos das, glaube ich. Wir sollten ihn offiziell einbestellen, allein schon, um ihn zu ärgern.“ Lara hatte geredet wie ein Wasserfall. „Und, was gibt es bei dir?“

„Lass uns ins Büro fahren und eine Übersicht erstellen.“ Frieda sah sich nach einer Eisdiele um. „Woher hast du das Eis?“

•

Frieda sah auf die Uhr und bekam einen Schrecken. Verflixt, die Zeit war wie im Flug vergangen. Es war tatsächlich schon 21.30 Uhr. Sie hatte sage und schreibe drei Stunden mit dem Notebook von Susanne Lippens verbracht. Sie stand auf und dehnte sich. Jetzt erst spürte sie die Steifheit in ihren Gliedern und war überrascht, dass draußen bereits das Zwielicht einsetzte. Sie hatte überhaupt nicht bemerkt, dass sich der Himmel bezogen hatte und schwarze Wolken ein Gewitter ankündigten. In der Ferne zuckten Blitze am Himmel. Sie fühlte sich seltsam melancholisch und von dem Leben Susanne Lippens' angezogen. Frieda fuhr kurzerhand auf dem Nachhauseweg an der Wohnung von Susanne Lippens vorbei. Sie setzte sich im Dunkeln auf die Couch. Das untergehende Licht warf einen fahlen Schein in das Zimmer. Hier versuchte sie etwas von der Persönlichkeit Susanne Lippens' einzufangen. Sie blickte zu dem Landschaftsbild und wanderte in Gedanken über grüne Wiesen und durch Felder.

Ein Geräusch ließ sie zusammenzucken und sie sah über ihre Schulter. Die Wohnungstür wurde vorsichtig geöffnet, das Licht des Treppenhauses fiel in den Flur und zeigte die Silhouette einer Frau. Frieda griff erschrocken zu ihrer Pistole, als im nächsten Moment ein bekanntes Schnauben auf sie zukam.

„Arnold", entfuhr es ihr und Frau Lippens rief mit schriller Stimme: „Wer ist da?"

„Leippold von der Kripo", antwortete Frieda ruhig.

„Meine Güte, was machen Sie denn um diese Uhrzeit hier?" Frau Lippens trat in das dämmerige Wohnzimmer.

„Dasselbe kann ich Sie fragen, Frau Lippens." Frieda steckte ihre Pistole wieder in das Holster. „Die Wohnung ist von uns noch nicht freigegeben."

„Glauben Sie mir, ich habe nicht vor, hier irgendetwas wegzuschaffen oder so." Frau Lippens setzte sich ebenfalls auf das Sofa. „Ich bin oft abends vorbeigekommen, meinem Mann habe ich gesagt, dass ich mit Arnold eine größere Runde drehe. Susanne war es lieber, wenn ich sie besuchte. Sie mochte nicht mehr zu uns nach Hause kommen." Ihre Stimme klang traurig.

„Während unseres Besuches bei Ihnen haben Sie und Ihr Mann eine unserer Fragen nicht beantwortet. Ich stelle sie noch mal: Welchen Grund gab es dafür, dass Ihre Tochter nicht früher ausgezogen ist?"

„Ach, wissen Sie, meine Tochter war ein Pfennigfuchser und zu Hause lebt es sich nun mal am günstigsten. Außerdem war sie in den letzten Jahren an den Wochenenden oft unterwegs, blieb die Nächte weg. Sie erzählte mir, dass sie manchmal in einem Hotel übernachten würde. Meinem Mann erzählte sie, dass sie bei einer Freundin übernachtete oder dass sie Städtetouren unternahm, obwohl sie die meiste Zeit in Köln blieb."

„Sie wussten von dem zweiten Leben Ihrer Tochter?"

„Natürlich, was denken Sie denn. Ich bin doch ihre Mutter. Meine Tochter hat vielleicht nicht alles, aber bestimmt vieles mit mir besprochen. Sie hat Wert auf meine Meinung und meinen Rat gelegt." Frau Lippens begann zu weinen.

Frieda ließ sie in Ruhe gewähren und wartete ab. Es dauerte nicht lange, bis Susannes Mutter weitersprach. „Für mich war es kein Schock, als sie mir eines Tages eröffnete, dass sie das Leben als Frau satthabe. Sie sagte, dass sie lange genug das jämmerliche Schauspiel aufgeführt habe und dass sie es müde geworden sei. Ich wusste sofort, wovon sie sprach. Ich habe sie schließlich von klein auf begleitet, habe ihr ungläubiges Entsetzen in ihren Augen gesehen, als sie im Kindergarten begriff, dass bei ihr nichts mehr nachwachsen würde, dass sie glaubte, der liebe Gott habe bei ihr einen Fehler gemacht. Damals hat sie angefangen, sich eine andere Identität auszumalen. Nach außen blieb sie wild und ungestüm. Sie glauben gar nicht, wie viele Hosen und Blusen sich dieses Kind zerrissen hat, wenn sie von Bäumen gesprungen oder über Stacheldraht geklettert ist. Und wie schmutzig sie oft nach Hause gekommen ist." Frau Lippens lächelte Frieda an, die es weniger sah als vielmehr spürte. „Aber im Inneren war mein Kind traurig und verzweifelt." Es entstand wieder eine längere Pause.

„Sie erzählte mir auch, dass sie die Verlobung mit Karsten gelöst hatte. Wissen Sie, er ist ein guter Junge, er hat Susanne auf Händen getragen. Aber mit dieser Veränderung konnte er nicht umgehen. Ich glaube, er gibt sich die Schuld daran, dass sie keine gemeinsame Zukunft hatten." Frau Lippens wandte sich wieder Frieda zu. „Sie dürfen keinen falschen Eindruck von ihm bekommen. Heute bei der Testamentseröffnung hätte er lieber geweint. Stattdessen hat er sich in Überheblichkeit geflüchtet und sich entzogen. Ich muss ihn unbedingt anrufen." Sie atmete tief durch.

„Wusste Ihr Mann von der Entlobung?"

„Gott bewahre! Das wollte ich ihm tröpfchenweise beibringen."

„Warum ist Ihre Tochter bei Ihnen ausgezogen?"

„Na ja, alt genug war sie und ich hatte den Eindruck, dass ihre Umwandlung sie sehr beschäftigte und sie sich bei uns zunehmend eingesperrt fühlte. Sie wollte keine zwei Leben mehr führen."

„Aber sie schien sich ja bei Ihnen eingerichtet zu haben. Hat sie sich in letzter Zeit mit Ihrem Mann gestritten?"

„Susanne und mein Mann waren ein Herz und eine Seele. Als sie zur Welt kam, war ich ein wenig abgemeldet." Frau Lippens schwieg eine Weile, bevor sie fortfuhr. „Susa hier und Susa da. Bis vor einigen Monaten hat er ihren Namen aus Babyzeiten beibehalten. Mein Mann hat sie mitgenommen zum Angeln, dafür ist sie morgens um vier Uhr aufgestanden, ohne zu murren. Sie haben sogenannte ‚Überlebenswochenenden' in der Eifel durchgeführt." Frieda lächelte über die Empörung, die Frau Lippens offenbar auch heute noch empfand, wenn sie daran zurückdachte. „Freitagnachmittags sind sie ohne Proviant und Wasser, nur mit Schlafsäcken bewaffnet, losgefahren. Sie haben alles, was sie brauchten, aus der Natur genommen. Fernab von Wanderwegen und anderen Menschen. Ich glaube, dass sie sogar Regenwürmer gegessen haben." Frau Lippens schüttelte sich. „Wir haben ansonsten auch immer Campingurlaub gemacht, es war der ausdrückliche Wunsch meines Mannes." Frieda glaubte herauszuhören, dass die Wünsche von Frau Lippens ganz andere gewesen waren. „Manchmal war ich schon etwas eifersüchtig, das muss ich zugeben, aber das dauerte nie lange an, denn ich war es, der meine Tochter ihr Herz ausschüttete. Mein Mann stand für Abenteuer, aber zu mir kam sie, wenn sie sich Sorgen machte oder Angst vor einer Prüfung hatte." Ihre Stimme stockte und sie wischte sich leicht über die Augen. „Wir beide teilten auch die Liebe zu Tieren, die mein Mann nie nachvollziehen konnte. Für ihn gehört das Viehzeug, wie er es nennt, nach draußen und nicht in die Wohnung." Frau Lippens tätschelte Arnold, der neben ihr auf dem Sofa lag, liebevoll den Kopf, was der Mops mit freudigen Grunzlauten quittierte. „Die Beziehung zwischen den beiden veränderte sich langsam mit Susannes Pubertät. Es war nicht die große Revolte, von denen andere Eltern uns erzählt haben. Sie hingen immer noch sehr aneinander, aber die Gewichtung veränderte sich. Verstehen Sie, was ich meine?" Frau Lippens wandte Frieda das Gesicht zu. „Für meinen Mann blieb sie sein Augenstern, wie man so sagt. Für Susanne war er aber nicht mehr der große Held, der uneingeschränkt bewundert wurde. Sie sah ihn zunehmend kritischer und verbrachte nicht mehr so viel Zeit mit ihm, wie er es sich wünschte. Ihre Beziehung war in den letzten Jahren sehr angespannt und meine Tochter sah sich auf dem Höhepunkt jedes Streites Wohnungen an, weil sie ausziehen wollte. Dieses Spielchen ging eine ganze Weile so, bis sie schließlich tatsächlich auszog. Mein Mann wollte, dass sie heiratete und ihm Enkel schenkte. Das war nun überhaupt nicht das, was meine Tochter vorhatte." Sie seufzte. „Wie ich schon sagte, als sie noch klein war, ist er um sie herumgeschwirrt, als wäre sie der Nabel der Welt. Als Susanne in die Pubertät kam, entwickelte sie eine eigene Meinung und Vorstellungen vom Leben im Allgemeinen und im Besonderen. Für meinen Mann war es besonders schlimm, dass sie nicht mehr mit in die Kirche ging."

„In die Kirche?"

„Ja, wir sind Katholiken, mein Mann ist einer von der konservativen Sorte."

„Und Sie, Frau Lippens?"

„Nun ja, ich habe da auch etwas andere Ansichten als mein Mann. Für ihn war zum Beispiel das, was Kardinal Meisner sagte, Gesetz, und es wurde nicht darüber diskutiert. Für Helmut bedeuten die Dogmen Sicherheit und die Möglichkeit, sich dahinter zu verkriechen. Er sympathisiert mit dem Opus Dei, wenn Sie verstehen, Frau Leippold."

Friedas Eltern waren protestantischen Glaubens. Sie hatten ihre Tochter aber nicht taufen lassen, weil sie ihr die Entscheidung selbst überlassen wollten. Frieda bezeichnete sich selbst als den „Nicht-sakralen-Typ" und hatte nicht die große Kenntnis über kirchliche Zusammenhänge, aber sie wusste immerhin, dass der Opus Dei eine extrem konservative und radikale Gruppe in der katholischen Kirche war.

„Sie können sich von daher vorstellen, dass er Susanne durch sämtliche Therapien und Umerziehungskurse geschleppt hätte, wenn er von ihren Plänen gewusst hätte. Helmut ist ein dummer, alter Mann." Sie tupfte ihre Augen. „Er hat sie nie verstanden", fügte sie leise hinzu. „Er ist ein Idiot!"

„Ist das nicht ein bisschen hart?"

„Die Wahrheit ist manchmal hart."

„Er wusste also wirklich gar nichts von dem zweiten Leben seiner Tochter?"

„Susanne und ich haben nicht mit ihm darüber gesprochen, ich wüsste nicht, wie er davon erfahren haben sollte. Und von Caro wusste er auch nichts."

„Caro?" Frieda horchte auf.

„Ja, sie war manchmal hier. Einmal habe ich sie hier auch getroffen. Eine sehr nette, junge Frau. Ich glaube, sie macht irgendwas mit Fitness oder so. Den Körper hatte sie auf jeden Fall danach." Nach einer Weile fügte sie hinzu: „Ich möchte nicht wissen, wie viel Zeit und Geld es kostet, so einen durchtrainierten Körper nicht nur zu erarbeiten, sondern ihn auch zu behalten." Sie zauderte, dann fragte sie: „Warum sind Sie eigentlich hier, Frau Leippold?"

Frieda überlegte ihre Antwort. „Ich möchte verstehen, wer Ihre Tochter war, welchen Grund es gibt, Ihre Tochter zu töten. Ich kann mich einem Verstorbenen in dessen Wohnung leichter nähern."

„Dann werden Sie die Wohnung noch nicht so bald freigeben?"

„Doch, Frau Lippens, ich habe nicht vor, hier jeden Abend zu sitzen." Frieda musste lächeln.

„Meine Tochter, oder sollte ich besser mein Sohn sagen? Ich weiß nicht, was richtig ist, Susanne wollte als Mann gesehen werden. Also ist wohl mein Sohn richtig." Ihre Stimme zitterte ein wenig. „Mein Sohn … also Sunny hätten wir ihn bestimmt nicht genannt!" Es entstand erneut eine Pause, bis Frau Lippens fortfuhr. „Ich habe noch nie darüber nachgedacht, wie wir unseren Sohn genannt hätten. Dieses ganze neumodische Zeugs kommt nicht in Frage. Vielleicht Felix, der Glückliche. Ja, das passt, aber doch nicht Sunny. Aber was wollte ich eigentlich sagen? Ah ja, natürlich: Ich glaube, Sie hätten sich mit meiner Tochter, Blödsinn, meinem Sohn, gut verstanden und ein wenig erinnern Sie mich an …", sie zögerte kurz, „Sunny." Frau Lippens stand auf. „Komm, Arnold, wir gehen."

In der Tür drehte sie sich um. „Sie wissen ja, wo Sie mich finden.“ Das klang entschieden verschwörerisch und Frieda lächelte wieder. Wieso erinnerte sie Frau Lippens an Sunny? Frieda stand seufzend auf und verließ die Wohnung.

•

„Sie haben uns nicht ganz die Wahrheit gesagt, Frau Römer.“

Carolin Römer sah sich hastig um, so als wollte sie sich vergewissern, dass sie alleine waren. Sie legte sich ihr Handtuch um die Schultern und ging zu einer Sitzecke, in der auch ein Getränkeautomat und eine sehr teure Kaffeemaschine standen. „Was möchten Sie trinken? Heiß oder kalt?“ Sie drehte sich zu den beiden Polizeibeamtinnen um.

„Kalt“, sagten Frieda und Lara einstimmig.

Wenig später hielten sie alle Mineralwasser in den Händen und setzten sich.

„Ich lernte Sunny vor einem halben Jahr im *Trans*Later* kennen. Als ich ihn zum ersten Mal sah, war ich hin und weg.“ Carolin Römer wischte sich über die Augen. „Sunny ging durch den Raum und mir wurden die Knie weich. Er kam direkt auf mich zu, setzte sich neben mich an die Bar und lächelte mich an. Er war unwiderstehlich. Wir tranken einen Cocktail und tanzten miteinander, bis die Musik aufhörte. Es fühlte sich so gut an, mich an ihn zu lehnen und mich führen zu lassen. Wir redeten nicht viel.“ Sie verstummte und die Beamtinnen ließen ihr Zeit. „Wir verabredeten uns zum Essen bei ihm.“ Sie sah gehetzt auf. „Wie Sie vielleicht verstehen können, war es für mich nicht möglich, mich mit ihm in einer anderen Kneipe oder einem Restaurant sehen zu lassen.“

„Nein, das verstehe ich nicht, Frau Römer.“ Frieda sah sie aufmerksam an.

„Mein Mann ist sehr eifersüchtig und er weiß nichts von meinen Besuchen im *Trans*Later*, geschweige denn von meiner Beziehung zu Sunny." Carolin Römer schluckte vernehmlich.

„Und, wie ging es weiter?" Lara machte sich Notizen.

„Sunny erzählte mir von seinen Gefühlen, wie es war, im falschen Körper zu stecken." Nach einer längeren Pause fügte sie hinzu: „Dann haben wir miteinander geschlafen."

„Wie konnten Sie das vor Ihrem Mann geheim halten?" Lara sah sie fragend an.

„Ich habe keine Regelarbeitszeiten, Frau Fricke, da gibt es so einigen Spielraum." Carolin Römer wurde sich der Zweideutigkeit ihrer Bemerkung bewusst und errötete leicht.

„Und wenn Ihr Mann hier anrief und nach Ihnen fragte?" Frieda ignorierte ihre Gesichtsfarbe.

„Entweder hatte ich Charly angerufen und gesagt, dass sich mein Auftrag noch hinziehen würde, oder Carlos hat es ihm gesagt, wenn er am Telefon war."

„Herr Santiago wusste Bescheid?" Erstaunt sah Lara von ihrem Notizbuch hoch.

„Ja, Carlos ist ein Freund, der mir den Rücken frei hält. Natürlich weiß er keine Einzelheiten, sondern nur, dass ich jemanden kennengelernt hatte, mit dem ich manchmal meine Zeit verbrachte."

„Wusste er von Susanne Lippens?"

„Nein, ich habe von Sunny erzählt. Und er hat nicht weiter gefragt."

„Haben Sie schon öfter auf dieses Arrangement zurückgegriffen?"

„Ich war öfter mal allein unterwegs, aber daraus hat sich keine tiefergehende Beziehung ergeben."

„Waren Sie immer im *Trans*Later* unterwegs?" Lara wartete gespannt auf die Antwort.

„Ja.“ Carolin Römer zögerte. „Frauen, die mit Rollen spielen oder mit ihrer männlichen Seite experimentieren, können sehr aufregend sein. Sunny probierte einiges aus und war beim Sex sehr einfallsreich.“

„Hatten Sie auch im oder am *Trans*Later* Geschlechtsverkehr?“

„Ja, Sunny hatte anfangs ein großes Bedürfnis nach Sex.“

„Waren Sie die Einzige?“

„Nein, wie ich schon sagte, war Sunny unwiderstehlich. Auch für andere Frauen.“ Ihr Blick umwölkte sich.

„Und Sie?“

„Ich hatte mich für Sunny entschieden und wollte meinen Mann verlassen.“ Carolin Römer strich sich wieder über die Augen.

„Sie wollten Ihren Mann für einen Frauenheld verlassen?“ Frieda bezweifelte die Aussage Carolin Römers. „Warum sollten Sie das tun?“

„Haben Sie sich schon mal von einem Mann ganz und gar verstanden gefühlt? Kennen Sie es, ohne viele Worte auf einer Wellenlänge zu sein?“ Carolin Römer machte einen aufgewühlten Eindruck und lief erregt auf und ab. „Außerdem hatte Sunny seine Sturm- und Drangphase hinter sich.“ Sie blieb vor Frieda stehen.

„Hatten Sie Samstagnacht im Hinterhof vom *Trans*Later* Geschlechtsverkehr?“

„Nein, wir haben es auf der Toilette gemacht. Mich störte der Spanner draußen.“

„Welcher Spanner?“ Frieda dachte an Herrn Hölter. „An irgendeinem Fenster der gegenüberliegenden Häuser?“

Carolin Römer lachte auf. „Nein, ich meine nicht den alten Wichser. Im Torbogen stand jemand. Auch schon am Wochenende davor. Der war mir unheimlich, sein Gesicht war nicht zu erkennen, aber es war ganz deutlich zu sehen, dass sich dort jemand in den Schatten drückte, um nicht gesehen zu werden. Ich hatte Conny darauf aufmerksam gemacht, er wollte sich darum kümmern."

„Und? Hat Herr Frantzen sich gekümmert?"

„Ich weiß es nicht. Wir waren, wie gesagt, auf der Toilette."

„Haben Sie …", Frieda stockte einen Moment, bevor sie fortfuhr, „haben Sie Sunny von Ihrer Beobachtung erzählt? Wusste Sunny, dass dort jemand stand?"

„Ich habe nicht darüber gesprochen, vielleicht Conny."

„Was wollen Sie denn schon wieder von meiner Frau?" Charly Römer kam in den Raum gestürmt.

„Charly, bitte." Carolin Römer machte einige Schritte auf ihn zu. Als er sie erreichte, legte er besitzergreifend seine Hand in ihren Nacken. Carolin Römer versuchte dezent, sich aus dem Griff zu befreien. „Mach nicht so eine Welle, Frau Leippold und Frau Fricke tun nur Ihre Pflicht." Sie entwand sich geschickt seinem Griff und Charly Römer sah seine Frau erstaunt an.

„Frau Römer, vielen Dank. Würden Sie uns bitte einen Moment mit Ihrem Mann allein lassen?" Frieda sah es in Carolin Römers Augen aufblitzen.

„Natürlich, Sie finden mich oben in meinem Büro."

„Nehmen Sie doch bitte Platz, Herr Römer." Frieda wies auf die Sitzecke.

„Was wollen Sie von mir?" Aggression füllte den Raum. Frieda wappnete sich.

„Sie können selbstverständlich auch stehen bleiben. Wir haben nur ein paar Fragen an Sie." Frieda blieb auch stehen. Sie wollte ihm nicht die Genugtuung geben, auf sie herabzusehen.

„Was wollen Sie wissen?" Charly Römer verschränkte seine Arme vor der Brust.

„Kannten Sie Sunny Lippens?" Lara war sitzen geblieben.

„Nicht persönlich." Charly Römer ließ plötzlich die Arme fallen und setzte sich mit hängenden Schultern auf einen Stuhl. „Meine Frau glaubt, dass sie mich verarschen kann.“ Er war kaum zu verstehen und fing an zu weinen. Er zog einige Male die Nase hoch und schluckte seinen Rotz herunter. „Aber Charly Römer lässt sich nicht verarschen.“ Seine Aggression kochte wieder hoch.

„Was meinen Sie damit, dass Ihre Frau Sie verarschen wollte?“

Er lachte hässlich auf. „Tun Sie doch nicht so, Ihnen hat sie doch bestimmt von dieser blöden Fotze, die einen auf Kerl macht, erzählt.“ Sein Speichel spritzte über den Tisch. „Und dieses blöde Gerät fickt deine Frau besser, als du es je könntest.“ Er warf sich in seinem Stuhl zurück. „Ich bin durch Zufall dahintergekommen. Ich arbeite für einen Garten- und Landschaftsbaubetrieb und hatte vor ungefähr zwei Wochen Überstunden in einem Garten in der Uhlandstraße gemacht. Ich war in dem Glauben, dass meine Frau wegen eines Auftrages erst am anderen Tag nach Hause kommen würde. Als ich am Abend zum Wagen ging, sah ich sie plötzlich über die Straße laufen. Ich habe gewunken, aber sie hat mich gar nicht gesehen, sondern verschwand in einem Haus etwas die Straße runter. Ich habe mir nichts dabei gedacht, sondern geglaubt, dass das mit ihrem Job zu tun hatte. Am anderen Tag erzählte Caro mir dann von ihrem nächtlichen Einsatz als Bodyguard für einen Künstler in Leverkusen. Da wurde ich misstrauisch.“ Charly Römer holte sich ein Mineralwasser und setzte sich wieder auf den Stuhl. „Als sie mir dann wieder von einem nächtlichen Job erzählte, bin ich ihr gefolgt. Das war gar nicht so einfach, denn sie nahm sich ein Taxi. Ich hatte aber Glück, denn ein weiteres Taxi kam gerade heran und ich hielt es an. Der Fahrer hat mich ziemlich blöd angeguckt, als ich ihm sagte, er solle den anderen Wagen verfolgen. Na ja, es ging ins Bermudadreieck in einen Club und ich wartete draußen in der Kälte, bis sie mit diesem Pseudo-Kerl wieder auftauchte. Da hatte ich mir allerdings schon einen Ast abgefroren und ließ mich von einem Taxi nach Hause fahren. Ich hatte mir eine ordentliche Erkältung eingefangen und lag das Wochenende im Bett." Er schniefte wieder. „Und bevor Sie mich fragen, nein, ich habe nichts mit dem Tod dieses Mannweibes zu tun." Frieda und Lara beobachteten entsetzt, dass er tatsächlich ausspuckte.

„Wo waren Sie in der Nacht von Samstag auf Sonntag?", fragte Frieda kalt.

„Ich wollte nicht noch mal zusehen, wie sich meine Frau durchvögeln lässt, und habe mich vor dem Fernseher volllaufen lassen. Nachts habe ich dann einen Porno eingelegt und mir einen runtergeholt." Charly Römer sah provozierend von einer Frau zur anderen. „Tja, und dabei hat mich meine Frau überrascht. Ich konnte ja nicht wissen, dass sie so früh nach Hause kommen würde." Er grinste dreckig.

„Wissen Sie noch, wann Ihre Frau zu Hause war?" Frieda musste sich konzentrieren, um nicht ausfallend zu werden.

„Kurz nach zwei Uhr." Er änderte seinen Gesichtsausdruck. „Ich hatte die Hoffnung, dass sie wieder zu mir zurückfindet, ohne dass ich Krawall schlagen muss. Vor allem, wenn sie mitkriegt, dass sie nicht die einzige Fickmaus von diesem Typen war."

„Sie waren auch am *Trans*Later*, wenn Ihre Frau nicht dort war?" Lara Fricke war erstaunt.

„Ja, vor einigen Wochen wollte ich mir das Miststück greifen und habe im Torbogen gewartet. Aber, siehe da, ich durfte eine weitere Einlage mit einer anderen Tussi bewundern. Da habe ich mir gedacht, dass es nur eine Frage der Zeit ist, bis meine Frau wieder zur Vernunft kommt."

„Seit wann wissen Sie von der Sache?" Frieda wollte das Gespräch beenden.

„Sache? Sie sind vielleicht witzig!" Er schnaubte. „Ich weiß von dem Seitensprung meiner Frau seit ungefähr drei Monaten." Er stand auf. „Seitdem warte ich."

„Wir melden uns, wenn wir noch Fragen haben." Frieda nickte Lara zu und beide gingen hinaus.

„Glaubst du ihm?", fragte Lara auf dem Weg zum Auto.

„Er gibt seine Frau als sein Alibi an, zwei Fliegen mit einer Klappe sozusagen." Frieda ließ sich nachdenklich auf den Beifahrersitz gleiten.

„Ob er ahnt, dass seine Frau sich von ihm trennen wollte?" Lara grübelte vor sich hin.

•

„Herr Schmitz, schön, dass Sie so kurzfristig Zeit für uns haben."

„Hätte ich denn eine Wahl gehabt, Frau Leippold?" Karsten Schmitz nahm auf dem Stuhl Platz. Mit ihm war der Duft von Rasierwasser und Deodorant in den Raum geweht. „Ich bitte Sie, meinen dummen Auftritt von gestern zu entschuldigen, aber ich habe mich dort ausgesprochen unwohl gefühlt." Er sah sie bittend an.

„Für uns ist das kein Problem, Herr Schmitz. Vielleicht können Sie uns sagen, warum es für Sie so unangenehm war?" Frieda lächelte ihn gewinnend an.

„Ja, warum war es so unangenehm", wiederholte er leise. „Ich bin nicht besonders gut darin, über meine Gefühle zu sprechen, Frau Kommissarin."

„Versuchen Sie es einfach, es wird schon klappen."

„Das sagen Sie so einfach, aber gut, ich will es versuchen. Herrn Lippens zu begegnen, der scheinbar immer noch nichts über die Entlobung und Trennung wusste, war mir sehr unangenehm. Ich mag keine Heimlichkeiten und bin dafür, die Dinge beim Namen zu nennen. Mag das auch noch so unangenehm sein. Susanne und ich, wir hatten uns versprochen, uns nicht in eine künstliche Sicherheit zu lullen, wenn wir wussten, dass etwas dabei war, sich zu verändern. Das erfordert eine ganze Menge Mut, den Susanne dann tatsächlich bewiesen hat. Aber zurück zu gestern. Ich kam mir Herrn Lippens gegenüber vor wie ein falscher Fünfziger. Mit ihm habe ich mich auch, ehrlich gesagt, nicht besonders gut verstanden. Er hatte am Anfang, als Susanne mich ihren Eltern vorstellte, meine Leistungen in der Schule und im Studium abgefragt. Ich kam mir vor wie ein dummer kleiner Junge und fühlte mich gedemütigt. Er war mir nicht wirklich sympathisch." Karsten Schmitz sah zum Fenster hinaus und ihm war anzumerken, wie schrecklich das für ihn gewesen sein musste. „Und dann wurde ich wieder mit der Frage konfrontiert, die mich beschäftigt, seitdem wir uns getrennt haben. Was war in unserer Beziehung falsch gelaufen, was habe ich falsch gemacht?" Er sah Frieda verzweifelt an. „Bin ich so ein schrecklicher Mann, bin ich so ekelhaft und abstoßend? Das waren meine ersten Gedanken. Ich habe erst gar nicht begriffen, welchen Grund sie mir für die Trennung tatsächlich angab. Sie sprach von einer geschlechtsangleichenden Operation und ich habe gedacht, sie will mich auf den Arm nehmen. Ich habe gelacht, aber dann in ihren Augen gesehen, dass sie es ernst meinte. Ich befand mich in einem Wechselbad der Gefühle, das gestern bei Herrn Dr. Myllendonk wieder aufgewärmt wurde. Ich hatte alles so schön verdrängt und dann sah ich Susanne wieder vor mir, wie sie mir an dem Abend ihren Lebensweg skizzierte. Ich bin damals aufgestanden und gegangen, genauso habe ich es gestern gemacht. Das war sicherlich keine reife Leistung, aber ich konnte nicht anders. Ich kann damit nicht vernünftig umgehen."

„Haben Sie Susanne nach dem Abend noch mal gesehen?"

„Nein, Sie hatte mir eine Mail geschrieben, in der sie von ihrer Hoffnung sprach, dass ich ihr eines Tages ein

Freund sein könnte. Ich muss Ihnen ehrlich sagen“, er sah die beiden Beamtinnen an, „wie hätte das gehen sollen? Für mich wäre sie immer Susanne geblieben und ich hätte immer die Frau vor mir gesehen. Ich habe Susanne geliebt, mit einem Sunny Lippens hätte mich nichts verbunden.“

„Sind Sie Sunny begegnet?“

„Nein, Frau Fricke, nicht wissentlich. Ich hatte keine Ahnung, wie Sunny aussah. Ich wollte es, ehrlich gesagt, auch gar nicht wissen. Ich möchte Susanne so in Erinnerung behalten, wie ich sie kenne.“

„Vielen Dank, Herr Schmitz. Wir wissen ja, wo wir Sie finden.“

„Natürlich. Ich stehe Ihnen selbstverständlich für weitere Fragen gern zur Verfügung. Ich möchte, dass Susannes Mörder gefunden wird, und werde alles mir Mögliche tun, um Sie zu unterstützen.“

Karsten Schmitz verließ das Büro und Lara Fricke sah ihm versonnen nach. „Das ist ein echtes Sahneschnittchen und er riecht verdammt gut!“

Diese Bemerkung erinnerte Frieda an Lars und sie verließ das Büro mit der Bemerkung, dass sie in spätestens zwei Stunden zurück sei und sie sich dann endlich an die Protokolle setzen würde. Sie war sich nicht sicher, ob Lara ihr überhaupt zugehört hatte.

Frieda fuhr direkt in die Pathologie und überredete Lars zu einem Spaziergang über den Melaten-Friedhof. Sie hakte sich bei ihm ein und so gingen sie eine Weile schweigend an den Gräbern entlang.

„Kommt ihr in dem Fall von Sonntag gut voran?“ Lars legte den Arm um Friedas Schultern.

„Wir haben schon einige Vernehmungen durchgeführt und etliche Motive geliefert bekommen“, antwortete sie und blieb stehen. Sie stellte sich vor ihn und legte ihre Hände auf seine Hüften. Lars sah sie erwartungsvoll an und lächelte.

„Wie würdest du reagieren, wenn ich mich dir gegenüber als transgender outen würde?"

„Ich ahnte, dass du meinen sexy Körper ignorieren würdest." Er zog sie übertrieben seufzend enger an sich heran, um ihr einen zärtlichen Kuss zu geben.

„Du bist ein verrückter Kerl, aber dein sexy Körper ist kaum zu ignorieren." Sie erwiderte seinen Kuss und legte die Hände auf seinen Hintern.

„Frau Kommissarin", flüsterte er in ihr Ohr, „Sie begeben sich auf gefährliches Eis, außerdem sind wir auf einem Friedhof."

„Du hast doch sonst keine Schwierigkeiten mit ausgefallenen Orten", lachte Frieda leise und gab ihn frei. „Kommen wir noch mal auf meine Frage zurück."

„Wenn du dich outen würdest und mir klar würde, ich hätte keine Geliebte mehr, sondern nur noch einen Freund?"

„Genau." Frieda nickte.

„Liebling, ich habe schon genug Freunde, ich möchte lieber die heißeste Kriminalbeamtin Kölns in meinem Bett haben."

„Lars, du nimmst mich im Moment überhaupt nicht ernst!" Frieda gab ihm einen zärtlichen Klaps.

„Okay, okay, ich würde vermutlich meinen Schock über deine Mitteilung mit einem bis zwanzig Kölsch herunterspülen und mich auf deine Kollegin konzentrieren." Lars sprang geschickt zur Seite, so dass Friedas Hand ins Leere traf. Sie schüttelte den Kopf. „Du bist manchmal ein frecher Kerl. Dabei weiß nun wirklich jeder, dass Lara Fricke auf deiner Liste nicht besonders weit oben steht."

„Du hast recht, das war ein blöder Scherz." Lars legte wieder den Arm um sie und sie setzten ihren Spaziergang fort. „Aber der Teil mit den zwanzig Kölsch stimmt. Ich weiß, dass so eine Entscheidung nicht über Nacht gefällt wird und dass es nichts mit mir zu tun hätte. Aber ich wäre schon traurig, glaube ich." Er blieb stehen und blickte zu den Bäumen hoch. „Ich würde viel verlieren, aber vermutlich auch die Chance haben, viel zu gewinnen, denn wirkliche Freunde kann man nicht genug haben."

Frieda küsste ihn zärtlich. „Bis heute Abend, *sexy body*."

„Allzeit bereit, Madame."

•

Es war Freitagmorgen neun Uhr und der Tag drohte wieder sehr heiß zu werden. Alle Kolleginnen und Kollegen der Gruppe sieben des Dezernates, die nicht im Urlaub weilten, waren versammelt und hatten sich vorbereitet, um ihre Fälle vorzustellen. Lara und Frieda hatten die Tafel mit ihrem Diagramm zu dem Mord an Susanne Lippens in den großen Besprechungsraum geschoben, der am Ende des Flures lag und im Gegensatz zu den Büros keine Glaswände hatte, die Einblick für die Vorbeigehenden boten. Alle hörten nun Maria Greims und ihrem Kollegen Hans Schutter, die Frieda sehr schätzte, aufmerksam zu. Die beiden standen kurz vor ihrer Pensionierung und galten als die grauen Eminenzen im Team. Sie waren Markus Lang und Alexander Rusch zugeordnet worden, um den Fall des toten Mitarbeiters einer Sicherheitsfirma aufzuklären. Dessen Leichnam war in einem Gebüsch am Blüchersee gefunden worden. Maria erklärte, warum der See leergepumpt werden sollte: Sie erhofften sich davon, Beweismaterial, wie zum Beispiel die Tatwaffe, zu finden. Gleichzeitig wollten sie mit der Aktion aber auch Druck auf den noch unbekannten Täter ausüben.

Dann waren sie dran und Frieda erhob sich.

„Wir haben auf dieser Tafel die bislang bekannten Personen und ihre Beziehungen zu dem Opfer Susanne Lippens dargestellt. Frau Lippens war vierunddreißig Jahre alt, als sie am letzten Sonntagmorgen mit zerquetschtem Kehlkopf, der ursächlich für ihren Tod war, im Hinterhof des Clubs *Trans*Later* gefunden wurde. Sie war im Besitz ihrer Ausweispapiere und Bargeld. Wir gehen nicht von einem Raubmord aus." Frieda machte eine kleine Pause, um einen Schluck Wasser zu trinken. „Hier jetzt unser Diagramm:

Erstens: Die Eltern Lippens. Die Beziehung zwischen Tochter und Vater war angespannt. Susanne Lippens hatte in den letzten Monaten kaum Kontakt zu ihrem Vater. Ihre Mutter hat sie regelmäßig in ihrer Wohnung besucht. Die Mutter wusste von der Transsexualität ihrer Tochter und hat sie unterstützt. Susanne Lippens war eine sehr erfolgreiche Steuerberaterin mit Immobilienbesitz.

Zweitens: Ihr Ex-Verlobter, Karsten Schmitz. In seiner Vernehmung deutet sich als mögliches Motiv die Kränkung seines Egos an.

Drittens: Die beste Freundin, Bernadette Brandt, genannt Detti. Sie hat den Kontakt zu ihrer Freundin Susanne Lippens abgebrochen, als ihr deren Transsexualität klar wurde.

Viertens: Die Büroangestellten, Lissy Rotbach und Simon Frei. Frau Rotbach zeigte sich im ersten Kontakt zu uns nicht besonders kooperativ, die erneute Vernehmung brachte Hinweise auf eine mögliche Zurückweisung von Frau Lippens und eine erlebte Kränkung.

Fünftens: Die Geliebte, Carolin Römer. Mitteilhaberin und Mitarbeiterin eines Sicherheitsdienstes mit einer Nahkampfausbildung. Sie ist in der Lage, den tödlichen Schlag auf den Kehlkopf gezielt zu setzen. Außerdem ist sie in ihren Gefühlen dem Opfer gegenüber deutlich ambivalent und strahlt wenig Souveränität im Umgang mit dem Thema Transsexualität aus. Mal wird Susanne Lippens von ihr als ‚sie' bezeichnet, dann wiederum spricht sie von ‚er' und Sunny."

Frieda stockte, sie selbst hatte in ihrem eigenen Sprachgebrauch, wie ihr jetzt auffiel, auch keine klare Linie und nahm sich vor, eine deutliche Haltung einzunehmen.

Ihre Kolleginnen und Kollegen warteten geduldig darauf, dass sie fortfuhr. Sie spürte den Blick Laras und nahm den Faden wieder auf.

„Sechstens: Kevin Brandt, Ehemann von Bernadette Brandt. Er hatte Streit mit der Toten wegen einer Geldforderung an Frau Lippens, die sich auf das Erbe seiner Frau bezog.

Siebtens: Charly Römer, er zeigt sich eifersüchtig. Gibt seiner Frau ein Alibi. Ein mögliches Motiv wäre Eifersucht, zumal seine Frau sich von ihm wegen Susanne Lippens trennen wollte.“ Frieda wandte sich direkt an die Kollegen. „So sieht es im Moment aus. Ob es weitere Motive gibt, werden wir in den nächsten Vernehmungen herausfinden. Spuren im klassischen Sinne gibt es bislang nicht.“

„Was ist eigentlich mit dem Club? Von dem hast du noch gar nichts gesagt.“ Ihr Kommissariatsleiter, Thomas Neuenschildt, sah sie aufmerksam an.

„Stimmt. Wir wissen noch recht wenig, die erste Befragung am Sonntag brachte kaum Erhellendes. Wir sind auf jeden Fall dran.“ Frieda lächelte in die Runde und bekam ein kollektives Kopfnicken als Antwort.

„Ich nehme an, dass ihr alle klarkommt.“ Thomas Neuenschildt blickte in die Runde und verließ das Besprechungszimmer. Die anderen enthielten sich eines Kommentars und verabschiedeten sich in ihre Büros. Lara und Frieda schoben mit ihrer Schautafel ebenfalls zurück in ihr heißes Dienstzimmer.

„Uff.“ Lara wischte sich den Schweiß von der Stirn. „Was hältst du davon, wenn eine von uns undercover den Club besucht? Der Cheffe hat uns nur einen Bruchteil von dem erzählt, was für uns interessant ist.“

„Was willst du? Undercover?“ Frieda sah Lara entgeistert an.

„Ja, wenn wir in unserer Arbeitskleidung, ich meine die ewig sichtbare Pistole, auftauchen, sind die Leute vielleicht wenig bereit, uns spannende Dinge zu erzählen. Aber wenn wir als Typen, also als Drag-Kings, auftauchen, lernen wir die Gästinnen und Gäste ganz anders kennen. Und den Chef mitsamt seiner eigentümlichen Bardame auch.“ Lara sah Frieda begeisterungsheischend an.

„Ich weiß nicht. Das ist, glaube ich, keine so gute Idee.“ Frieda wehrte sich gegen den Vorschlag.

„Wieso denn nicht?“ Lara sah sie mit großen Kulleraugen an. „Du eignest dich hervorragend dafür.“

Frieda verschluckte sich beinahe und sagte entgeistert: „Ich eigne mich dafür?“

„Ja, guck doch mal, du hast kurze Haare, die wir noch ein wenig mit Gel verändern können, du bist schlank und hast nicht allzu viel Busen.“

„Also, jetzt bitte ich dich aber“, unterbrach Frieda sie beleidigt.

„Ich meine das doch nicht negativ“, versuchte Lara sich zu rechtfertigen, „das ist doch für unseren Plan von Vorteil.“

„Dein Plan, nicht unser Plan“, murrte Frieda.

„Okay, okay, mein Plan.“ Lara schüttelte den Kopf. „Mein Plan sieht weiter vor, dass ich dich bei deiner Klamottenwahl berate, dich aufhübsche als Kerl und dich unauffällig begleite.“ Lara würde sich das Spektakel um nichts in der Welt entgehen lassen wollen, das war Frieda klar. „Das wird bestimmt lustig.“

„Ich möchte mir aber keinen lustigen Abend machen, Lara. Ich sehe nicht, dass uns das in unseren Ermittlungen wirklich weiterbringen würde.“

„Dann gehen wir eben offiziell hin und Conny Frantzen wird uns wieder freundlich lächelnd abblitzen lassen.“

Frieda zauderte. Laras Idee kam für sie zwar völlig überraschend, aber sie hatte was. „Na ja, wir würden zumindest sehen, wer dort alles verkehrt, und vielleicht treffen wir ja auf Bekannte."

Lara grinste breit. „Und wann geht es los?"

„Morgen Abend, heute habe ich schon was vor."

„Prima, dann komme ich um 20 Uhr zu dir und wir stylen dich." Lara schien ausgesprochen zufrieden zu sein und Frieda willigte ein.

•

Pünktlich auf die Minute klingelte es am Samstagabend an Friedas Wohnungstür und Lara trat, mit einem Rollkoffer versehen, in den Flur. Sie war vorher noch nie in der Wohnung gewesen und sah sich recht ungeniert um. Frieda führte sie in die Küche.

„Möchtest du etwas trinken?" Sie räusperte sich.

„Wenn du einen Prosecco hast, wäre das ein entsprechender Opener." Lara lächelte und sah sofort zur Seite.

„Hab ich." Frieda nahm zwei saubere Gläser von der Spüle und holte die Flasche aus dem Kühlschrank. Sie entkorkte sie und goss ein. Sie hielt Lara ein Glas perlenden Prosecco hin.

„Auf den Abend!" Frieda erhob ihr Glas.

„Auf unseren Plan!" Lara stürzte das halbe Glas herunter und bekam prompt Schluckauf.

„So, ran an den Speck", gab sie von sich, als sie sich halbwegs wieder beruhigt hatte. „Hast du eine Herrenjeans oder nur Skinnys?"

„Mein Vater hat mir seine Lieblingsjeans geschenkt, eine *Lois*." Frieda lächelte bei dem Gedanken daran, was ihr Vater ihr alles Tolles erzählt hatte, bevor er ihr die Hose endlich feierlich überreichte. Sie hatten beide viel Spaß an seinem Ritual gehabt.

„Und in die passt du rein?" Lara hob zweifelnd die Augenbrauen.

„Sie ist zwar etwas weiter, aber ich habe sie schon oft getragen. Meistens im Urlaub."

„Okay, aber bevor du die Hose anziehst, müssen wir erst das Darunter klären." Lara öffnete den Koffer. „Einiges hast du ja schon in Susanne Lippens' Wohnung gesehen, muss ich dir also nicht mehr großartig erklären." Damit legte sie eine schwarze Herrenunterhose und einen Packer auf den Tisch.

„Aber das brauche ich doch gar nicht!" Frieda wurde unsicher.

„Ach, will der Herr mit leerer Hose losziehen?" Der Spott war nicht zu überhören. „Vertraue mir, Frieda." In Laras Augen war kein Spott mehr erkennbar.

„Na gut." Frieda griff nach der Unterhose und dem Plastikbeutel mit dem Packer. „Ist der nicht etwas klein?"

„Du gehörst doch wohl nicht zu denjenigen, die Masse mit Klasse verwechseln?" Jetzt konnte Lara ein Lachen nicht zurückhalten. „Ich entnehme deinen Worten, dass der Totendoktor Lars besser bestückt ist."

Frieda zog es vor, die Bemerkung zu ignorieren.

„Ich denke, für den Anfang ist unser Kleiner hier mit seinen neun Zentimetern groß genug." Lara nahm die Plastiktüte hoch und reichte sie Frieda. „Der Packer ist sterilisiert, von daher legst du ihn besser selbst in die Hose ein. Du willst doch wohl nicht meine Finger an deinem kleinen Freund haben."

„Ja, ja, und wie mach ich das?"

„Die Unterhose hat eine versteckte kleine Vorrichtung, in der du den Packer befestigst, so dass er dir nicht verrutschen kann." Lara wies mit dem Finger auf das Innenteil.

Es dauerte eine kleine Weile, bis Frieda den Packer befestigt hatte. Sie fühlte sich sehr angespannt, zumal alles unter Laras kritischem Blick geschah.

„Gut, jetzt kannst du dich umziehen." Lara war zufrieden. „Allerdings nur, was ab Gürtellinie abwärts betrifft. Wir sind noch nicht fertig", rief sie Frieda nach, die gerade im Badezimmer verschwand.

Als Frieda wieder in der Küche auftauchte, fasste sie sich, ohne zu überlegen, in den Schritt, um zu prüfen, ob alles noch an der richtigen Stelle war.

„Tja, der kleine Freund entwickelt ein Eigenleben, sobald er das Gefängnis Plastiktüte verlässt. Aber keine Bange, der springt nicht von allein aus der Hose." Lara goss Prosecco nach. „So, dreh dich mal zur Seite!" Sie sah kritisch auf das, was sich dezent abzeichnete. „Jetzt setz dich mal!" Sie ging mit kritischem Blick um Frieda herum, die sich einen Küchenstuhl herangezogen hatte. „Das ist schon mal ein Baustein, auf den wir nun das Gesamtensemble aufbauen können." Sie reichte Frieda ihr Glas und stieß ihres dagegen. „Jetzt kommen wir zu deiner Brust."

„Das wird mir hier zu nah, Lara." Frieda wand sich vor Scham, ihre dienstliche Beziehung zu Lara sah keinerlei derartige Intimität vor und sie wünschte sich mehr Distanz.

„Kein Problem." Lara trat einen Schritt zurück. „Es geht jetzt noch darum, deinen Busen verschwinden zu lassen. Ich habe mir schon gedacht, dass es keine gute Idee sein wird, deine Brust mit einer elastischen Binde sozusagen wegzubinden, denn dafür müsstest du dich ausziehen."

Frieda riss die Augen weit auf.

„Nein, nein! Ich sagte ja, dass das keine gute Idee ist. Aus dem Grund habe ich dir ein Brustbündnis mitgebracht." Sie entnahm ihrem Trolley eine weitere durchsichtige, verschlossene Plastiktüte. „Dieser Binder sieht aus wie ein T-Shirt, hat aber eine durchgehende, zweifach elastische Vorderseite, und natürlich ebenso wie die Unterhose und der Packer entweder gewaschen oder sterilisiert." Sie gab Frieda die Tüte. „Hast du ein locker fallendes T-Shirt, das zu der Jeans passt? Sollte schon ein Herrenshirt sein und auf keinen Fall rosa." Sie sah Frieda aufmerksam an. „Wenn nicht, ich habe hier einige zur Auswahl."

Frieda ärgerte sich, denn Rosa gehörte nicht zu den Farben, die sie trug. Sie schluckte aber eine entsprechende Bemerkung herunter, weil sie die Situation, in der sie sich zunehmend unwohl fühlte, schnell beenden wollte.

„Ich habe tatsächlich kein Herrenshirt, damit hat mich mein Vater nicht versorgt." Sie versuchte zu lächeln.

„Kein Problem, wie schon gesagt." Lara beugte sich zu ihrem Koffer herunter. „Ich glaube, dieses ausgewaschene Blau, mit den stilisierten Segeln darauf, bringt deine Augen gut zur Geltung." Eine weitere Plastiktüte wurde überreicht. „Wenn du Probleme mit dem Binder hast, ruf mich einfach."

Auf gar keinen Fall würde Frieda das tun, da war sie sich hundertprozentig sicher. Sie leerte ihr Proseccoglas und verschwand abermals. Das Spezialshirt anzuziehen, stellte sich als große Herausforderung dar, aber Frieda würde ums Verrecken nicht um Hilfe bitten. So mühte sie sich alleine ab und begann zu allem Überfluss zu schwitzen. Sie wusch sich gerade die Achseln, als sie Laras Stimme durch die geschlossene Tür hörte: „Ich habe hier ein Deo für dich, nebst dazugehörigem Parfüm."

Frieda hatte den Punkt erreicht, wo ihr alles egal wurde. „Bring die Proseccoflasche und mein Glas mit."

„Nichts leichter als das." Lara verschwand und Frieda öffnete die Badezimmertür, durch die Lara wenige Augenblicke später mit zwei gefüllten Gläsern hereinschlüpfte. „Die Flasche ist leer, von daher nur die Gläser."

Frieda nahm das ihr gereichte Glas kommentarlos entgegen und trank es aus.

„Respekt, Frau Kollegin." Lara tat es ihr gleich. „Wo sind denn die Duftwässerchen?"

Frieda wies auf ein Regal.

Lara reichte ihr das Deo. „Parfüm kommt zum Schluss." Sie versuchte ihre Kollegin unauffällig zu mustern. „Die Klamotten stehen dir ausgesprochen gut. Ich schlage vor, dass wir deine Haare mit Gel aufhübschen und dir einen gepflegten Dreitagebart verpassen." Lara schien ganz in ihrem Element zu sein und Frieda gab jeglichen Widerstand auf.

„Woher hast du eigentlich das ganze Zeug und woher weißt du, wie man damit umgeht?" Auf die naheliegendste Frage kam Frieda erst recht spät.

„Eine Freundin von mir arbeitet als Maskenbildnerin beim Theater, sie hat mir den Bart nebst Kleber besorgt. Und eine andere Freundin kennt einen Transmann, der bereit war, dieses Spielzeug zu verleihen. Natürlich sterilisiert und tipptopp in Ordnung. Zufrieden?"

„Hm, wie spät ist es eigentlich?" Frieda konnte ihre Skepsis nicht verbergen, gab sich aber mit der Erklärung zufrieden.

„Gleich 22 Uhr", erwiderte Lara, die zurücktrat, um ihr Werk zu begutachten. „Ich muss schon sagen, du bist eine echte Augenweide!" Als Frieda sich nicht rührte, fügte sie hinzu: „Da, sieh dich im Spiegel an." Sie wies auf die Tür, deren Rückseite ein durchgehender Spiegel zierte.

Frieda wollte eigentlich gar nichts sehen, doch Lara gab ihr dazu keine Chance und so stand sie langsam auf und drehte sich zur Tür. Ihr stockte für einen Moment der Atem. Sie sah einen angespannten, barfüßigen, lässig gekleideten Typen mit leicht wilden Haaren, die feucht wirkten, und der ihr völlig fremd war. Und sie sah sich selbst.

„Willst du noch eine Brille aufsetzen, damit es schwieriger wird, Frieda Leippold zu erkennen?" Lara stand neben ihr und sah sie lächelnd an.

„Wer soll mich denn im *Trans*Later* erkennen? Ich erkenne mich ja selbst kaum."

„Wie du meinst, aber sicher ist sicher.“ Lara wandte sich zum Gehen. „Jetzt nur noch die Schuhe und wir können auf die Rolle gehen.“

„Und du? Hast du keine Sorge, erkannt zu werden?“

„Keine Bange, ich bin im Handumdrehen fertig.“

Erst jetzt fiel Frieda auf, dass Lara sich geschminkt hatte, und als sie wenig später mit einem kurzen Sommerkleid und einer blonden Langhaarperücke neben ihr auftauchte, glaubte sie sich im falschen Film.

„Hast du nicht davon gesprochen, dass du dich auch als Drag-King verkleiden wolltest?“

„Ein scharfes Gerät reicht!“ Lara lachte und hakte sich bei Frieda unter.

•

„Hallo, Herr Leippold.“ Conny Frantzen lächelte sie an. „Keine Sorge, ich verrate Sie nicht.“

Frieda wäre am liebsten vor Schreck im Boden versunken.

„Er hat mich erkannt.“ Sie stieß Lara in die Seite

„Das macht doch nichts, es ist sein Geschäft. Er wird schon nicht das Licht anmachen und den Scheinwerfer auf dich richten. Bleib cool. Du siehst fantastisch aus und es gibt die eine oder andere, die nur darauf wartet, dass ich den Platz räume.“

Oh, Gott, das wurde ja immer schlimmer. Auf welches Himmelfahrtskommando hatte sie sich da leichtsinnig eingelassen?

„Er ist ein guter Beobachter, das werden wir ihm unter die Nase reiben, wenn es nötig sein sollte.“

„Du bist ja wirklich aufgeregt!“

„Was denkst du denn, dass dies hier meine übliche Samstagabendgestaltung ist?“

„Hallo." Ein Mann hatte sich neben sie an die Theke gesetzt. Frieda warf ihm einen Blick zu und erstarrte. Lars!

„Netter Club. Ich bin zu dem Konzert gekommen. Du auch?" Lars nahm einen kräftigen Schluck Whisky.

„Hm", brummte Frieda zustimmend.

„Bist du öfter hier?" Lars sah stur nach vorn.

„Hmm", schüttelte Frieda ihren Kopf.

„Du bist wohl nicht sehr gesprächig, was?" Lars stieß sein Glas gegen ihres. „Prost, auf das Schweigen."

Nirgendwo war etwas von Lara zu sehen. Wie sollte sie aus dieser prekären Situation herauskommen? Hatte Lars sie etwa nicht erkannt oder spielte er mit ihr?

„Die französischen Weiber, die gleich auftreten, sind scharf wie Rasierklingen." Lars stieß sie heftig mit dem Ellenbogen und grinste unverschämt. Am liebsten hätte sie ihm eine kräftige Ohrfeige verpasst.

Er drehte sich mit dem Rücken zur Bar und lehnte die Ellbogen auf. Er saß breitbeinig auf seinem Hocker und griff sich in den Schritt. „Die Mädels sollen sehen, was wir zu bieten haben." Er zwinkerte sie an. „Na ja, ich werde mir mal einen Platz sichern." Er stand auf. „Aber vorher gehe ich noch pinkeln. Wir sehen uns."

Frieda, die stocksteif gesessen hatte, entspannte sich etwas und sah von ihrem Glas auf. Was war nur in Lars gefahren? So kannte sie ihn gar nicht. Wollte er sie provozieren, weil er sie womöglich erkannt hatte? Oder benahm er sich immer so, wenn er allein unterwegs war? Frieda sah ihm irritiert nach.

„Gar nicht so einfach, dieses Versteckspiel." Conny Frantzen stellte ihr ein Glas hin. „Der geht aufs Haus." Er hob sein Glas und Frieda besah skeptisch den Inhalt. „Ganz harmlos, denn schließlich sind Sie im Dienst und wollen einen klaren Kopf behalten, nehme ich zumindest an." Conny lächelte.

„Richtig." Im Spiegel sah sie Lars im Keller verschwinden.

„Ist Lars schon da?" Eine junge Frau schob sich an die Theke.

„Gerade runtergegangen." Conny wies mit dem Kopf zur Treppe.

„Sie kennen den Herrn?" Frieda riss überrascht die Augen auf.

„Ja, er ist nicht direkt ein Stammgast, aber er kommt öfter mal zu unseren Musikveranstaltungen." Conny nickte ernst.

„Ist er immer in Begleitung der jungen Frau?"

Conny sah vom Zapfhahn hoch. „Eifersüchtig?"

„Nein." Frieda fühlte sich ertappt. Dieser Mann hatte tatsächlich eine gute Beobachtungsgabe und den wunden Punkt genau getroffen.

„Er ist immer in Begleitung der Frau. Entweder sie treffen sich hier oder kommen gemeinsam."

Frieda sackte das Herz in die Hose

„Na, ganz allein?" Ihre Nachbarin sah sie schelmisch an. „Ich bin Mia und wie heißt du?"

„Frieder", brummte sie Mia ins Ohr. Mia war sehr nah herangerückt und legte ihre Hand auf Friedas Knie. „Ich warte auf meine Freundin", fügte Frieda hastig hinzu.

„Oh, ja?" Die Hand verließ augenblicklich ihr Knie.

„Hallo, Schatz." Frieda bekam einen Kuss auf die Wange.

Lara! Endlich.

„Wo warst du die ganze Zeit?"

„He, kein Grund, sich aufzuregen." Lara nahm einen Schluck aus Friedas Glas. „Äh, das ist ja Wasser!" Angewidert wischte sich Lara über den Mund.

„Lars ist hier!" Frieda blickte sich hektisch um. „Er hat sich hier neben mich gesetzt und mich angequatscht."

„Tatsächlich?" Faszination leuchtete in Laras Augen. „Hat er dich erkannt?"

„Das weiß ich nicht."

„Wie? Das weißt du nicht?"

„Er hat auf jeden Fall nichts zu erkennen gegeben. Allerdings hat er sich extrem machomäßig verhalten."

„Krass." Lara sah sich um. „Wo ist er jetzt?"

„Er wollte in den Keller zu dem Konzert." Von der jungen Frau, die nach ihm gefragt hatte, sagte Frieda nichts.

„Dann geh ich doch mal gucken, was der Herr Doktor da unten so treibt." Ehe Frieda etwas erwidern konnte, war Lara wieder verschwunden.

„Na, mein Süßer, du siehst nicht sehr glücklich aus." Lilly wischte über die Theke und lächelte sie mütterlich an. „Zum ersten Mal hier?"

Frieda nickte nur.

„Du bist wohl etwas schüchtern?" Lilly lächelte wieder. „Das macht nix, das legt sich von ganz allein, nur kein Stress." Sie wischte zum anderen Ende der Theke.

Es war inzwischen voll geworden und die Menschen drängelten sich an der Theke. Ein Teil des Publikums verschwand sofort im Keller, aus dem Bässe und Kreischen nach oben drangen.

„Die Französinnen heizen da unten ganz schön ein."

Die Stimme war so tief, dass Frieda aufsah. Sie blickte einer Frau in die Augen, die sehr viel Wert auf eine gepflegte Erscheinung zu legen schien. Das Make-up war dezent aufgetragen, die Augen unaufdringlich geschminkt, und der Lippenstift passte zur Bluse.

„Ja, scheint so." Frieda bemerkte, dass Conny sie beobachtete.

„Ich bleibe lieber hier oben und warte darauf, dass bald tanzbare Musik aufgelegt wird." Sie griff mit schlanker Hand nach ihrem Cocktailglas. „Caipirinha, der Starter. Stößchen." Die Frau stieß ihr Glas an das von Frieda und nahm einen kleinen Schluck.

„Du starrst, Süßer!"

„Äh, bitte entschuldige, ich wollte nicht aufdringlich sein."

„Doch wohl eher neugierig, oder? Ich heiße übrigens Eva."

„Ich bin Frieder."

„Freut mich sehr, Frieder, Süßer." Eva lächelte. „Transmänner sind hier die Minderheit."

„Offensichtlich."

„Heute Abend scheinst du der Honigtopf zu sein, um den die Bienen kreisen. Aber warte, bis der ultimative Gockel auftaucht, dann werden sich die Bienchen schnell abwenden."

„Ja?" Frieda lachte. „Wann kommt denn dieser Gockel?"

„Müsste eigentlich schon da sein, aber ich sehe Sunny nicht."

„Sunny?", fragte Frieda, mit einem Mal hellwach.

„Ja, eine coole Sau, wie die Jungs hier sagen." Die Musik, die der DJ mittlerweile auflegte, wurde immer lauter und Frieda musste nah an Eva heranrücken, um überhaupt ein Wort verstehen zu können.

„Was ist denn das Coole an ihm?" Frieda schrie Eva ins Ohr.

„Er kommt kaum in den Club und die Mädels stehen schon Schlange. Dann wird im Hof gevögelt und die Nächste ist dran."

„Echt?"

„Du bist vom Land, oder?" Eva sah sie belustigt an.

„Ich komme aus Schleiden, in der Eifel, zwölftausend Einwohner."

„Ach du je." Evas Stimme war, trotz der Lautstärke, voller Mitgefühl.

„So schlimm ist es auch wieder nicht." Frieda lachte. „Und die Frauen lassen sich das gefallen?"

„Süßer, viele von denen, die heute Abend hier sind, haben einzig und allein Ficken im Kopf. Und wenn du nicht aufpasst, wirst du hier und heute deine Jungfräulichkeit quitt." Eva lächelte verschmitzt und bestellte sich einen Tequila Sunrise.

„Dazu gehören ja wohl zwei!" Frieda griff nach ihrem Wasserglas.

„Da kommt deine Aufpasserin."

Frieda fragte sich, ob sie tatsächlich so leicht zu durchschauen waren.

„Ich bin Profi, Süßer, und nicht zum ersten Mal hier." Eva schien ihre Gedanken lesen zu können. „Viel Spaß noch, ich mag Aufpasserinnen nicht so sehr." Sie verschwand im Gedränge und Lara nahm augenblicklich ihren Platz ein.

„Puh, da unten tobt der Mob. Hier oben ist es aber auch nicht kühler." Sie fächelte sich mit einem Bierdeckel Luft zu. „Komm, lass uns tanzen!" Als hätte es nicht gerade eine Beschwerde über die Hitze gegeben, zog Lara Frieda vom Barhocker hinter sich her auf die dichtgedrängte Tanzfläche. Lara tanzte sie ungeniert an und zog sie immer wieder an sich heran. Bei einem ruhigeren Stück legte sie Frieda eine Hand auf die Hüfte, bevor diese sich entwinden konnte.

„Ist doch alles nur Show", sagte Lara an ihrem Ohr. „Wir wollen doch nicht auffallen."

Frieda sah, dass Lars den Club mit der jungen Frau verließ. Er hatte hoffentlich ihr *dirty dancing* nicht gesehen.

An der Bar bestellten sie schließlich ein weiteres Mineralwasser für Frieda und ein Kölsch für Lara. Die behauptete, nicht im Dienst, sondern rein zu ihrem Vergnügen im Club zu sein.

„Da schau an, das Fräulein Rotbach. Ich verkrümel mich, die nimmt nämlich mit heißen Blicken Kurs auf dich."

Frieda sah Lara nach und überlegte ihre Strategie, als sie auch schon gefragt wurde: „Hallo, ich bin Lissy und du?“ Begehrliche Blicke wanderten über Friedas Körper und verweilten auf ihrer Hose. Sie leckte sich kurz über die Lippen. „Warte, warte, ich rate deinen Namen.“ Lissy Rotbach schloss die Augen und legte eine Hand auf Friedas Oberschenkel, gefährlich nah an dem guten Stück, das Lara so kunstvoll drapiert hatte. Frieda versuchte, ruhig sitzen zu bleiben und nicht ihrem Impuls zu folgen, das Weite zu suchen. „Du bist der verwegene Typ“, Lissy Rotbach blinzelte, „du hast Ähnlichkeit mit Johnny Depp, weißt du, wegen deiner Brille.“

Frieda lächelte tapfer und wartete darauf, dass sie endlich einen Namen zugedacht bekam.

„Ja, oder Leonardo di Caprio oder der junge Kevin Costner.“

Das wurde ja immer schlimmer und Frieda ergriff die Initiative: „Ich heiße Leon.“

„Leon, der Profi“, flüsterte es an Friedas Ohr und Lissy Rotbachs Hand wanderte weiter.

„Möchtest du etwas trinken?“ Frieda nahm Lissys Hand und schob sie weg. „Nicht so schnell.“

„Gern.“ Die kleine Zurückweisung schien Lissy nicht sonderlich beeindruckt zu haben. „Einen Caipi, bitte.“

Lara saß am Ende der Theke und feixte.

„Du warst noch nicht oft hier, oder?“ Lissy stieß mit Frieda an.

„Nein, du denn?“

„Seit ein paar Wochen komme ich am Wochenende her.“ Die Hand landete wieder auf Friedas Oberschenkel.

„Dann kennst du sicherlich schon viele Leute hier?“

„Geht so, ich interessiere mich nicht für jeden.“ Ein tiefer Blick versenkte sich in Friedas Augen. „Wollen wir tanzen?“

Frieda überlegte kurz, zu tanzen schien ihr ungefährlicher, als hier gegen Lissy Rotbachs Hand zu kämpfen. Dass dies ein Trugschluss war, zeigte sich auf der Tanzfläche, denn Lissy umklammerte Frieda und rieb sich an ihr. Frieda verfluchte Lara für die Auswahl ihres Prachtstücks. Als das Musikstück zu Ende war, steuerte sie mit ihrer Eroberung wieder die Bar an.

„Du kommst mir irgendwie bekannt vor." Frieda zuckte bei den Worten Lissy Rotbachs zusammen.

„Ich kann mich nicht erinnern, dass wir uns schon begegnet sind, denn wie könnte ich eine so attraktive Frau vergessen." Frieda rollte sich die Magenwand zusammen, als sie die freudige Reaktion Lissys beobachtete. Fielen Frauen tatsächlich auf so einen blöden Spruch rein? Offensichtlich, denn Lissy hauchte an ihrem Ohr: „Du bist süß" und küsste sie feucht auf die Wange. Frieda sah sich hilfesuchend nach Lara um, aber die war schon wieder verschwunden.

„Du hast doch sicherlich viele Verehrer."

„So den einen oder anderen." Lissy Rotbachs Blick umwölkte sich tragisch und Frieda sah sie erwartungsvoll an. „Du hast es sicherlich in der Zeitung gelesen", verschwörerisch blickte sie sich um, „am letzten Wochenende wurde hier jemand ermordet."

„Nein", Frieda tat entrüstet, „das ist doch nicht dein Ernst!"

„Doch, draußen im Hof."

„Echt? Das ist an mir vorbeigegangen."

„Ja, und das Schreckliche ist, dass es wegen mir war. Ich weiß gar nicht, wie ich damit fertig werden soll." Lissy senkte theatralisch den Kopf.

„Wegen dir? Das ist ja furchtbar." Frieda ritt auf der Empathiewelle.

„Ja, Sunny hatte mich die ganze Nacht angebaggert, wir haben zusammen gelacht, getanzt und getrunken. Er war süß." Lissy hängte ihren Gedanken nach ebenso wie Frieda, deren Überlegungen einen sehr konkreten Rahmen annahmen.

„Und dann?“ Frieda animierte Lissy weiterzuerzählen.

„Na ja, es kam, wie es kommen musste“, Lissy tat verschämt, „wir haben uns geküsst und Sunny drängte auf mehr. Wir wollten zu mir und gerade gehen, als so eine hysterische, eifersüchtige Kuh auf Sunny zustürmte. Du musst wissen, dass Sunny ein regelrechter Casanova war.“

„Kanntest du die eifersüchtige Verflossene?“

„Herrje, wenn ich mir alle Verflossenen merken sollte, hätte ich aber viel zu tun. Nein, ich kannte sie natürlich nicht.“

Frieda kam es vor, als driftete Lissy Rotbach gerade ab.

„Was ist denn dann geschehen?“

„Ich sagte, dass Sunny das klären sollte, ich würde draußen warten. Ich habe eine ganze Weile dort herumgestanden und bin dann, wie du sicherlich verstehen wirst, ärgerlich nach Hause gefahren. Und dann“, ihr Blick veränderte sich, „lese ich in der Zeitung, dass Sunny kurz, nachdem wir uns getrennt hatten, ermordet worden ist. Da muss ja wohl jemand sehr eifersüchtig gewesen sein!“ Triumphierend sah sie Frieda an.

„Das ist ja eine Geschichte.“ Frieda nickte anerkennend. Wenn dem so war, schien Lissy Rotbach schnell über den tragischen Verlust hinweggekommen zu sein.

„Wollen wir nach hinten gehen?“ Unschuldig blickte Lissy Frieda an. „Dann kann ich dir zeigen, wo der Mord geschehen ist.“

Das wurde jetzt wirklich interessant, denn wenn sie zeigen konnte, wo Sunny Lippens gelegen hatte, wäre das ein starkes Indiz dafür, dass sie zumindest in der Nähe war oder gar den Schlag selbst ausgeführt hatte. Frieda war sofort auf den Beinen, was Lissy mit großer Genugtuung und einem lüsternen Augenaufschlag quittierte.

Friedas Stresspegel stieg in dem Moment stark an, als Lissy auf dem Weg zum Hinterhof plötzlich eine Tür öffnete und Frieda in die absolute Dunkelheit zog. Lediglich über dem Ausgang leuchtete ein kleines grünes Lämpchen, das zur Erhellung des Raumes nichts beitrug. Sofort spürte sie einen feuchten Mund auf ihrem und Hände, die fordernd über ihren Körper wanderten. Zu allem Überfluss fanden sich zwei weitere Hände ein, die ihren Körper professionell abtasteten, und Frieda wusste, dass die Rettung nahte. Denn diese Hände setzten sich durch und drängten sich zwischen Frieda und Lissy. Den Händen folgte bald der Körper und Lissy Rotbach wurde verdrängt.

„Hi, das ist aber eine Überraschung", flüsterte es spöttisch an ihrem Ohr. „Dass ich dich hier treffen würde, hätte ich niemals gedacht", fügte Lara hinzu. Frieda konnte sich das Gesicht ihrer Kollegin lebhaft vorstellen, mitsamt dem ironischen Ausdruck darauf. Lara umarmte Frieda fest

„He, was soll das?"

„Wir müssen die Rollen jetzt zuende spielen und wir wissen nicht, wo sich die tückische Gefahr gerade aufhält", flüsterte Lara.

Frieda rückte etwas von Lara ab, aber nicht zu weit. Sie hielt ihren Arm und konzentrierte sich auf die Umgebung. Es war absolut nichts zu sehen, aber einiges zu hören. Sie waren nicht allein in dem Raum und Frieda nahm den Geruch von Sex wahr. Das musste der neu eröffnete Darkroom sein, den Conny Frantzen ihnen am letzten Sonntag stolz vorgeführt hatte. „Lass uns hier verschwinden." Sie sah sich nach dem Ausgang um und entdeckte das Licht zu ihrer Linken. Sie tasteten sich an bewegten Körpern vorbei zur Tür. Vorhin hatte Frieda gar nicht mitbekommen, dass ein dicker Filzvorhang vor der Tür verhinderte, dass Licht beim Öffnen hereindringen konnte.

„Das war knapp." Frieda lehnte sich auf dem Flur an die Wand. „Wie hast du uns so schnell da drin gefunden?"

„Als ich sah, dass Frau Rotbach mit dir nach hinten verschwinden wollte, bin ich euch sofort gefolgt und sah, wie sie dich praktisch in den Darkroom geschleudert hat." Lara lehnte sich neben Frieda und lachte bei der Erinnerung daran. „Dann bin ich gesprintet und habe den Darkroom kurz nach euch betreten. Mein professioneller Tastsinn hat dich recht schnell gefunden, ich habe dich schließlich nicht umsonst selbst ausgestattet.“ Sie sah Frieda an. „Komm, wir verziehen uns in eine der Sitzecken und beobachten in Ruhe, was Frau Rotbach machen wird.“

Frieda ließ sich in die Polster fallen und bevor Lara etwas erwidern konnte, sahen sie Lissy Rotbach wutschnaubend auftauchen und Conny Frantzen anranzen. Dann verließ sie das Lokal.

„Bevor ich mich noch in weitere Schwierigkeiten verwickle, gehe ich lieber nach Hause.“ Frieda hatte genug.

„Gib Frau Rotbach noch fünf Minuten, du willst ihr doch wohl nicht auf deinem Heimweg in die Arme laufen, oder sollte ich fallen sagen?“

•

„Sie sahen übrigens richtig cool aus, Frau Leippold.“

„Ha, ha, ha.“

„Nein, ernsthaft.“ Conny Frantzen lachte.

„Sie hätten mich übrigens gestern Abend noch mal vorwarnen können, dass Sie Ihren Darkroom eröffnen.“

Conny lachte wieder. „Liebe Frau Leippold, ich bin nicht für das verantwortlich, was meine Gäste hier treiben. Hat Ihre Kollegin Sie rechtzeitig erreicht?“ Er lächelte spitzbübisch. „Sie hat Sie ja nicht aus den Augen gelassen und wahrscheinlich viel eher als Sie realisiert, was die Absicht Ihrer reizenden Begleiterin war.“

Frieda ließ sich von seinem Lachen anstecken. „Ich bin reichlich naiv.“

„Als Kerl müssen Sie noch so einiges lernen. Andererseits gefällt diese Naivität ganz besonders und macht Sie umso anziehender.“

Frieda war verunsichert. Versuchte Conny Frantzen mit ihr zu flirten?

„Sie wecken das Interesse einiger Menschen, Frau Leippold. Damit müssen Sie leben."

Konnte er Gedanken lesen? War sie wie ein offenes Buch? Diese Idee trug nicht zu ihrer Sicherheit bei.

„Glauben Sie mir, das Rollenspiel gestern Abend bleibt eine einmalige Angelegenheit."

„Das ändert nichts, denn als Frau sind Sie mindestens genauso attraktiv." Er polierte seelenruhig Gläser. „Vielleicht möchten Sie ja mit Ihrer Bisexualität experimentieren."

„Es geht hier nicht um meine Sexualität, Herr Frantzen, sondern um die Aufklärung eines Tötungsdeliktes." Sie erschrak vor ihrer eigenen Heftigkeit, aber Conny Frantzen ließ sich nicht aus der Ruhe bringen.

„Man muss im Leben nicht alles ausprobieren, da haben Sie recht, aber wir haben die Wahl und können entscheiden, welchen Weg wir gehen wollen."

Frieda sah ihn nachdenklich an. „Welchen Weg ist Sunny gegangen?"

„Sunny war ähnlich naiv wie Sie, als er hier auftauchte." Conny legte das Poliertuch beiseite und mixte zwei Gläser Apfelschorle, die er auf die Theke stellte. „Wir setzen uns an einen Tisch, wenn es Ihnen recht ist." Er kam um die Theke herum, nahm die Gläser und Frieda folgte ihm an einen der wenigen Tische.

„Sunny war ein Haudegen, er ließ nichts anbrennen, tanzte wie ein Wilder und vögelte wie ein Wilder." Conny blickte nachdenklich in sein Glas. „Er war sehr schwanzverliebt, wenn ich das so sagen darf. Er hatte einfach viel nachzuholen." Er blickte hoch und nahm einen Schluck.

„Wie meinen Sie das?"

„Anfangs packte er sich ständig zwischen die Beine, so, als müsste er prüfen, ob noch alles da war. Das war manchmal sehr peinlich." Conny schüttelte den Kopf.

„Aber einige hier flogen auf dieses Machogehabe und ich habe oft gedacht, dass Sexualität doch ein starker Antrieb in unserem Leben ist. Na ja, wie auch immer, er verschwand in einer Nacht mehrmals in Begleitung auf die Toilette oder in den Hof. Und nicht alle Frauen waren glücklich darüber, benutzt und weggelegt zu werden. Am Anfang ging es ihm nur um Sex, je mehr, desto besser. Nach einigen Monaten änderte sich das und er befreundete sich mit einer Frau."

„Ist es die hier?" Frieda legte ein Foto von Carolin Römer auf den Tisch.

„Ja, Caro nannte er sie. Mir ist nicht bekannt, ob das ihr richtiger Name ist. Manche der hier verkehrenden Gäste geben sich Fantasienamen. So wie Frieder." Er grinste sie belustigt an.

„Ich hatte überhaupt nicht darüber nachgedacht, wie ich mich als Mann nennen wollte. Es war das Erstbeste, was mir einfiel."

„Das habe ich gemerkt. Spätestens da hätte ich Sie erkannt, aber ich wusste sofort, als Sie sich an die Theke setzten, wer Sie sind. Übrigens, die Kleine, die Sie gestern so ungestüm angebaggert hat, ist seit ungefähr einem Monat regelmäßig hier."

„Lissy Rotbach?"

„Sie hat sich mir nicht vorgestellt. Sie hielt sich anfangs im Hintergrund auf, dann wurde ihr Interesse an Sunny sehr deutlich. Ihm gefiel das übrigens gar nicht und er versuchte ihr aus dem Weg zu gehen."

„War diese Caro nicht eifersüchtig?"

„Wenn Caro hier war, ließ die andere Sunny in Ruhe, aber sobald sich eine Gelegenheit ergab, hing sie in seiner Nähe rum."

„Gingen die beiden auch zusammen nach draußen?"

„Nein. Sie hatte keine Chance. Das gefiel ihr gar nicht, sie hat innerlich vor Wut geschäumt."

„Kam es zu Handgreiflichkeiten?“

„Als sie drohte, hysterisch zu werden, bin ich dazwischengegangen und habe ihr gesagt, dass es wohl besser wäre, wenn sie sich abkühlen ginge.“ Ernst fügte er hinzu: „Sie war nicht erbaut über meine Aktion.“

„Wann war das, Herr Frantzen?“

„Das passierte zwei Wochen vor seinem Tod.“

„Sie sprechen immer von ‚ihm‘ und ‚er‘. Tatsächlich war sie eine Frau, Susanne Lippens.“

„Sunny sagte mir einmal, dass er schon als kleines Kind wusste, dass der liebe Gott einen schrecklichen Fehler gemacht hat. Er fühlte sich, seit er denken kann, als Junge beziehungsweise später als Mann. Er war biologisch mit einem Frauenkörper geschlagen, aber seine Identität war die eines Mannes. Und die Frauen hier haben das gespürt. Unter seinen Geliebten waren meines Wissens nach keine Lesben, sondern hetero- beziehungsweise bisexuelle Frauen.“

Frieda sah ihn skeptisch an.

„Da Sie mich schon ansehen, Frau Leippold. Wen sehen Sie gerade vor sich?“

Frieda überlegte, was die Intention dieser Frage war.

„Denken Sie nicht so lange nach, ganz spontan. Wen sehen Sie?“

„Okay, ich sehe einen durchtrainierten Mann Ende dreißig oder Anfang vierzig. Ich kann schlecht schätzen, ich will Sie auf keinen Fall beleidigen.“

„Nein, das ist völlig korrekt. Ich werde nächsten Monat einundvierzig.“

„Nicht schlecht.“ Frieda freute sich über diesen kleinen Erfolg.

„Sind Sie sicher, dass ich ein Mann bin, so wie Sie ihn verstehen?“ Conny beugte sich vor und sah Frieda gespannt an.

„Sie wollen mich nur irritieren!“

„Kann ich das?“ Conny lehnte sich wieder zurück. „Nun, Tatsache ist, dass ich vor knapp einundvierzig Jahren als Cornelia Frantzen geboren wurde und eine Namens- beziehungsweise Personenstandsänderung vorgenommen habe, als das Transsexuellengesetz verabschiedet wurde. Erst wurden nur meine Vornamen auf allen Urkunden verändert. Meine Geburtsurkunde wurde von Cornelia Franziska Frantzen in Franz Cornelius Frantzen geändert. Dasselbe erfolgte dann mit meinem Personalausweis und Reisepass, ebenso wurde die Meldebescheinigung verändert. 2011 habe ich mich für die sogenannte große Lösung entschieden. Ich habe eine Personenstandsänderung beantragt. Auf allen Urkunden und Zeugnissen wurde weiblich durch männlich ersetzt. Eine Operation war nicht mehr verpflichtend, das Bundesverfassungsgericht hat diese Bedingung außer Kraft gesetzt, weil sie das Recht auf die Unversehrtheit des Körpers nicht garantiert.“ Nach einer kleinen Pause fügte er hinzu: „Sie haben Ihre Hausaufgaben nicht gemacht.“

Frieda war für einen Moment sprachlos.

„Bis gerade waren Sie sich noch sicher, nicht wahr?“ Conny lächelte traurig. „Sunny hatte auch die männliche Präsenz, die im Gegenüber keinerlei Zweifel zulässt.“

Frieda schluckte, bevor sie fragte: „Für welche Lösung hat Sunny sich entschieden?“

„Er war mit einer bloßen Namensänderung oder Personenstandsänderung nicht zufrieden. Sunny wollte eine geschlechtsangleichende Operation durchführen lassen. Obwohl er wusste, dass diese Operation einem Massaker gleicht. Dieser Eingriff ist nicht ungefährlich und auch längst nicht immer erfolgreich. Manchmal erzielt die Operation nicht das erhoffte Ergebnis oder es treten Komplikationen auf. Ich konnte ihn wenigstens davon überzeugen, diese Operation bei dem besten Chirurgen für Geschlechtsangleichungen in Deutschland vornehmen zu lassen.“

„Bei Dr. Raimundt?“

„Nein. Es gibt zwei sehr gute Operateure in Deutschland, Dr. Raimundt gehört definitiv nicht zu ihnen.“

„Aber Sunny hatte einen Termin bei Dr. Raimundt.“ Frieda staunte.

„Das bedeutet nichts. Er hat sich die Erstberatung in der Arosa-Klinik geholt. Seine Operation wollte er nicht dort durchführen lassen, glauben Sie mir.“

„Man muss sich schon sehr sicher sein, wenn man diesen Schritt geht.“

„Ja, und mutig, denn es bedeutet sehr viel Veränderungen, selbst wenn man sich keiner Operation unterzieht.“ Er blickte über ihre Schulter ins Leere. „Mich hat der Mut auf jeden Fall verlassen, ich habe viel zu große Angst vor Operationen.“ Lächelnd kehrten seine Augen aus der Dunkelheit zurück. Frieda unterdrückte den Wunsch, ihre Hand auf seine zu legen. „Solange ich zu den Verdächtigen gehöre, können Sie sich mir gegenüber vermutlich nicht normal verhalten, oder?“

„Ich finde es allmählich sehr erschreckend, was Sie alles sehen, Conny.“

„Das ist kein Kunststück, Frieda, wenn man darauf angewiesen ist zu lernen, die Stimmungen anderer zu interpretieren, um möglichen Schaden von sich selbst abzuwenden.“

Frieda spürte, dass sich eine Nähe aufbaute, die sie verunsicherte, und beschloss, nur noch die Fragen zu stellen, die der Ermittlung dienten. „Was ist letztes Wochenende passiert, was haben Sie beobachtet?“

Conny spürte seinerseits die Veränderung Friedas und stand auf, um Distanz zu schaffen. Er holte zwei weitere Gläser Apfelschorle und setzte sich wieder zu Frieda an den Tisch.

„Lassen Sie mich überlegen. Wie ich schon sagte, ließ Sunny nichts anbrennen, bis er Caro kennenlernte. Die

Frau, die Sie Lissy genannt haben, hat sich eine fette Abfuhr eingefangen und sich zurückgezogen. Allerdings ist sie immer hier gewesen, wenn Sunny da war, sie hat sich nur im Hintergrund gehalten. Wissen Sie, manchmal habe ich gedacht, sie rennt auch hinterher, wenn Sunny und Caro auf dem Klo verschwunden waren, um sich in der Nachbarkabine aufzugeilen, wenn sie den beiden zuhörte."

Frieda dachte darüber nach, dass es sehr gut möglich war, dass Lissy Rotbach eine Spannerin war. Sie nickte Conny zu und dieser fuhr fort: „Letztes Wochenende war aber etwas anders. Ich versuche mich zu konzentrieren, um es zusammenzubringen. Sunny und Caro waren wie immer, sie lachten, küssten sich, tanzten und verschwanden für einige Zeit. Als sie wieder auftauchten, war auch noch alles wie immer. Aber Sunny veränderte sich, als er die Frau entdeckte, die schon am Wochenende davor dort in der Ecke an der Theke saß und sich nicht bewegte." Conny wies auf einen Platz, der bei nächtlicher Beleuchtung teilweise im Schatten lag. Zumindest das Gesicht der dort sitzenden Person war nicht zu erkennen, wenn sie dies nicht wollte.

„Welche Frau war das? Wie sah sie aus?"

„Sie war sehr ruhig, suchte von sich aus keinen Kontakt und die Leute ließen sie auch in Ruhe. Sie hatte nur Augen für Sunny, schien aber von ihm nicht entdeckt werden zu wollen."

„Und was passierte dann?"

„Ich war dann so beschäftigt, dass ich erst wieder aufmerksam wurde, als Caro stinkwütend abrauschte."

„Können Sie die Frau beschreiben? Könnten Sie am Dienstag ins Präsidium kommen, um mit unserem Zeichner ein Bild von ihr zu erstellen?"

„Ich will es gern versuchen. Vielleicht können wir uns auf den Nachmittag verabreden, vor 14 Uhr bin ich nicht bei Verstand." Conny lächelte abbittend.

„Kein Problem."

„Noch eine Frage." Frieda stand auf. „Hatte Sunny Lippens sich jemals mit der Frau abgegeben, die mich gestern Abend in die Bredouille brachte?"

„Nein."

„Ich weiß, ich wiederhole mich, aber die beiden hatten also kein hinterhöfisches, sexuelles Verhältnis?"

„Nein, auf keinen Fall!"

Frieda hatte schon vermutet, dass Lissy Rotbach ihre Wünsche zur Realität umgeformt hatte. Vielleicht war sie die von ihr geschilderte, eifersüchtige Frau und hatte Sunny ermordet.

„Was hat sie Ihnen gestern gesagt, bevor sie wütend den Club verließ?"

„Sie hat sich darüber beschwert, dass manche Menschen die Regeln in einem Darkroom nicht einhalten würden und ich die Benimmvorschriften irgendwo aufhängen soll."

„Welche Vorschriften meinte sie?"

„Nun, da hat sich wohl eine dritte Person eingeschaltet. Die Regel besagt, dass, wenn zwei miteinander beschäftigt sind, sich die dritte Person die Einwilligung der beiden einholen muss und verschwindet, wenn es diese Erlaubnis nicht gibt."

„Sind Sie eigentlich immer hier?" Frieda stand auf.

„Eigentlich schon, nur letzten Monat habe ich mir Ferien gegönnt. Wenn Sie aus der Zeit noch etwas wissen wollen, müssen Sie Lilly fragen. Wenn ich weg bin, führt sie hier das Regiment."

•

„Hast du dich gut erholt?" Lara stellte Frieda, die gerade erst gekommen war und sich hinter ihrem Schreibtisch in den Stuhl fallen ließ, eine Tasse dampfenden Kaffee hin.

„Frau Rotbach hat ja ordentlich die Sau rausgelassen." Es war Montagmorgen, 7.30 Uhr, und noch wenig Betrieb im Büro.

„Hm, lass uns die neuen Informationen auf die Tafel übertragen. Nachdem sie mir diese verwegene Geschichte erzählt hat, die sie gut und Sunny Lippens schlecht aussehen lässt, haben wir ein weiteres Motiv. Lissy Rotbach war in Sunny Lippens verliebt, wurde zurückgewiesen und hat sie möglicherweise aus enttäuschter Liebe getötet."

„Meinst du nicht, dass es langsam Zeit wird, dich zu entscheiden?" Lara unterbrach ihre Suche nach den Stiften für die Tafel.

„Mich entscheiden? Was meinst du?"

„Sunny Lippens war auf dem Transitionsweg zum Mann. Der Respekt gebietet es, von ihm auch als ‚er' zu sprechen. Das Rumgehampel zwischen ‚sie' und ‚er' kannst du stecken lassen."

„Ja", Frieda räusperte sich, „du hast vollkommen recht. Ich bin wohl etwas nachlässig." Sie sah Lara zu, die mit einem schwarzen und roten Stift Verbindungslinien zog und das Motiv hinzufügte. „Außerdem sagte Conny Frantzen mir gestern …"

„Gestern warst du noch mal im Club? Habe ich etwas verpasst?" Lara klang nicht sehr freundlich.

„Also", Frieda nahm einen neuen Anlauf, „Conny Frantzen sagte mir gestern, dass sich die Nacht von Sunnys Tod anders als gewöhnlich gestaltete." Lara sah sie aufmerksam an, die Stifte im Anschlag. „Es tauchte eine bislang unbekannte Frau auf, die Sunny verwirrte." Frieda berichtete von dem, was Conny Frantzen ihr erzählt hatte, und Lara übertrug die neuen Informationen in das Schaubild. Abschließend fügte sie hinzu: „Herr Frantzen wird morgen am frühen Nachmittag kommen und mit Mario ein Phantombild erstellen."

Sie griff zu ihrem Telefon, um sicherzustellen, dass Mario dann auch im Hause war.

„Das ist ja ein Ding." Lara blickte kritisch auf das Schaubild. „Wir haben etliche Verdächtige: Da haben wir Carolin Römer und ihren Mann; dem Ex-Verlobten traue ich auch nicht so recht über den Weg. Ob das alles so einfach für ihn war, wage ich zu bezweifeln. Frau Rotbach hatte sich im Büro schon merkwürdig benommen und es hat sich ein Motiv herauskristallisiert. Und jetzt taucht noch die große Unbekannte auf. Wen davon knöpfen wir uns noch mal vor?"

„Wir fahren zu Carolin Römer. Sie scheint mir von allen im Augenblick das stärkste Motiv zu haben. Außerdem hat sie uns bewusst nicht die Wahrheit gesagt." Frieda nahm den letzten Schluck Kaffee und folgte Lara, die schon zur Tür gestürmt war.

Lara musste wie der Blitz zu den Autos gerast sein, denn als Frieda sie erreichte, saß sie breit grinsend in einem der nagelneuen Dienstwagen und winkte aus dem Seitenfenster.

„Du grinst wie ein kleines Honigkuchenpferd."

„Ja, ich bin stolz, dass ich Rüdiger das Nachsehen geben konnte." Lara lächelte katzenfreundlich zu ihrem Kollegen, der finster grollend das Altertümchen aufschloss. „Der hier fährt sich butterweich, aber du wirst schon mit dem Schätzchen klarkommen." Lara ließ das Fenster hochfahren und der Kommentar Rüdigers blieb ungehört.

„Was hat er dir getan?"

„Nichts." Lara sah Frieda an. „Er hat blöde Frauenwitze drauf, das ist alles."

•

„Frau Römer, Zeugen haben gesehen, dass Sie am letzten Samstag überhastet den Club verlassen haben. Was ist in der Nacht passiert? Warum sind Sie ohne Sunny nach Hause gefahren?“

„Wenn ich das nur selber so genau wüsste. Als wir uns trafen, war alles wie immer. Sunny war schon im Club, als ich ankam, wir tranken etwas und tanzten. Wir haben dann Sex gehabt und sind wieder zurück an die Theke. Plötzlich veränderte sich Sunnys Gesichtsausdruck und er sah schnell weg, ganz so, als hätte er jemanden gesehen oder erkannt, oder was weiß ich. Auf meine Fragen, was sei, reagierte Sunny barsch und abweisend. Irgendwann sagte ich dann, dass seine schlechte Laune mir auf den Keks gehen würde und ich nach Hause fahren wollte. Ich hatte gehofft, ihn mit dieser Ankündigung aufrütteln zu können und dass wir zusammen gehen. Aber er reagierte gar nicht und so bin ich abgehauen. Und natürlich war ich dann auch nicht mehr besonders gut gelaunt. Ich war enttäuscht, ich hatte mir den Abend und die Nacht anders vorgestellt.“

„Haben Sie gesehen, wen oder was Sunny anstarrte, beziehungsweise wer oder was bei Sunny diese eklatante Veränderung bewirkte?“

„Nein, mir ist niemand aufgefallen. Natürlich habe ich mich umgesehen, aber es waren sehr viele Leute da und ich kenne kaum jemanden. Sunny hat auch keinen Kontakt zu einer anderen Person aufgenommen, er saß nur an der Theke und starrte schweigend in sein Glas. Es war fast so, als traute er sich gar nicht mehr, den Blick zu heben. Und der Spanner am Klofenster war sicherlich auch nicht erstmalig da.“

„Haben Sie jemanden gesehen?“

„Ich habe nur einen Schatten wahrgenommen, aber ich bin mir sicher, dass uns jemand beobachtet hat.“

„Passierte das öfter?“

„Nein, so oft nun auch wieder nicht, vielleicht zwei oder drei Mal. Ich habe wie gesagt dem Wirt mitgeteilt, dass ich das nicht so toll fände und er sollte sich was einfallen lassen, damit niemand mehr reingucken kann."

„Sind Sie in der Nacht zurückgekehrt ins *Trans*Later*, Frau Römer?"

„Nein, ich war beleidigt und wollte nicht angekrochen kommen. Sunny sollte sich schon etwas Mühe geben."

•

Frieda und Lars kühlten am Abend ihre Füße im Fühlinger See. Sie saßen nebeneinander auf einem Steg und blickten über das Wasser.

„Hat es dir gefallen?" Lars stützte sich, nach hinten gelehnt, auf seine Hände und streckte das Gesicht mit geschlossenen Augen in die Sonne.

„Was soll mir gefallen haben?" Frieda beobachtete einen Fisch, der ihren Füßen nahe kam.

„Ich habe mich gefragt, wann du mir davon erzählen wirst." Lars hatte seine Position nicht verändert.

„Ich verstehe dich nicht." Frieda sah ihn fragend an.

„Hast du geglaubt, dass ich dich nicht erkennen würde?" Er blinzelte.

„Meinst du letzten Samstag?", fragte Frieda mit einem mulmigen Gefühl.

„Genau, dein Auftritt im *Trans*Later* hatte was." Lars richtete sich auf. „Dein Blick, als ich neben dir auftauchte, war mit Geld nicht zu bezahlen!" Er lachte.

„Ach ja? Und wer war deine Begleitung?"

„Versuch nicht abzulenken." Er behielt ein breites Grinsen im Gesicht. „War die Fricke zu deinem Schutz oder zu deinem Vergnügen dabei?" Er grinste nicht mehr.

„Es war abgemacht, dass sie ein Auge auf mich hat, für den Fall, dass ich in brenzlige Situationen kommen sollte."

„So, so, brenzlige Situationen." Lars lehnte sich wieder zurück. „Und, wie brenzlig wurde es für die Frau Hauptkommissarin?"

„Was soll das, Lars? Wir haben eine verdeckte Ermittlung durchgeführt, so etwas ist nicht gerade unüblich." Verunsichert starrte sie ins Wasser.

„Für eine verdeckte Ermittlung gibt es Spezialisten, Frieda."

Schweigen breitete sich unangenehm zwischen ihnen aus.

„Wie hilfreich war denn die werte Kollegin Fricke?"

Frieda fühlte seinen Blick unangenehm in ihrem Rücken und drehte sich schwungvoll um. „Wieso reitest du denn so auf Lara rum?" In dem Moment wurde ihr die Zweideutigkeit ihrer Bemerkung klar und sie lächelte entschuldigend. „Du weißt, wie ich das meine."

„Gott behüte, dass ich jemals auf der Fricke rumreite", brummte er. „Ich meine nur, dass sie sich mit ihren Interventionen unnötig viel Zeit gelassen hat."

„Du hast uns beobachtet?" Sie sah ihn entgeistert an.

„Jetzt guck nicht so." Nun war es an Lars, sich unwohl zu fühlen. „Ich fand euren Auftritt merkwürdig und ich habe mir Sorgen gemacht."

„Wieso das denn?" Empört blitzte sie ihn an.

„Also, Frieda, ich bitte dich! Deine Unsicherheit war bis zur Eingangstür zu spüren, so als hättest du ein rotes, blinkendes Ausrufezeichen über dem Kopf schweben gehabt. Ich habe dich übrigens sofort erkannt, als ich mit meiner Schwester reinkam."

„Das war deine Schwester?"

„Hm, sie verpasst keinen Auftritt dieser nervigen französischen Frauenband in Deutschland. Sie hatte mich bequatscht, sie in den Club zu begleiten. Weiß der Himmel, was sie an den schreienden Weibern findet." Lars gähnte ungeniert. „Ich bin auf jeden Fall recht schnell aus dem

Keller geflüchtet und habe mich auf ein ruhigeres Plätzchen zurückgezogen."

„Von dem aus du mich beobachtet hast."

„Hm, dich, deine Errungenschaften und die Fricke." Er zog seine Beine auf den Steg und wandte sich Frieda zu. „Ich habe es für keine gute Idee gehalten, in dem Aufzug in die Höhle des Löwen zu gehen, Frieda. Wer sich in Gefahr begibt, kommt darin um." Er griff nach ihren Händen.

„Übertreibst du nicht maßlos?"

„Die Fricke hätte ruhig früher eingreifen können oder warst du auf Abenteuer aus?" Er suchte ihren Blick.

„Ach, Lars." Frieda strich ihm eine Haarsträhne aus der Stirn. „Du solltest mich inzwischen so gut kennen, dass du weißt, dass derartige Abenteuer nicht zu meiner Spezialität gehören." Sie lächelte ihn an und hielt seinem Blick stand.

„Und was ist mit dem Kerl hinter der Theke? Der hat dich nämlich auch nicht aus den Augen gelassen."

„Conny Frantzen?"

„Woher soll ich wissen, wie er heißt? Er war jeweils schon auf dem Sprung, als die Fricke sich blicken ließ."

„Und du?" Frieda sah ihn ernst an. Lars' Empörung erschien ihr widersprüchlich, denn er war nach Connys Aussage nicht zum ersten Mal bei einem Konzert in dem Club gewesen.

„Und ich, was?" Lars plantschte mit den Füßen im Wasser.

„Warst du auch auf dem Sprung?"

„Du hättest eigentlich meinen Atem in deinem Nacken spüren müssen, so dicht war ich an dir dran." Er lächelte schief und ließ sich widerstandslos küssen. „Übrigens", flüsterte er leise an ihrem Ohr, „du kannst dich für mich auch mal so rausputzen und den Lustknaben geben."

„Lars!" Frieda sprang auf und gab ihm einen kräftigen Schubs.

„Hier ist übrigens Baden verboten!", prustete er, als er wieder auftauchte.

„Das ist mir doch egal!" Frieda sprang hinterher.

„Wenn jetzt die Polizei kommt, werden wir verhaftet, Arielle."

„Dann wollen wir doch schnellstens nachsehen, ob aus dem Frosch ein stattlicher Prinz wird."

•

„Hallo, ich habe hier etwas gegen die Hitze." Conny Frantzen packte zwei Eisbecher aus und stellte sie vor Frieda und Lara.

„Fantastisch." Lara stürzte sich darauf und schaufelte das Eis in sich hinein. Frieda beobachtete sie indigniert.

„Vielen Dank, Herr Frantzen, das ist sehr aufmerksam von Ihnen." Sie lächelte ihn an. „Ich werde unserem Kollegen Bescheid geben, dass Sie da sind. Gehen Sie ruhig schon nach nebenan, er wird jeden Augenblick da sein." Sie wies in einen leeren Nebenraum, der durch ein Fenster in der Rigipswand von ihrem Raum einsehbar war, dann griff sie zum Telefon und bat Mario herauf.

„Ich hoffe, es schmeckt Ihnen. Ich kenne ja Ihre Lieblingssorten nicht." Conny Frantzen hob die Hand und verschwand. Durch die Scheibe sah er, wie Frieda ihr Eis in Augenschein nahm, und lächelte. Sie sah zu ihm und hob den Daumen. In diesem Moment trat der Polizeizeichner ein und bat ihn an einen Tisch.

„Höflichkeit scheint nicht zu deinen vordergründigen Eigenschaften zu gehören. Du hast dich überhaupt nicht bei Herrn Frantzen für das Eis bedankt!" Frieda setzte sich und begann sich genussvoll ihrem Eisbecher zu widmen.

„Ach ja, habe ich wohl vergessen." Lara kickte den leeren Becher in den Mülleimer. „Er wird es überleben." Sie blickte nicht auf, sondern holte sich ihre Aufzeichnungen aus einer Schreibtischschublade und verfiel in Schweigen.

Frieda sah sie nachdenklich an. Abgesehen davon, dass Lara einen überaus interessanten Freundeskreis, der ebenfalls in der Transszene unterwegs war, zu haben schien, wusste sie so gut wie nichts über ihre Kollegin. Stille Wasser waren tief, dabei, so still war Lara Fricke eigentlich gar nicht.

Bevor Frieda weiter ihren Gedanken nachhängen konnte, klopfte es an die Scheibe der Zwischenwand und Mario machte Zeichen, dass sie fertig waren.

„Das ging aber schnell! Mal sehen, wer uns da gleich ansieht." Frieda stand auf und Lara folgte ihr.

„Euer Zeuge hat ein gutes Auge, er konnte eine sehr genaue Beschreibung der Person abgeben." Mario schob einen Bogen Papier zu ihnen.

Frieda und Lara beugten sich darüber und Frieda zog die Luft ein. Wie aus einem Munde sagten sie: „Bernadette Brandt!"

•

„Sie haben uns angelogen, Frau Brandt. Wir haben eine Personenbeschreibung, die auf Sie passt und die besagt, dass Sie in der Nacht von Samstag auf Sonntag im Club *Trans*Later* waren."

„Das muss ein Irrtum sein", war die schnippische Antwort.

„Wir arrangieren ganz schnell eine Gegenüberstellung, Sie können aber auch direkt erzählen, was im *Trans*Later* passiert ist."

Bernadette Brandt sackte auf ihrem Stuhl in sich zusammen. „Eine Gegenüberstellung wird nicht nötig sein. Ich gebe zu, dass ich Ihnen nicht die Wahrheit gesagt habe. Ja, ich war im Club."

Frieda und Lara versuchten sich ihre Anspannung nicht anmerken zu lassen; sie ließen Bernadette Brandt nicht aus den Augen. Die Klimaanlage funktionierte immer noch nicht und die Hitze im Büro drohte unaushaltbar zu werden. Allen stand der Schweiß auf der Stirn und Frieda fragte sich, wann die ersten Zeugen kollabieren würden.

„Und was ist die Wahrheit, Frau Brandt?" Lara drehte den Tischventilator in Richtung der Zeugin.

„Die Wahrheit ist die, dass ich schon mindestens sechs Mal dort gewesen bin und Susanne zugesehen habe. Sie glauben gar nicht, wie sehr ich sie vermisste und mich nach ihr sehnte. Meinen dummen Abgang an diesem unglückseligen Abend bedauerte ich schon längst, aber ich war zu stolz, Susanne anzurufen oder ihr zu schreiben. Gleichzeitig wollte ich ihr nahe sein. Mit Susanne habe ich viel gelacht, aber wir konnten bei traurigen Filmen auch heulen wie die Schlosshunde. Manchmal habe ich stundenlang in ihrer Wohnung gesessen, wenn Kev aufgrund seines Saufens unerträglich wurde. Habe dort gesessen und mich in dem großen Bild in ihrem Wohnzimmer verloren, bis Susanne aufgetaucht ist und wir zusammen gekocht haben oder über Chips hergefallen sind. Ich wusste einfach nicht, wie ich die Kurve kriegen konnte. Egal, wie ich es drehte, in meinem Hirn blieb ein dicker Knoten." Bernadette Brandt trank das Glas Wasser aus, das Lara ihr hingestellt hatte. „Kann ich bitte noch einen Schluck haben?" Sie schob ihr Glas weiter auf den Tisch.

Frieda erkannte, dass sie sich für das Folgende wappnen wollte und etwas Zeit brauchte. Nachdem Lara nachgeschenkt und sie erneut getrunken hatte, fuhr Bernadette Brandt fort. „Dann fiel mir ein, dass ich sie an dem vermaledeiten Abend zu einem Konzert einer französischen Frauenband abholen wollte, und dachte mir, dass Susanne vielleicht immer noch in dem Club verkehren würde. Also habe ich mich eines Samstagabends auf den Weg gemacht. Kev war auf Montage und ich musste nicht auf die Uhr sehen, um zeitig wieder zu Hause zu sein. Etwa vor drei Monaten war ich zum ersten Mal im *Trans*Later*. Es war nicht viel los und ich setzte mich in eine der Ledernischen. Die sind ein bisschen schummrig und man kann sich in den Schatten zurückziehen. Der Laden füllte sich und auf der kleinen Bühne trat eine Nachwuchskabarettistin auf, die das Publikum begeisterte. Während alle zu der Bühne starrten, hatte ich nur Augen für Susanne, die inzwischen gekommen war und an der Theke stand. Bald darauf kam eine Frau und ab da bestand kein Grund zur Sorge, dass sie mich entdecken würde. Sie hatte nur Augen für diese Frau und verschwand irgendwann mit ihr. Ich war überrascht, als sie plötzlich wieder da waren. Dabei hatte ich bezahlt und wollte nach Hause gehen."

„Und? Sind Sie gegangen?"

„Ja, ich befürchtete, dass sie mich entdecken würde." Die Bluse klebte Bernadette Brandt am Körper und allmählich ließ die Wirkung des Deos nach. Frieda kannte diesen Geruch, für sie war es der typische Geruch von Angstschweiß.

„Wie ist es weitergegangen?"

„Ich bin dann samstags öfter hingegangen, wenn es voll war und so die Chance gering, aufzufallen. Ich wollte sie sehen, wollte ihr nahe sein. Und sie sah scharf aus, das muss ich zugeben." Bernadette Brandt lächelte. „Ich hatte sie an dem Abend gesehen, als ich weggelaufen bin. Ich wusste also, wie sie aussehen würde. Es ist kein Wunder, dass sie jede kriegen konnte. Susanne war gebildet und hatte Humor." Fast so etwas wie Stolz klang in den Worten Bernadette Brandts. „Die Brille, die sie ja sonst nicht trug, machte sie sehr sexy." Sie hing ihren Gedanken nach. „Am letzten Samstag war ich auch da und ich dachte, es würde so laufen wie zuvor auch. Aber es kam ganz anders, denn plötzlich trafen sich unsere Augen und Susanne hätte sich beinahe verschluckt. Ich wusste nicht, was ich machen sollte, und entschied mich dafür, einfach sitzen zu bleiben und abzuwarten, wie Susanne sich verhalten würde. Sie starrte in ihr Glas und schien ihre Begleiterin völlig vergessen zu haben. Sie sah aber auch nicht zu mir rüber, sondern saß wie ein Ölgötze. Ihrer Begleiterin gefiel das offensichtlich nicht und sie verließ ärgerlich den Club. Und dann stand Susanne auf. Sie kam zu mir in die Nische und setzte sich neben mich und sagte einfach nur ‚Hallo, Detti'. Ich dachte, mir bleibt das Herz stehen. Ich wusste im ersten Moment nichts zu sagen, sondern sah sie nur an. Und dann setzte Susanne hinzu: ‚Da bist du ja endlich.' Sie lächelte mich an und ich legte den Kopf an ihre Schulter. Ab da haben wir nicht mehr viel gesprochen. Es war so wie immer und doch ganz anders. Wir haben getanzt und uns nicht mehr losgelassen. Es hat zwischen uns gebritzelt, so kenne ich das gar nicht."

„Hatten Sie Sex miteinander?"

„Ja, und es war mir egal, dass es auf dem Hof war. Mir war alles egal und es war toll." Bernadette Brandt sah sie an. „Als ich auf die Armbanduhr sah, bekam ich einen Schreck, und sagte, dass ich sofort gehen müsste, sonst würde Kev womöglich vor mir zu Hause sein. Außerdem musste ich meine Gedanken beruhigen, ich war total aufgewühlt. Wir haben uns dann verabschiedet und Susanne sagte noch, dass ich ja wüsste, wo ihr Wohnungsschlüssel für mich versteckt war. Sie würde auf mich warten. Ich habe ihr noch eine Kusshand zugeworfen und bin dann durch den Torbogen auf die Straße gegangen."

„Durch den Torbogen? Ist Ihnen dort jemand aufgefallen?"

„Stimmt, da war jemand." Bernadette Brandt sah erstaunt auf. „Ich hatte es völlig verdrängt, aber als ich hastig durch den Torbogen ging, drückte sich eine Gestalt in eine dunkle Ecke."

„Ist Ihnen an der Person etwas aufgefallen?"
„Er hat schwer geatmet."
„Er? War es ein Mann?"
„Ich weiß nicht genau, ich dachte, es wäre einer gewesen, aber ich bin mir nicht sicher. Aber doch, es war ein Mann, denn er roch nach einem Rasierwasser, das mir bekannt vorkam."
„Haben Sie sein Gesicht gesehen?"
„Nein, ich bin ja an ihm vorbei und habe ihn gar nicht richtig wahrgenommen. Ich weiß auch nicht, ob er uns beobachtet hat oder wie lange er dort stand. Ich weiß nur, dass er dunkel gekleidet war und mir den Rücken zudrehte. Er hatte so eine komische Mütze auf dem Kopf."
„Welche Mütze? Was war an ihr komisch?"
„Es war eine Sturmhaube." Bernadette Brandt riss die Augen auf. „Ja, so eine habe ich auch auf, wenn ich mit Kev auf seinem Motorrad durch die Eifel brause."
„Dann hat Ihr Mann vermutlich auch so eine Sturmhaube?"
Bernadette Brandt begriff sofort. „Nein, Kev hat Susanne nicht umgebracht." Sie schüttelte heftig mit dem Kopf.
„War Ihr Mann denn zu Hause, als Sie kamen?
„Nein, Gott sei Dank nicht!"
„Was wollten Sie bezüglich Susanne als Nächstes tun?"
„Ich wollte Kev sagen, dass ich Susanne zufällig wiedergetroffen habe, wir uns ausgesprochen hätten und ich am Nachmittag zu ihr zum Kaffee gehen würde."
„Hatten Sie vor, eine sexuelle Beziehung aufzubauen?"
„Die Rolle der heimlichen Geliebten hätte mir gefallen", Bernadette Brandts Lächeln wirkte falsch, „aber in der Öffentlichkeit hätte ich mich niemals mit ihr sehen lassen. Was sollen denn die Leute von mir denken!"
„Bei der Testamentseröffnung war die Rede von einem Streit zwischen Ihrem Mann und Frau Lippens. Was wissen Sie darüber?"

„Nicht mehr, als ich Ihnen bereits gesagt habe." Bernadette Brandts Miene wurde abweisend und sie verschränkte die Arme vor der Brust.

„Wo können wir Ihren Mann finden? Wir haben noch einige Fragen an ihn."

„Zu Hause, er ist krankgeschrieben." Ihre Stimme verriet keinerlei emotionale Beteiligung.

„Dann bringen wir Sie jetzt nach Hause und sprechen mit Ihrem Mann." Frieda stand lächelnd auf und steckte sich ihre Waffe in das Pistolenholster an ihrem Gürtel.

•

Kevin Brandt war der Typ Mann, der nur zwei Reaktionen auslöste: ihn zu schlagen oder ihn in den Arm zu nehmen. Bernadette hatte sich offensichtlich für Letzteres entschieden.

Als sie die Wohnung betraten, hörten sie aus dem Wohnzimmer die Geräusche eines Ballerspiels.

„Kev, Liebling, die Polizistinnen waren so freundlich, mich nach Hause zu bringen. Sie haben jetzt noch Fragen an dich", rief Bernadette Brandt, als sie sich auf den Weg ins Wohnzimmer machte.

„Hä?"

„Die Polizei ist da, Kev."

Die Spielgeräusche verstummten augenblicklich.

„Wieso das denn? Was wollen die hier?" Er war offensichtlich wenig begeistert über den Besuch. „Ich denke, du warst gerade bei denen."

„Ja, war ich auch, aber sie haben einige Fragen an dich." Bernadette sprach beruhigend auf ihn ein und Frieda erschien mit Lara im Türrahmen.

„Puh, hier dürfte ruhig mal gelüftet werden", raunte sie Lara zu. Im Raum stand die Luft. Es war eine Mischung aus Schweiß und nicht gewechselter Unterwäsche.

Kevin Brandt sprang überrascht auf, dabei fiel eine Getränkedose um, deren Inhalt sich auf dem Couchtisch verteilte.

„Scheiße", war sein einziger Kommentar und er sah seine Frau hilfesuchend an. „Schatz, mach doch was!"

Seine Frau hatte längst einen Lappen geholt, während er noch mit angewinkelten Armen dastand und die Beamtinnen vergessen zu haben schien.

„Mein Name ist Leippold, das ist meine Kollegin Fricke." Frieda holte ihn ins Hier und Jetzt zurück.

Er wischte sich die rechte Hand an seiner Jogginghose ab und hielt sie Frieda entgegen. Die zog es vor, sie zu ignorieren.

„Ich sollte mich wohl etwas frisch machen." Er verschwand sofort und Lara sah ihm erstaunt nach. Frieda ließ ihren Blick durch das Wohnzimmer streifen und öffnete ein Fenster. Bernadette Brandt und ihrem Mann schien es finanziell schon besser gegangen zu sein. Die Möbel waren einfach und alles war sauber. Die Schrankwand war gefüllt mit wenigen Büchern, aber mit umso mehr DVD-Hüllen. Neben ihrem Hochzeitsfoto befand sich ein Bild von der Abschlussklasse Bernadettes. Frieda brauchte nicht lange, um sowohl sie als auch Susanne Lippens zu entdecken. Sie standen nebeneinander. Ein Großbildfernseher beherrschte eine Wand, die andere Wand zierte ein sorgfältig gerahmter Druck von Matisses „*La Joie de vivre*". Seit sie das Original während eines Urlaubs in Paris gesehen hatte, gehörte es zu ihren Lieblingsbildern. Damit hatte Frieda hier nicht gerechnet, genauso wenig mit der Meister-Urkunde Kevin Brandts, die neben dem Fenster hing. Und doch machte das Zimmer einen leicht schäbigen Eindruck.

„Ja, ähm, was wollen Sie von mir?" Kevin Brandt wirkte verlegen, als er wieder ins Zimmer trat. Er trug eine Jeans und ein T-Shirt, die Haare hatte er gekämmt und sich offensichtlich auch die Zähne geputzt. Er machte einen ganz anderen Eindruck als vor wenigen Minuten. Jetzt sahen sie einen großen Lausbuben vor sich und Frieda konnte nachvollziehen, dass eine Frau sich in ihn verlieben könnte.

Lara gab seiner Frau ein Zeichen, dass sie mit ihrem Mann allein sprechen wollten, und Bernadette Brandt schloss die Wohnzimmertür hinter sich.

„Wir haben einige Fragen an Sie, das ist alles." Frieda blieb stehen, während Herr Brandt sich zurück auf das Sofa fallen ließ.

„Setzen Sie sich doch." Er wies auf die beiden Sessel, die den Tisch links und rechts flankierten.

„Danke, gern." Lara setzte sich auf die Sesselkante.

„Herr Brandt, bei der Testamentseröffnung wurde erwähnt, dass es einen Streit zwischen Ihnen und Frau Lippens gab."

Er verdrehte die Augen und blickte zur Decke. „Einen Streit? Sie sind lustig, wir haben uns eigentlich immer nur gestritten." Sein Gesichtsausdruck zeigte Ärger, aber auch Traurigkeit.

„Wie dürfen wir das verstehen?"

„Susanne konnte mich vom ersten Augenblick an nicht leiden. Wenn wir uns mal gemeinsam getroffen haben, was ausgesprochen selten vorkam, hat sie nach kurzer Zeit angefangen zu stänkern. Sie hat sich über meinen Job lustig gemacht und sich irgendwann geweigert, einen Fuß in die Wohnung eines Proleten zu setzen." Er starrte stumpf vor sich hin. Frieda wartete ab, bis er weitersprechen würde. „Und Detti flötete nur rum ‚Susanne hier und Susanne da'. Dieses Weibergetue ging mir ganz schön auf den Keks, glauben Sie mir." Er sah Frieda treuherzig an. „Ich glaube, meine Frau hat bis zu dem merkwürdigen Abend mehr Zeit mit ihrer Freundin verbracht als mit mir."

„Welchen Abend meinen Sie?"

„Die beiden wollten irgendwohin. Ich weiß nicht mehr, wohin, habe ich vergessen." Er kräuselte die Stirn. „Na ja, plötzlich stand Detti mit verheulten Augen hier rum. Ich habe sie gefragt, ob etwas passiert sei, und sie hat mit so einer komischen Stimme geantwortet, dass es keine Susanne mehr geben würde." Er tippte sich an die Stirn und zog einen Flunsch. „Ich dachte, sie meinte, dass Susanne tot war oder so, aber nee, meine hysterische Frau fing wieder an zu weinen und stotterte, dass Susanne keine Frau wäre. Ich habe überhaupt nicht verstanden, was sie meinte." Er schien jetzt noch empörter zu sein. „Ich war auf jeden Fall froh, sie los zu sein. Wenn sie mir als Kerl begegnet wäre, hätte sie an meiner Faust schnuppern dürfen, da können Sie drauf wetten." Er schlug mit seiner rechten in die linke Hand, so dass es klatschte und Frieda unangenehm berührt zu Lara hinübersah.

„Es gab aber zuletzt einen besonderen Streit zwischen Ihnen und Frau Lippens." Frieda hatte sich wieder unter Kontrolle.

„Das hat die blöde Kuh doch tatsächlich in ihr Testament geschrieben."

„Woher wissen Sie das?"

„Hallo, ob meine Frau mir das wohl erzählt hat und Sie es eben gerade auch noch mal gesagt haben!" Er tippte sich mit dem Finger an die Stirn und sah Frieda an, als ob er an ihrem Verstand zweifeln würde.

„Erzählen Sie uns über diesen Streit, Herr Brandt."

„Wie schon gesagt, der Streit fing an, als wir uns zum ersten Mal begegnet sind. Sie müssen wissen, ich war ein ordentlicher Hallodri und Raufbold, als ich meine Frau auf der Deutzer Kirmes kennengelernt habe. Aber Detti war von Anfang an freundlich zu mir und hat mich nach einer kleineren Keilerei zur Seite genommen und mir an einem Wasserhahn das Blut aus dem Gesicht gewaschen." Er sah Frieda mit demselben treuherzigen Blick wie zuvor an. Er war stolz auf seine Frau, das war ihm deutlich anzusehen. „Tja, und dann hat sie mir ins Gewissen geredet, dass ich so was doch nicht nötig hätte und so ein Zeugs. Zum Schluss hat sie mich angelächelt, dass meine Beine nur so zitterten. Ab da haben wir uns regelmäßig gesehen.“ Er hing seinen Gedanken nach und sie ließen ihm Zeit. „Meine Frau hat sehr darauf geachtet, dass ich nach meiner Gesellenprüfung den Meister mache. Ich muss Ihnen ganz ehrlich sagen, ohne Detti hätte ich das nicht geschafft. Ich habe es nicht so mit dem Lernen, aber wenn Sie mir sagen, ich soll Ihnen ein neues Badezimmer einbauen, dann bekommen Sie sehr gute Arbeit geliefert.“ Er sah wieder auf und lächelte. „Ich bin eben ein Praktiker. Sie können ja gleich einen Blick in unser Bad werfen, dann wissen Sie, wovon ich rede.“

„Klar, das machen wir.“ Laras süffisanter Unterton brachte ihr einen scharfen Blick Friedas ein.

„Genau so einen Ton kenne ich auch von Susanne.“ Kevin Brandt sah Lara mit zusammengezogenen Augenbrauen böse an. „So redete sie eigentlich immer mit mir, sie machte sich permanent über mich lustig. Ich habe Detti dann gesagt, dass es wohl besser wäre, wenn sie sich mit ihrer Freundin allein trifft. Auf dieses arrogante, bürgerliche Getue kann ich nämlich gut verzichten.“ Er zog es vor, Frieda anzusehen und Lara zu ignorieren.

„Worum ging es in dem Streit, von dem im Testament von Frau Lippens die Rede ist, Herr Brandt?“ Frieda lächelte ihn aufmunternd an.

„Ja, hm, der Streit.“ Er druckste herum. „Ich bin zu ihr in ihr feines Büro und stand dieser Gewitterziege von Sekretärin oder so gegenüber, die mich nicht durchlassen wollte. Angeblich, weil ich keinen Termin hätte.“ Er äffte den Tonfall Lissy Rotbachs gekonnt nach und Frieda musste sich ein Lächeln verkneifen. „Da war aber noch so ein älterer Typ, der war korrekt und pfiff den Drachen zurück. Susanne muss uns gehört haben, denn sie kam aus ihrem Büro und winkte mich zu ihr. Als sie die Tür zumachte, ranzte sie mich an, was ich für einen Aufstand veranstalten und dass ich sie blamieren würde. So ein Blödsinn.“ Er tippte sich an die Stirn. „Ich hätte gehen sollen, denn eigentlich konnte ich mir denken, welche Antwort sie mir geben würde, aber ich wollte das Motorrad so gerne haben. Das Angebot war ein Schnäppchen, läppische elftausend Euro.“ Er zog die Brauen zusammen und fügte hinzu: „Sie hat einen Lachanfall bekommen.“ Er griff nach seiner Limonadendose und schüttelte den Kopf.

„Welche Antwort haben Sie bekommen?“

„Verschwinde! Mehr hat sie nicht gesagt.“

„Haben Sie zu einem anderen Zeitpunkt noch einmal darüber gesprochen?“

„Wir haben nie wieder ein Wort gewechselt.“

„Wo waren Sie in der Nacht, als Susanne Lippens zu Tode kam?“

„Bei meinen Eltern. Die hatten uns zum Grillen eingeladen, aber Detti wollte nicht mit. Manchmal ist sie komisch. Also bin ich nach einigem Hin und Her allein gefahren. Ich bin dann noch mit ’n paar Kumpels von früher um die Häuser gezogen.“

„Was heißt das? Wo waren Sie?“

„Eigentlich nur in so einer blöden Schutzhütte.“ Kevin Brandt sah dumpf vor sich hin. „Wir haben uns da volllaufen lassen und über Autos und so ein Zeugs geredet.“

„Sie können uns sicherlich die Namen Ihrer Freunde nennen?“ Lara nahm ihren Stift zur Hand.

•

„Kann nicht mal endlich jemand den Ofen abstellen?“, flüsterte Frieda erschöpft von der Hitze. Es war zwei Uhr in der Früh und sie lag nackt neben Lars auf dem Bett, beide vermieden sorgsam jeglichen Körperkontakt.

„Sämtliche Türen und Fenster sind auf, mehr kann ich nicht tun“, antwortete Lars leise. „Ach, mir fällt noch etwas ein.“ Er erhob sich langsam und verschwand in der Küche. Frieda hörte, dass die Kühlschranktür klapperte. Es raschelte und bald erschien sein Schatten in der Tür.

„Eiswürfel.“ Lars schwenkte einen Plastikbeutel vor Friedas Gesicht.

„Bloß nicht auf die blanke Haut!“

„Quatsch, wofür hältst du mich?“ Lars rumorte in einer Schublade. „Tata, wofür habe ich schließlich Unterwäsche.“ Er bugsierte den Beutel in eine seiner Unterhosen, faltete sie ein und lachte leise.

„Männer!“ Frieda hatte ein Auge geöffnet und beobachtete ihn im Zwielicht.

„Ja, und so einfallsreich.“ Lars strich sanft über Friedas Stirn, ihre Wangen und den Hals.

„Wage es nicht.“

„Ich weiß nicht, was du meinst, Liebling.“

„Tu nicht so unschuldig.“ Frieda lächelte. „Sex ist bei der Hitze nicht.“

„Du kannst aber wirklich nur an das Eine denken“, entgegnete Lars mit einem spielerischen Tadel. „Erzähl mir lieber von euren Ermittlungen, das ist viel aufregender.“

„Du weißt genau, dass ich darüber nicht reden darf.“

„Wie kannst du nur so schrecklich korrekt sein?“ Er schüttelte den Kopf. „Steht ihr denn vor der Aufklärung?“

„Schön wär’s! Der Kreis der Verdächtigen nimmt stetig zu.“

„Wenn man das Motiv auf Schlagworte herunterbricht, bleibt nur: Rache, Habgier, Hass, Eifersucht. Oder Susanne Lippens war zur falschen Zeit am falschen Ort.“

„An dir ist ein echter Polizist verlorengegangen.“ Frieda nahm ihm den provisorischen Eisbeutel aus der Hand.

„Vielleicht verdächtigt ihr die falschen Personen?“

„Ach, Lars, komm mir nicht mit dem großen Unbekannten, den gibt es nur in englischen Krimis.“

„Höre ich da leichten Ärger in deiner Stimme?“ Lars legte sich wieder neben sie aufs Bett.

„Ich bin zu dieser Uhrzeit und bei der Affenhitze nicht zu Späßen aufgelegt.“

„Ich mache keinen Spaß, Frieda. Vielleicht müsstest du den Blickwinkel ändern.“

„Sag mir nicht, was ich muss!“ Abrupt setzte sie sich auf.

„So habe ich es nicht gemeint, das weißt du.“ Er hoffte, sie wieder zu beruhigen. „Aber wie oft findet sich der Täter im nahen Umfeld des Opfers, in der Familie? Und wie oft ist es jemand, an den man nicht im Entferntesten gedacht hat?“

„Lars, ich werde mit dir nicht über meine Ermittlungen reden.“

„Schade. Ich könnte bestimmt einige gute Ideen beitragen.“

„Das glaube ich sofort, aber jetzt bist du still und lässt mich schlafen.“

•

„Frau Hoppe, wir haben von Frau Lippens, der Mutter von Susanne Lippens, Ihren Namen und Ihre Adresse erhalten. Sie waren die Therapeutin von Sunny Lippens?“ Frieda saß in einem bequemen Ledersessel der Psychologin gegenüber. Lara saß rechts von ihr.

„Ihr Anruf gestern hat mich nicht gleichgültig gelassen, Frau Leippold.“ Die zierliche Frau wirkte erschüttert. „Ich war zwei Wochen verreist und habe keine Zeitung gelesen. Ich wusste nichts von dem gewaltsamen Tod meines Patienten.“ Sie blickte zum Fenster hinaus. „Es ist sein Termin, den Sie jetzt wahrnehmen.“

„Seit wann war Sunny Lippens bei Ihnen?“

„Sunny hat sich zuerst im *rubicon* beraten lassen. Von dort wurde er an mich verwiesen.“

„*Rubicon?*“

„Eine Beratungsstelle für lesbische, schwule, bisexuelle, trans und queere Menschen hier in Köln“, fügte Lara ein.

„Er suchte aber auch Unterstützung bei verschiedenen Selbsthilfegruppen für Transmänner in der Stadt.“ Almuth Hoppe sah von einer zur anderen. „Aber zurück zu Ihrer Frage: Sunny Lippens kam vor dreizehn Monaten erstmalig zu mir, um feststellen zu lassen, ob tatsächlich eine Transsexualität beziehungsweise eine Transidentität vorliegt. Nicht nur meiner Meinung nach ist der Begriff der Identität weitergehend und gleichzeitig präziser als Transsexualität. Hierbei wird zu viel Bedeutung auf den Bereich der, zweifellos auch sehr wichtigen, Sexualität gelegt. Aber die Frage der Identität sagt mehr über die innerpsychische Komplexität des Problems aus. Nun, auf jeden Fall ist diese Diagnose nötig, um eine geschlechtsangleichende Operation durchführen zu lassen.“

„Reicht die Meinung einer Expertin, eines Experten aus?“

„Nein, Frau Leippold, für einen derart schwerwiegenden und in der Regel nicht rückgängig zu machenden Eingriff ist mehr als eine Konsultation bei einer Fachfrau oder einem Fachmann notwendig. Die Begutachtung durch zwei dafür kompetente Kolleginnen oder Kollegen sind Bedingung. Sunny hatte von beiden Gutachtern die eindeutige Diagnose seit einem Vierteljahr.“

„Und wollte sich jetzt operieren lassen?“

„Nein, so schnell geht das nicht. Sunny hatte sich bei einem plastischen Chirurgen über die Art und Weise des Eingriffs informiert.“

„Bei wem war er?“ Lara Fricke schoss ihre Frage ab, bevor die Psychologin fortfahren konnte.

„Sunny hatte einen Termin bei Dr. Raimundt in der Arosa-Klinik." Almuth Hoppe wartete auf weitere Fragen und sah Lara an.

„Sie sagten gerade, dass eine Geschlechtsangleichung nicht schnell geht. Wie meinten Sie das?" Frieda zog die Aufmerksamkeit wieder auf sich.

„Wenn die Diagnose ‚Transsexualität' beziehungsweise ‚Transidentität' vorliegt, fängt ein großer Teil meiner Arbeit erst an. Wir haben uns damit auseinandergesetzt, was eine Operation tatsächlich bedeutet. Wie würden seine Eltern reagieren, wie die Freundinnen und Freunde, die Angestellten? Die Erfahrungen, die Betroffene in den Kontakten machen, können oft sehr verunsichern und frustrieren, glauben Sie mir." Almuth Hoppe sah Frieda ernst an. „Das war in den meisten Fällen, die ich begleiten durfte, kein Sonntagsspaziergang und führte bei der Hälfte meiner Patienten zu einer Meinungsänderung. Einige haben sich dann für die sogenannte kleine Lösung entschieden, andere haben gänzlich Abstand von einer Geschlechtsangleichung genommen und ihr altes Leben wieder aufgenommen. Sunny hatte auch die physischen Voraussetzungen für eine Operation erfüllt."

„Und das bedeutet?"

„Mit der Operation allein ist es nicht getan, schließlich gehört auch die lebenslange Gabe von Hormonen dazu. Und die wird nicht von allen Menschen gleich gut vertragen. Bei Sunny lagen keine negativen endokrinologischen Ergebnisse vor." Almuth Hoppe warf einen Blick in ihre Unterlagen, die sie auf dem Schoß liegen hatte. „Aber bevor es zu einer unwiderruflichen Veränderung durch die Gabe von Testosteron kommen kann, steht der Alltagstest als nächster Schritt an."

„Besteht nicht auch das Risiko, dass es durch die zugeführten Sexualhormone zu Leberschäden, Depressionen und anderen Schädigungen kommen kann?" Lara sah Almuth Hoppe aufmerksam an.

„Sie haben recht, das Risiko für Thrombosen und Krebs steigt."

„Bitte entschuldigen Sie meine Unwissenheit, Frau Hoppe", Frieda lächelte, „aber dies ist mein erster Fall, bei dem Transidentität eine Rolle spielt. Ich hatte bisher keinerlei Berührung mit diesem Thema. Was also ist ein Alltagstest?"

„Fragen Sie nur, die wenigsten Menschen wissen um die Ängste, Hoffnungen und Unsicherheiten von transidenten Menschen und ihrem, unter Umständen, jahrelangen Leidensweg. Sie werden oft als Exoten verlacht und verspottet, nur wenige Menschen haben eine Ahnung vom Ringen um ein glückliches und zufriedenes Leben in Einklang mit dem eigenen Körper." Almuth Hoppe trank einen Schluck Wasser. „Nun, Sunny wollte nächste Woche mit dem Alltagstest beginnen, das heißt, die angestrebte Geschlechtsrolle auf Dauer einzunehmen: Frisur, Kleidung, das gesamte Erscheinungsbild so überzeugend wie möglich anzunehmen. Und das nicht nur einen Tag oder eine Woche, nein, mindestens ein Jahr lang jeden Tag, jede Stunde, jede Minute."

„Aber das muss ja …" Frieda versuchte, sich Sunny Lippens in seinem Büro vorzustellen.

„… unter Umständen eine extreme Belastung sein", vollendete Almuth Hoppe ihren Satz. „Es ist kritisch zu betrachten, dass dieses zwangsverordnete Coming-out stattfindet, wenn die äußeren Geschlechtsmerkmale in keinster Weise verändert sind."

„Und das alles wollte Sunny Lippens auf sich nehmen?", fragte Frieda nachdenklich.

„Meinem Wissensstand nach, ja. Vor drei Wochen war er sich absolut sicher, dass er sich nach bestandenem Alltagstest nächstes Jahr Gebärmutter, Eierstöcke und Eileiter entfernen lassen würde."

„Ich stelle mir die Operation schrecklich vor." Frieda riss die Augen auf.

„Jede Operation birgt Risiken, aber die Geschlechtsangleichung stellt eine besondere Herausforderung dar. Es kommt immer wieder zu Komplikationen. Wunden heilen nicht und das Gewebe wächst manchmal nicht so zusammen, wie es in Aussicht gestellt oder erhofft wurde. Alles in allem ist das keine Entscheidung, die über Nacht gefällt wird."

„Ist dieser Eingriff rückgängig zu machen?"

„Nein, Frau Leippold, dieser Eingriff ist unwiderruflich und dessen war sich Sunny bewusst."

„Sie haben Sunny Lippens zuletzt vor drei Wochen gesehen, habe ich Sie richtig verstanden?"

„Ja."

„Hat er in dieser letzten Stunde oder vielleicht auch davor etwas über seine Kontakte im *Trans*Later* erzählt?" Frieda beobachtete den inneren Kampf, den ihre Frage in Frau Hoppe auslöste. „Er ist gewaltsam ums Leben gekommen, bitte helfen Sie uns."

„Er hatte seine Sturm- und Drangzeit hinter sich. Wenn ich es richtig einschätze, war Sunny anfangs ein echter Draufgänger." Almuth Hoppe lächelte. „Das hat sich aber relativ schnell gelegt, als er sich verliebte. Allerdings war diese Beziehung auch von Zweifeln geprägt, es fehlte sozusagen die rosarote Brille, durch die der Mensch, der geliebt wird, nur toll und wunderbar ist."

„Hat Sunny den Namen genannt?"

„Ja, Caro."

„Gibt es noch weitere Namen, die im Zusammenhang mit dem Club genannt wurden?"

„Nein, ich kann mich nicht erinnern. Ehrlich gesagt, stellte der Club kein Problem für Sunny dar, er hat vielmehr sehr intensiv an der Beziehung zu seinem Vater gearbeitet."

„Herr Lippens war ein Thema hier?"

„Ja, in den letzten Wochen eigentlich ausschließlich."

„Können Sie uns dazu etwas mehr sagen?"

„Sunny fühlte sich vom Vater abgelehnt und verraten, er hat sehr der Zeit nachgetrauert, in der sie beide ein Herz und eine Seele waren. Als Herr Lippens Sunny bei einem seiner letzten Besuche im Elternhaus mit Wasser aus Lourdes besprühte, war das Band endgültig zerschnitten. Herr Lippens ist meiner Einladung zu einem gemeinsamen Gespräch bedauerlicherweise nicht gefolgt. Die Mutter habe ich dagegen als unterstützend und liebevoll erlebt. Für transidente Menschen ist es ungemein wichtig, dass die Familie und die Freunde uneingeschränkt zu ihnen halten. Sonst ist der Druck kaum auszuhalten. Es ist nicht verwunderlich, dass viele den Alltagstest abbrechen oder gar nicht erst beginnen, wenn diese Unterstützung fehlt. Die Selbstmordrate ist außerdem innerhalb dieses Personenkreises sehr hoch." Almuth Hoppe blickte Frieda ernst an, die ihren Ausführungen aufmerksam gefolgt war.

„Danke, im Moment haben wir keine weiteren Fragen." Frieda sah zu Lara, die leicht den Kopf schüttelte. „Vielleicht kommen wir nochmals auf Sie zu."

„Gerne." Almuth Hoppe stand ebenso auf wie die beiden Beamtinnen und führte sie zur Tür.

„Dürfte ich vielleicht Ihre Toilette benutzen?" Frieda war ihr Bedürfnis etwas peinlich.

„Selbstverständlich." Die Therapeutin zeigte auf eine Tür.

„Na, ich geh dann schon mal den Wagen lüften." Lara Fricke grinste und verschwand im kühlen Treppenhaus.

Bevor Frieda ihr wenige Minuten später folgen wollte, wandte sie sich nochmals an Almuth Hoppe, die in der Tür ihres Beratungszimmers stand. „Wissen Sie vielleicht noch von anderen regelmäßigen Kontakten außerhalb des *Trans*Later?*"

„Ja, Sunny wollte eine Selbsthilfegruppe aufsuchen, die sich dienstagabends im Bürgerhaus in Ehrenfeld trifft."

•

Der Dienstagabend schien ein beliebter Termin für sportliche Aktivitäten zu sein. Lara Fricke trainierte mit Kolleginnen aus dem Polizeisportverein für den nächsten Köln-Marathon, Lars traf sich mit einem Freund zum Squash. Beide ließen sich von der Hitze nicht abhalten und Frieda sinnierte in ihrem Büro, ob es nicht sinnvoller wäre, sich bei den Verkehrsverhältnissen ein Fahrrad anzuschaffen. Die Venloer Straße, Treffpunkt der Selbsthilfegruppe, lag zwar nicht wirklich auf ihrem Nachhauseweg, aber Frieda wollte diesen Abstecher noch machen und klopfte schließlich an die Tür, die ihr von einer freundlichen Dame aus dem Sekretariat des Bürgerhauses gezeigt worden war.

„Guten Abend, bitte entschuldigen Sie die Störung." Frieda trat in einen kleinen Raum, in dem fünf Stühle im Kreis standen. Vier waren besetzt.

„Was können wir für Sie tun?" Ein korpulenter Mann mit einem Bürstenhaarschnitt war aufgestanden.

„Kriminalpolizei Köln, Leippold ist mein Name." Frieda sah, wie sein Blick einen sorgenvollen Ausdruck annahm. „Ich ermittle im Fall Sunny Lippens."

„Oh, ja, eine schreckliche Geschichte. Ich habe es in der Zeitung gelesen. Nehmen Sie doch Platz."

Frieda setzte sich auf den freien Stuhl in den Kreis, als sich die Tür erneut öffnete und ein sportlicher, kleiner Mann mit großem Elan in den Raum trat. Er trug sein kurzes schwarzes Haar konservativ geschnitten, sein Gesicht wurde von einem Schnäuzer dominiert und seine dunkelbraunen Augen nahmen einen abweisenden Ausdruck an, als er Frieda erblickte.

„Max, da bist du ja, wir dachten schon, du kommst heute nicht." Der Mann, der auch Frieda begrüßt hatte, stand auf, um einen weiteren Stuhl in den Kreis zu stellen, während ein leises Murmeln durch den Kreis ging.

Frieda sah den Neuzugang an, der offensichtlich heiser war und nur ein kurzes „Hallo" krächzte und den Blick abwandte. Die anderen sahen sie erwartungsvoll an.

„Wir wissen, dass Sunny Lippens ihre Selbsthilfegruppe für Transmänner aufsuchen wollte. War er schon Teilnehmer Ihrer Runde?"

„Sunny war nur ein paar Mal da, ich leite diese Gruppe." Der Korpulente rutschte auf seinem Stuhl nach vorn. „An dem Dienstag vor dem CSD-Wochenende kam er letztmals zu unserem Treffen. Wir können Ihnen leider nicht viel sagen." Er lächelte bedauernd, während die anderen nickten.

„Kannten Sie Sunny aus anderen Zusammenhängen?" Frieda sah von einem zum andern.

Ein mehrstimmiges „Nein" war die Antwort.

„Würden Sie mir bitte Ihre Namen und Anschriften nennen?"

„Frau Leippold, das wird nicht gehen, denn wir sind eine anonyme Selbsthilfegruppe. Wir nennen uns nur bei unseren Vornamen. Ich glaube nicht, dass wir Ihnen in dieser Frage helfen können." Er stand auf. „Ich begleite Sie nach draußen."

Frieda beschloss, diese Aussage unkommentiert für diesen Moment zu akzeptieren, und erhob sich ebenfalls.

Der Korpulente schloss die Tür von außen und sah sie beunruhigt an. „Frau Leippold, ich bin der einzige Mann in dem Raum, der eine geschlechtsangleichende Operation hinter sich hat. Ich heiße Walter Klein, arbeite als Sozialarbeiter bei der Stadt Köln und leite ehrenamtlich diese Gruppe. Außer mir ist niemand geoutet. Dafür gibt es viele gute Gründe und jeder soll selbst bestimmen können, wann er dies ändern möchte. Solange es für Ihre Ermittlungen irrelevant ist, wie die Gruppenteilnehmer heißen, so lange bitte ich Sie, dies zu respektieren."

•

„Herr Lippens, wo waren Sie in der Nacht vom vierten auf den fünften Juli?" Mit Helmut Lippens war eine Wolke von Aftershave in den Raum geweht, die ihnen fast den Atem raubte, und Frieda erinnerte sich daran, dass Bernadette Brandt der Geruch des Unbekannten im Torbogen bekannt vorgekommen war. Kein Wunder, war sie doch jahrelang im Haushalt Lippens ein- und ausgegangen.

„Herr Lippens, ich habe Sie etwas gefragt."

„Ich war zu Hause."

Die Hitze im Vernehmungsraum drohte unmenschlich zu werden. Der eilig herbeigeschaffte Tischventilator war ein Witz.

„Gibt es dafür Zeugen?" Frieda Leippold wischte sich mit einem kleinen Handtuch über den Nacken.

„Nein."

„Wo war Ihre Frau?"

„Das wissen Sie doch bereits, Sie haben sie doch schon befragt." Spöttisch verzog er seine Mundwinkel.

„Ich würde es gern von Ihnen hören."

„Meine Frau spielte mit ihren Freundinnen die monatliche Doppelkopfrunde. Soweit ich weiß, hat sich das Damenclübchen irgendwo in Nippes getroffen. Da bei diesen Gelegenheiten das eine oder andere Likörchen getrunken wird, bleibt meine Frau in der Regel über Nacht dort." Herr Lippens blickte Frieda ruhig an. „Den Hund hatte sie übrigens mitgenommen."

„Schwitzen Sie eigentlich nicht?" Frieda sah ihre Kollegin irritiert an, die sich nach vorn gebeugt hatte.

„Während meiner Ausbildung habe ich gelernt, Körperfunktionen wie Atem und Herzschlag zu kontrollieren und mich zu beherrschen. Dazu gehört auch, dass ich nicht schwitze, wenn ich nicht schwitzen will, Frau Kommissarin." Sein Blick war unergründlich.

„Welche Ausbildung haben Sie, Herr Lippens?"

„Ich war Berufssoldat."

„Lernen alle gemeinen Soldaten, sich so zu kontrollieren, dass sie fast unsichtbar sind?", fragte Frieda herausfordernd.

„Leider nicht."

Frieda sah ihn abwartend an und nach einer kleinen Pause fügte er hinzu: „Ich wurde für eine Eliteeinheit ausgebildet."

„Und was macht so eine Eliteeinheit?"

„Darüber darf ich nicht sprechen."

„Gut, aber vielleicht dürfen Sie uns sagen, ob Sie eine, laienhaft ausgedrückt, Nahkampfausbildung haben, die es Ihnen möglich macht, lautlos zu töten?" Frieda ließ ihn nicht aus den Augen, während Lara Fricke sich mit dem Ventilator beschäftigte. Frieda räusperte sich und blickte sie strafend an.

„Ja, die habe ich." Herr Lippens schien das Geplänkel zwischen den Beamtinnen registriert zu haben, denn er lächelte verächtlich. „Und nein, ich darf Ihnen nicht sagen, wo ich wann im Einsatz war und wie viele Kerben ich im Gürtel habe."

„Das wollte ich gar nicht wissen." Frieda blieb unbeeindruckt und bemerkte eine winzige Verunsicherung bei ihrem Gegenüber. Herr Lippens rutschte auf seinem Stuhl nach hinten.

„Kennen Sie den Club *Trans*Later?*"

„Nein."

Frieda registrierte ein fast unmerkliches Zögern. „Mit ‚kennen' meine ich nicht, ob Sie dort verkehren. Waren Sie jemals in der Nähe des Clubs?"

„Ja, war ich."

Lara Fricke schoss auf ihrem Stuhl nach vorn, während Frieda ruhig fragte: „Wie oft waren Sie dort in der Nähe?"

„Zweimal." Herr Lippens blickte über Friedas Schulter an die Wand.

„Waren Sie im Hof des Clubs?"

„Ja."

„Auch in der Durchfahrt?"

„Ja."

„Waren Sie auch am Morgen des fünften Julis dort?"

„Ja."

„Sie haben vor einigen Minuten gesagt, dass Sie in der Nacht zu Hause waren, Herr Lippens." Aggressiv fuchtelte Lara Fricke mit dem Arm über den Tisch.

„Sie haben nicht korrekt gefragt. Natürlich war ich in der Nacht zu Hause, aber eben nicht die ganze Zeit."

„Wann waren Sie dort und was haben Sie im Hof des *Trans*Later* gemacht?" Lara schoss ihre Fragen ab.

„Am 28. Juni war ich erstmalig dort. Ich habe meine Tochter beobachtet, ich wollte wissen, was sie dort macht."

„Woher wussten Sie, dass sie den Club besucht?"

„Glauben Sie wirklich, dass ich so tumb bin, wie meine Frau behauptet?" Seine Fassade begann zu bröckeln. „Denken Sie ernsthaft, dass ich nicht bemerkt habe, wie sich meine Tochter verändert hat?" Seine Kieferknochen traten hervor, während er offensichtlich bemüht war, seine Fassung zu bewahren.

Frieda ließ ihm Zeit und füllte sein Wasserglas.

Er atmete tief durch, bevor er weitersprach: „Meine Tochter war ein hübsches Baby mit schwarzen Haaren und strahlend blauen Augen. Die Haare fielen bald aus und machten seidenweichem blondem Haar Platz", Herr Lippens lächelte, „und natürlich hat sie sich diese Pracht mit einer Kinderschere ruiniert. Wir waren entsetzt, aber sie verkündete uns, dass sie ihre Haare nie wieder lang wachsen lassen wollte. Damals war Susanne im letzten Kindergartenjahr. Von da an versuchte sie alles zu verwirklichen, was sie sich in den Kopf gesetzt hatte. Sie konnte sehr stur sein, meine kleine Susa." Herr Lippens strich sich über die Augen. „Und dann kam meine Tochter in die Pubertät, wurde traurig und führte stundenlange Gespräche mit meiner Frau. Manchmal habe ich gelauscht, sie haben es nicht bemerkt."

„Haben Sie mit Ihrer Tochter über das, was Sie gehört haben, gesprochen?"

„Nein, ich habe für sie gebetet."

„Gebetet?" Lara Fricke lachte trocken auf.

„Ja, ich habe dafür gebetet, dass sie wieder zu Verstand kommt." Seine Augen blitzten Lara böse an. „Ich ging auf Wallfahrten bis nach Lourdes, um alles für die Heilung meines Kindes zu tun, was in meiner Macht stand. Und es schien ja auch Erfolg zu haben. Sie lernte Karsten kennen, sie verlobten sich und planten ihre gemeinsame Zukunft."

„War Ihre Tochter krank, dass sie geheilt werden musste?" Lara warf sich in ihrem Stuhl empört zurück.

„Dieser widernatürliche Umgang mit Sexualität ist eine Krankheit, ja!"

„Ihr Sohn, Herr Lippens, fühlte sich gefangen im falschen Körper. Er war sehr unglücklich, aber sicherlich nicht krank." Frieda tupfte sich wieder den Schweiß ab.

„Pah, Sie haben doch keine Ahnung! Sein Körper, werden Sie nicht unverschämt!" Er sah aus, als wollte er jeden Moment ausspucken. „Ihr Körper war nicht falsch! Sie wurde in die Irre geleitet, das war alles."

„Ich frage Sie jetzt ganz konkret, Herr Lippens: Haben Sie, und wenn Sie besser damit umgehen können, formuliere ich es so, haben Sie Ihre Tochter getötet?" Frieda wartete gespannt auf die Antwort.

„Nein, das habe ich nicht!“ Schweißperlen bildeten sich auf seiner Stirn. „Ich habe beobachtet, wie sie als Mann verkleidet das Haus verlassen hat. Ich bin dem Taxi bis zu diesem widerwärtigen Ort gefolgt, habe durch das Toilettenfenster gesehen, was sie dort getrieben hat. Es war ekelhaft! Aber nein, ich habe sie nicht umgebracht!“

„Standen Sie in der Nacht des vierten Julis im Torbogen?“

„Ja.“

„Was haben Sie gesehen?“

„Dieses sündige Wesen, das nicht mehr meine Tochter war, vollzog dort in einer Ecke des Hofes Geschlechtsverkehr mit … mit Bernadette.“ Er spuckte den Namen regelrecht heraus und sein Speichel spritzte auf den Tisch. „Wie die Tiere!“, schrie er und sprang auf.

„Setzen Sie sich wieder hin, Herr Lippens.“ Frieda wies ruhig auf den Stuhl. „Wie spät war es, als Sie diese Beobachtung machten?“

„Ich habe nicht auf die Uhr gesehen, was denken Sie von mir? Ich war entsetzt und schockiert, ich bin kein Voyeur. Ich bin nicht so wie der Mann mit dem Fernglas am Fenster. Dieser dreckige Spanner.“

„Sie sagten gerade, dass Ihre Tochter in einer Ecke des Hofes mit Frau Brandt zusammen war. Sind Sie sich sicher, dass es nicht bei den Mülltonnen war?“

„Ja, natürlich bin ich mir sicher. Ich weiß doch, was ich gesehen habe!“

„Ist Ihnen am *Trans*Later* jemand begegnet, als Sie sich von dort entfernten?“

„Nein, mir ist in der direkten Nähe niemand aufgefallen. Ich war sehr aufgewühlt, meine Beobachtungsgabe dadurch sicher eingeschränkt.“ Herr Lippens hatte sich wieder in der Gewalt.

„War auf der Breughelgasse vor dem Club niemand unterwegs?“ Ungläubig zog Frieda die Augenbrauen hoch.

„Doch, doch, einige Menschen verließen das Lokal, aber ich hielt mich, soweit es ging, im Schatten. Einige stiegen in ein Taxi. Ich glaube nicht, dass mich jemand wahrgenommen hat."

„Und auf der anliegenden Rubensstraße? Ist Ihnen dort jemand aufgefallen?" Frieda blickte auf ihren Notizblock.

„Auf der Rubensstraße ...", er dachte nach, „... ein Wagen parkte genau gegenüber der Breughelgasse ein und ich bog schnell in die Balduinstraße ab."

„Stieg jemand aus dem Wagen aus?"

„Nein."

„Konnten Sie den Fahrer des Wagens erkennen?"

„Kurze schwarze Haare, keine Brille, ich habe ihn nicht nach seinem Namen gefragt."

„Sie haben also niemanden, der Ihre Aussagen bestätigen kann", stellte Lara fest.

„Für meinen Aufenthalt an dem Lokal kann ich Ihnen tatsächlich keine Zeugen nennen." Er lächelte überheblich.

„Wofür können Sie uns denn Zeugen nennen, Herr Lippens?" Friedas Konzentration hatte nicht gelitten.

„Um 3.20 Uhr wurde ich wegen Wildpinkelns festgenommen und auf die Wache gebracht." Er sah triumphierend von einer zur anderen. „Ich war enttäuscht und habe Gott ans Bein gepinkelt."

„Sie haben was?"

„Ich habe an den Dom uriniert."

•

„Verdammt, verdammt! Dieser Scheißkerl hat tatsächlich ein Alibi!" Lara Fricke riss ein Blatt Papier aus dem Faxgerät. „Festnahme Helmut Lippens um 3.20 Uhr. Auf dem Revier festgehalten bis 6.15 Uhr. Ich fasse es nicht." Sie ließ sich auf ihren Stuhl fallen. „Ich rufe im Vernehmungsraum an, dass sie ihn gehen lassen können."

Frieda nickte und strich auf der Übersichtstafel den Namen „Helmut Lippens“ durch und setzte „Alibi“ dahinter.

„Der Kreis der Verdächtigen lichtet sich.“ Frieda stemmte die Hände in die Hüften. „Die Eltern, Simon Frei, Carlos Santiago und Karsten Schmitz, der die Nacht mit seiner neuen Freundin im Hyatt mit Blick auf den beleuchteten Dom verbracht hat, ebenso wie Kevin Brandt, dem seine Eltern und zwei Freunde ein Alibi geben, sind aus dem Rennen.“ Sie schnaubte leise. „Es bleiben Bernadette Brandt, die Eheleute Römer und Frau Rotbach.“ Sie stockte. „Oder vielleicht jemand, den wir noch gar nicht auf der Rechnung haben.“

„Quatsch. Was ist mit Conny Frantzen? Er weiß mehr, als er uns sagt.“

„Meinst du?“ Frieda drehte sich zu Lara um. „Was sollte das sein?“

„Ich traue ihm nicht, vielleicht hat er ja das Handy? Sämtliche Gullys und Abfalleimer, Büsche und Sträucher im Umkreis von fünfhundert Metern um das *Trans*Later* wurden abgesucht. Wir sollten ihn offiziell vorladen und seinen Club durchsuchen lassen.“ Lara schien der Gedanke sichtlich zu gefallen.

„Was soll das, Lara? Die Spurensicherung hat im und um den Club alles gründlich untersucht. Wir haben nicht den geringsten Grund, eine Hausdurchsuchung zu beantragen, da wir keinerlei neue Hinweise haben, die dies rechtfertigen würden. Conny Frantzen bietet nicht den geringsten Anlass, an ihm zu zweifeln.“ Frieda schüttelte missmutig den Kopf. „Außerdem hatte ich den Eindruck, dass ihr gut miteinander könnt.“ Sie sah Lara verständnislos an. „Mich interessiert vielmehr der Knabe im Auto.“

„Jetzt glaube ich allerdings, dass du aus einer Mücke einen Elefanten machst.“ Lara schien sich zu freuen, eine Retourkutsche landen zu können. „Das ist doch nun wirklich mehr als nur vage.“

„Herr Lippens ist dafür ausgebildet worden, seine Umgebung zu beobachten und das Beobachtete sofort zu bewerten. Ob es gefährlich oder ungefährlich für ihn ist." Frieda ließ sich nicht von dieser neuen Spur abbringen.

„Wie willst du denn bitte herausfinden, wer der Typ war? Er konnte ja noch nicht mal das Wagenmodell, geschweige denn das Kennzeichen nennen."

Frieda antwortete nicht, dass sie ihn gar nicht danach gefragt hatten, weil sie sich auf keinerlei Diskussion mit der aggressiv wirkenden Lara einlassen wollte. „Vielleicht hast du recht." Sie lächelte Lara an. „Übrigens würde ich gern das Vernehmungsprotokoll der Putzfrau lesen. Hast du es schon ausgedruckt?"

„Nein", Lara tippte mit dem Zeigefinger auf ihren Block, der neben ihr auf dem Schreibtisch lag, „ist noch hier drauf. Ich hatte noch keine Zeit, es abzutippen, mache ich als Nächstes."

„Wann hast du Semra vernommen?" Frieda schaute irritiert auf den Block.

„Ich sagte doch, ich beeile mich." Lara kramte in ihrer Schreibtischschublade. „Sie konnte ohnehin nicht mehr sagen, als sie uns schon am Sonntagmorgen mitgeteilt hatte."

„Ich würde das Protokoll trotzdem gern lesen."

„Klar." Lara sah auf. „Hast du was vor?"

„Ich gehe runter in die Kantine, um mich für unsere nächste Vernehmung zu stärken." Als sie Laras fragenden Blick sah, fügte sie hinzu: „Lilly Wagner kommt in einer guten Stunde."

„Die habe ich ja total vergessen." Lara griff sich an den Kopf.

„Vielleicht wirst du krank, wenn du dich schon nicht mehr an unsere Termine erinnern kannst."

„Quatsch! Und nein, ich gehe nicht mit in den Fresstempel. Guten Appetit."

„Danke." Frieda verließ das Büro und steuerte direkt auf das Treppenhaus zu.

In der Kantine liefen große Ventilatoren, denn die Fenster konnten nicht geöffnet werden, seitdem die Klimaanlage installiert worden war. Es hatte sich eine kleine Schlange an der Essensausgabe gebildet und Frieda reihte sich ein.

„Hallo, Frau Leippold, Sie habe ich ja schon lange nicht mehr gesehen." Vor ihr stand eine Kollegin vom Personalrat, die bei ihrem Vorstellungsgespräch dabei gewesen war. „Haben Sie sich gut eingelebt?"

„Danke, ja." Frieda lächelte zurück.

„Das freut mich, schließlich ist Köln die tollste Stadt auf der Welt!"

„Das kann ich noch nicht bestätigen", antwortete sie lachend, „aber ich habe ja noch viel Zeit, um die Stadt besser kennenzulernen."

„Wohl wahr. Sagen Sie, Sie arbeiten doch mit Lara an dem Fall im Bermudadreieck?"

„Ja."

„Das ist lustig."

„Lustig?" Frieda war irritiert.

„Dass gerade Lara in dem Fall mitarbeitet." Das Gesicht der Kollegin verzog sich zu einem breiten Grinsen. „Letztes Jahr im Karneval kam sie als Heino zu unserer kleinen Betriebsfeier und war der Knaller." Ein herzhaftes Lachen begleitete die Erinnerung an den Auftritt. „Sie hatte eine leichte Hautbräunung aufgetragen, sah aus, als käme sie direkt vom Teutonenspieß, und mit der blonden Kurzhaarperücke und der dicken schwarzen Brille war sie nicht zu erkennen. Und die Hose hatte sie sich mit Socken oder so ausgestopft. Wir haben vielleicht gelacht, Sie glauben es nicht."

Frieda sah der Kollegin jetzt noch den Spaß an, den sie damals gehabt hatte. Sie fragte sich, wieso die Kollegin sich darüber amüsierte, dass Lara, die sich zu Karneval als Heino verkleidet hatte, an dem Todesfall des transidenten Sunny Lippens arbeitete. Eine Erwiderung blieb ihr allerdings erspart, denn sie war an der Reihe und gab ihre Bestellung auf. Während sie aß, dachte sie darüber nach, warum ihr gerade jetzt Max aus der Selbsthilfegruppe einfiel.

•

„Frau Wagner, nehmen Sie doch bitte Platz." Frieda wies freundlich lächelnd auf einen Stuhl. „Ich hoffe, dass Sie sich wieder erholt haben und uns einige Fragen beantworten können."

Lilly Wagner nickte lächelnd.

„Sie haben uns bei der ersten Befragung gesagt, dass Ihnen nichts Ungewöhnliches aufgefallen ist. Vielleicht ist Ihnen in der Zwischenzeit noch etwas eingefallen?" Frieda sah die Bardame des *Trans*Later* aufmunternd an.

„Ich sagte ja schon, dass ich auf der Toilette war, als Semra die Leiche fand. Als ich rauskam, war außer ihr und Sunny niemand zu sehen."

„Ist Ihnen denn in der Nacht etwas rund um Sunny aufgefallen?"

„Es war sehr, sehr voll und wir mussten zwischenzeitlich Georg vor die Tür stellen, um den Zustrom weiterer Gäste zu unterbinden."

„Georg?"

„Ja, unser Aufpasser. Meistens hält er sich im Hintergrund, aber es ist gut zu wissen, dass er da ist. Ich weiß das sehr zu schätzen, wenn Conny weg muss oder ich allein den Club geleitet habe, als er wochenlang im Urlaub war." Frieda sah ihr an, welche Sicherheit Georg für sie bedeutete.

„Hatte Georg viel Arbeit in dieser Nacht?"

„Oh, ja! Der Club drohte aus allen Nähten zu platzen, weil so viele Menschen hereinwollten. Sie müssen wissen, dass wir in einigen einschlägigen Reiseführern lobend erwähnt sind." Lilly Wagner lächelte stolz.

„Bei so viel Verkehr ist es ja das reinste Wunder, dass Sie und Herr Frantzen Sunny Lippens überhaupt wahrgenommen haben."

„Sunny ist Stammgast, er kommt auch an ruhigen Wochenenden." Lilly Wagner stockte. „Ich meine, er kam auch an ruhigeren Abenden. Und Stammgäste sieht man natürlich!" Sie seufzte leise.

„Also ist Ihnen nichts aufgefallen?" Lara klappte ihren Block zu, so, als wäre die Vernehmung damit beendet.

„Sie sagten gerade, dass Sie während Herrn Frantzens Abwesenheit den Club gemanagt haben." Frieda warf Lara einen strafenden Blick zu.

„Ja."

„Wenn man allein die Verantwortung trägt, schaut es sich anders auf die Dinge, nicht wahr?"

„Da sagen Sie was. Es kommt nicht oft vor, dass Conny nicht da ist, von daher waren es aufreibende Wochen für mich, während er sich in der Sonne erholte."

„Sunny Lippens war in der Zeit auch im Club?" Frieda hakte nach.

„O ja, wie ich schon sagte, Sunny war Stammgast."

„Ist Ihnen in der Zeit jemand in seiner Nähe aufgefallen?"

„Jetzt, wo Sie fragen, ja, außer den Frauen um ihn herum gab es noch diesen schmächtigen Dunkelhaarigen. Sie schienen befreundet zu sein, jedenfalls kam es mir so vor."

„Schmächtig? Wie sah er denn aus?" Frieda war elektrisiert.

„Er hatte eine Figur wie Sie." Lilly Wagner wandte sich an Lara, die schnell auf ihren Block sah.

„Haben Sie einen Namen gehört?" Frieda versuchte, sich einen ruhigen Anschein zu geben.

Lilly Wagner überlegte und zog dabei ihre Stirn in Falten. „Hm, da war was …“, sie grübelte weiter, „… irgend so was Klassisches, so wie Alex oder so.“

„Also, Alex.“ Lara kritzelte etwas auf ihren Block.

„Nein, nein, jetzt weiß ich es wieder. Sunny sprach ihn mit Max an.“ Triumphierend über die Rückkehr des verschollenen Namens blickte Lilly Wagner von der einen zur anderen, während Frieda glaubte, Lara leise aufstöhnen zu hören. Sie warf ihr einen besorgten Blick zu.

„Sind Sie sich sicher, Frau Wagner?“

„Ja, hundertprozentig.“ Sie nickte heftig.

„War dieser Max in der Nacht der CSD-Party auch im *Trans*Later?*“

„Ich glaube nicht, zumindest ist er mir nicht aufgefallen.“ Lilly Wagner hob bedauernd die Schultern. „Vielleicht stand er ja draußen und kam nicht rein!“

„Wäre es nicht für jemanden, der sich im Club auskennt, möglich gewesen, durch den Torbogen und den Hinterhof hereinzukommen?“

„Sonst schon, aber wir hatten aus ebendiesen Gründen das Tor von 23 Uhr bis um vier Uhr früh geschlossen.“

„War es abgeschlossen?“

„Nein“, Lilly Wagner lächelte verschämt, „der Schlüssel ist schon seit ewigen Zeiten nicht mehr auffindbar. Es war eher ein symbolisches Verschließen, aber es hat funktioniert.“

„Wo sind denn die Raucher hingegangen?“ Frieda versuchte sich den Abend vorzustellen.

„Der Veranstaltungsraum unten war als Raucherraum ausgewiesen.“

„Im Keller durfte geraucht werden?“

„Die Belüftungsanlage für den unteren Raum arbeitet sehr gut. Im Gegensatz dazu war die Luft rund um die Theke denkbar schlecht.“

„Fällt Ihnen sonst noch etwas ein?" Frieda fächerte sich mit einer leeren Akte Luft zu.

Als Lilly Wagner verneinte, wurde sie entlassen und Frieda sah ihr nachdenklich hinterher.

„Für heute machen wir Feierabend, bevor wir hier an Gehirnerweichung eingehen. Ich kann keinen klaren Gedanken mehr fassen." Frieda schaltete den Ventilator aus.

•

„Ach, wie blöd ist das denn!" Frieda kramte in ihrem Rucksack. „Ich habe meine Sonnenbrille oben liegen lassen. Ich muss noch mal hoch."

„Na dann, bis morgen." Lara verschwand durch die Eingangstür.

Im Fahrstuhl begegnete ihr eine Kollegin vom Polizeisportverein, die Lara ihr vor längerer Zeit als Trainingspartnerin vorgestellt hatte.

„Das war gestern bei der Affenhitze bestimmt sehr anstrengend, oder?" Frieda sah die Kollegin voller Mitleid an.

„Gestern? Was?"

„Sie trainieren doch für den Marathon."

„Ach so, ja klar, aber gestern sind wir nicht gelaufen."

„Ich dachte, Lara hätte mir erzählt …"

„Lara ist dienstags schon länger nicht mehr beim Training. Da läuft sie für sich."

„Dann habe ich da wohl etwas falsch verstanden." Frieda war unangenehm berührt. Hatte Lara nicht gesagt, dass sie gestern mit der Gruppe trainiert hatte? Sie lächelte verunsichert und sagte nichts mehr, bis sie den Fahrstuhl verlassen konnte. In ihrem Büro angekommen, setzte sie sich nachdenklich hin. Warum sollte Lara sie wegen eines Trainingstermins anlügen?

Frieda griff zum Telefon. Sie wollte gerade wieder auflegen, als sich doch jemand meldete: „Hallo, Herr Klein, hier ist Leippold von der Kripo. Ich will Sie nur kurz stören. Bitte sagen Sie mir, wie der Gruppenteilnehmer Max mit Nachnamen heißt."

„Frau Leippold, dazu habe ich Ihnen bereits etwas gesagt." Es hörte sich an, als spräche er mit einem kranken Kind.

„Es ist dringend. Morgen komme ich mit einem Gerichtsbeschluss, der die Offenlegung aller Namen verlangt, wenn es sein muss. Ich habe nicht vor, Max zu outen, wenn er mit dem Fall nichts zu tun hat. Das verspreche ich Ihnen." Sie hoffte, dass er sich darauf einlassen würde.

„Frau Leippold", er zögerte, „ich weiß wirklich nicht ..."

„Bitte, Herr Klein."

„Nun gut, ich verlasse mich auf Ihr Versprechen."

„Natürlich."

„Der vollständige Name ist Max Fricke."

Frieda bekam Gänsehaut. „Danke, Herr Klein, Sie haben mir sehr geholfen."

Das konnte kein Zufall sein. Max Fricke! Frieda stand auf und lief im Zimmer hin und her. Lara, die Erste am Tatort. Lara, die in der Gerichtsmedizin merkwürdig abwesend gewesen war, die sich im *Trans*Later* gut auskannte. Lara, die sich überhaupt gut auskannte, die bezüglich des gestrigen Abends gelogen hatte, die so gern Herrn Lippens als Mörder überführt hätte und die ihr verschwiegen hatte, dass sie Sunny Lippens kannte. Frieda schlug sich vor die Stirn. Wie hatte sie all das übersehen können?

Sie setzte sich wieder an ihren Schreibtisch und fuhr ihren PC hoch, um sich endlich das Vernehmungsprotokoll der Putzfrau durchzulesen. Lara hatte gesagt, dass sie lediglich das bestätigt hatte, was sie schon von Frau Wagner wussten. Frieda starrte verärgert auf den Bildschirm. In der Vernehmungsakte Lippens gab es immer noch keine protokollierte Aussage der Putzfrau.

Sie griff erneut zum Telefon.

„Herr Lippens, ich habe eine Frage zu dem Wagen, den Sie in der Nacht gesehen haben wollen. Können Sie sich an die Marke oder das Kennzeichen erinnern?"

„Es war ein Kleinwagen, ein Smart. Ein anderes Auto hätte gar nicht in die Parklücke gepasst. Er hatte ein Kölner Nummernschild, die letzte Zahl war eine Sieben."

„Wissen Sie zufällig auch noch, welche Farbe der Wagen hatte?"

„Er war zweifarbig, schwarz und weiß."

„Danke, Herr Lippens."

Frieda wich sämtliche Farbe aus dem Gesicht. Vorhin war Lara in einen zweifarbigen Smart eingestiegen.

Sie fasste einen Entschluss und erhob sich.

„Ich muss dich dringend sprechen!" Frieda stand in der offenen Bürotür und sah ihren Vorgesetzten Thomas Neuenschildt ernst an. „Eigentlich sofort!"

„Dann komm herein, Frieda, und mach die Tür zu."

•

„Was soll das, Frieda?" Lara funkelte sie empört an. „Du lässt mich von einem Uniformierten ins Präsidium holen!?" Ihre Wut sprang Frieda wie eine Stichflamme an. „Und dann auch noch ein offizieller Vernehmungsraum! Wer kommt denn noch dazu und wer darf hinter der Scheibe zuschauen?"

Oberkommissar und Kommissariatsleiter Thomas Neuenschildt trat ein und setzte sich.

„Lara, setz dich bitte hin." Frieda wies auf den Stuhl gegenüber.

„Warum bin ich hier?“ Lara verschränkte die Arme vor der Brust. Ihre Erregung konnte sie nur mühsam im Zaum halten.

„Bitte, Lara.“ Frieda wies erneut auf den Stuhl und sie fuhr fort, nachdem Lara endlich saß: „Du bist hier, weil du zum Beispiel kein Protokoll zu der Vernehmung der Putzfrau abgelegt hast.“

„Dafür muss ich doch nicht vorgeführt werden.“ Laras Erregung war um etliche Grad abgekühlt.

„Außerdem hast du verschwiegen, dass du Sunny Lippens kanntest und Kontakt zu ihm hattest.“ Frieda sah ihre Kollegin aufmerksam an und bemerkte, dass Lara zusammenzuckte. „Also, Lara, seit wann kanntest du Sunny Lippens?“

„Wir haben uns letztes Jahr kennengelernt.“ Lara war kaum zu verstehen. „Wir standen während der Eröffnungsveranstaltung des CSD auf dem Heumarkt nebeneinander an einem der Bierwagen. Jemand schubste mich in dem Gewimmel und ich goss mein Kölsch über Sunnys Füße. Was leicht in einen Streit hätte ausarten können, war in unserem Fall der Beginn einer Freundschaft.“

„Es ist eine grobe Verletzung der Dienstordnung, Lara, dass du diesen Umstand nicht angegeben hast.“ Thomas Neuenschildt sah sie ungläubig an.

„Warum hast du mir nichts gesagt?“ Frieda konnte es nicht fassen.

„Das ist recht schnell gesagt: Ich wollte nicht geoutet werden.“ In Laras Augen traten Tränen. „Das Gelächter und die Witze über mich nach meinem Heino-Auftritt haben mir gereicht. Ich wollte nicht wieder zur Zielscheibe von Gespött und Häme werden.“ Tränen rollten über ihre Wangen. „Du weißt ja gar nicht, wie verletzend das war. Eins der betrunkenen Weiber aus der Verwaltung hatte es doch tatsächlich gewagt, mir in den Schritt zu greifen und lautstark zu verkünden, dass ich ein strammes

Paar Socken in der Hose hätte. Daraufhin haben alle Umstehenden gegrölt und skandiert ‚zeigen, zeigen'. Ich habe mich noch nie so gedemütigt gefühlt!"

Frieda ließ ihr Zeit, sich zu beruhigen und die Nase zu putzen. Sie bekam eine Ahnung von Laras Gefühlen, wenn sie daran dachte, wie sehr sie allein die Frotzeleien der Kolleginnen und Kollegen wegen ihres Provinzlebens nervten.

„Du bist Max Fricke?"

„Ja."

„Hast du Sunny Lippens mit in die Selbsthilfegruppe genommen?"

„Ja. Als ich dich gestern Abend dort gesehen habe, dachte ich, der Boden tut sich auf und ich falle ins Schwarze."

„Du kannst dich gut verstellen."

„Glaub mir, das ist das Erste, was du lernen musst, wenn du so bist wie ich", antwortete Lara verbittert.

„Habt ihr euch gemeinsam verstellt, du und Sunny Lippens?"

„Eine Zeit lang, ja. Als Sunny den Entschluss fasste, sein Geschlecht operativ angleichen zu lassen, war er mir plötzlich um Längen voraus." Lara sah fast wehmütig aus. „Aber an unserer Freundschaft hätte das vermutlich nichts geändert."

„Nur vermutlich?" Frieda beugte sich vor. „Sunny wäre in seinem Leben angekommen. Glaubst du wirklich, du hättest das ertragen, einen glücklichen Mann als deinen Freund zu haben, glaubst du das?"

Lara starrte sie feindselig an. „Was weißt du schon, du hast doch überhaupt keine Ahnung! Lebst mit deinem feinen Leichendoktor unbeschwert in den Tag hinein."

„Du warst auch in Sunnys Wohnung?" Frieda überging die Bemerkung.

„Ja, was denkst denn du!"

„Hast du so akribisch die Wohnung gereinigt?"

„Nein, das war nicht nötig, schließlich weiß ich, dass samstags Putztag im Hause Lippens war."

„Du hast dich darauf verlassen?" Überrascht sah Frieda sie an.

„Sunny war extrem akribisch am Werk, wenn es um Sauberkeit ging. Er hat immer aufgeräumt, wenn er möglicherweise jemanden mit nach Hause nehmen wollte. Darum wurden ja auch keine Fingerabdrücke oder ähnliche Spuren von Carolin Römer gefunden. Und die war, weiß Gott, häufig bei ihm." Lara grinste.

„Warst du in der Nacht vom vierten auf den fünften Juli im *Trans*Later*?"

Bevor Lara antworten konnte, klingelte das Wandtelefon und Thomas Neuenschildt stand auf, um den Anruf entgegenzunehmen.

Nur einen Augenblick später saß er wieder am Tisch: „Die Spurensicherung hat das Handy von Susanne Lippens in deiner Wohnung gefunden, Lara."

„Du lässt meine Wohnung durchsuchen?" Lara riss die Augen weit auf.

„Wie kommst du an das Handy?" Frieda war entsetzt. Hatte Lara es tatsächlich mit nach Hause genommen? Wie konnte sie nur so blöd sein?

„Warst du in der Nacht im *Trans*Later*?", fragte sie, als Lara keine Anzeichen machte, ihre Fragen zu beantworten. „Herr Lippens hat dein Auto gesehen und einen dunkelhaarigen Mann." Nach einer kleinen Pause fügte sie hinzu: „Er hat Max Fricke gesehen."

„Ja, ich war da", schrie Lara auf, „aber ich war nicht im Club."

„Nicht?"

„Du brauchst mich nicht so zweifelnd anzusehen, Frieda, ich war nicht im *Trans*Later*."

„Was hast du denn dann auf der Straße gemacht?"

„Gewartet."

„Lara, es trägt nicht zu deiner Glaubwürdigkeit bei, wenn ich dir alles aus der Nase ziehen muss." Frieda wurde ungeduldig.

„Ich habe im Auto auf Sunny gewartet. Wir waren verabredet."

„So spät in der Nacht wart ihr noch verabredet?"

„Herrje, wie oft musst du noch hören, dass CSD-Wochenende war?" Lara wurde wieder wütend. „Das *Trans*Later* ist doch nicht der einzige Ort in Köln, an dem man Spaß haben kann!"

„Wie ist das Handy in deinen Besitz gelangt?"

„Woher soll ich das wissen, er wird es bei mir vergessen haben."

„Wann war Sunny Lippens denn zuletzt bei dir?"

„Am frühen Samstagabend. Wir haben zusammen gegessen und er ist dann zum *Trans*Later* aufgebrochen, während ich mich schlafen gelegt habe. Ich hatte keine Lust mitzugehen, weil ich mir denken konnte, dass Carolin Römer auch dort sein würde, und dann wäre ich sowieso abgemeldet gewesen. Also haben wir uns erst auf später verabredet."

Frieda hob fragend die Augenbrauen.

„Ich sollte um halb fünf kommen, um ihn abzuholen. Als er nicht auftauchte, dachte ich mir, dass er mit Caro nach Hause gefahren sein wird. Ich habe mich geärgert, dass er mir keine SMS geschickt hat, um mir die Warterei zu ersparen, ich wusste ja nicht, dass er sein Handy bei mir liegengelassen hatte."

„Und du? Was hast du gemacht?"

„Ich bin nach Hause und wollte gerade zurück ins Bett gehen, als das Telefon klingelte und ich zu besagtem Tatort gerufen wurde."

„Ich habe im Augenblick keine weiteren Fragen." Frieda blickte zu ihrem Vorgesetzten, der das Wort ergriff: „Lara Fricke, du bist verhaftet. Du stehst unter dem dringenden Verdacht, Susanne Lippens getötet zu haben."

Lara wurde leichenblass und warf sich nach vorn. „Ich habe Sunny nicht getötet, das musst du mir glauben, Frieda!“, schrie sie verzweifelt auf.

Die Tür öffnete sich und eine uniformierte Beamtin trat ein, um Lara Handschellen anzulegen.

„Aber das ist doch Wahnsinn. Ich habe Sunny nichts getan.“ Panisch blickte Lara hin und her. „Frieda, bitte!“

Nur mühsam konnte Lara aus dem Vernehmungszimmer hinausgeführt werden.

„Was denkst du, Frieda? War sie es?“ Thomas Neuenschildt wirkte erschöpft.

„Ihre offene Feindseligkeit und die Indizien sprechen gegen Lara.“

„Das beantwortet nicht meine Frage!“

„Ich weiß es nicht. Was sollte ihr Motiv sein?“

„Finde es heraus, Frieda! Und zwar schnell, bevor wir Lara ins Untersuchungsgefängnis überstellen müssen. Hier unten bei uns, in einer unserer Ausnüchterungszellen, geht es ihr auch nicht gut, aber immer noch besser als das, was sie ansonsten erwartet. Wenn sie unschuldig ist, will ich das keinem meiner Leute zumuten.“ Er bohrte seinen Blick in Friedas Augen. „Ab morgen wird dich Sascha Pohl unterstützen. Ich habe ihn bereits informiert. Ich möchte, dass ihr vierundzwanzig Stunden am Tag arbeitet, um die Wahrheit ans Licht zu bringen.“

•

Frieda wankte benommen in ihr Büro zurück, aus dem gerade die Putzfrau nach getaner Arbeit abzog. Bei dem Gedanken, dass Lara eine Mörderin sein könnte, zog sich ihr der Magen zusammen. Als sie sich an ihren Schreibtisch setzte, flackerte der Bildschirm ihres PCs auf, den sie in der Aufregung vergessen hatte herunterzufahren. Sie öffnete die Datei „Obduktionsergebnisse“. Dort stand als wahrscheinliche Todeszeit die Angabe zwischen vier und fünf Uhr am Morgen des fünften Julis. Lara wurde um zirka drei Uhr von Herrn Lippens gesehen, wo war sie in der Zeit von drei bis halb fünf gewesen? Da stimmte etwas nicht.

Frieda ließ das Aufnahmegerät, das Laras Vernehmung aufgezeichnet hatte, durchlaufen. Sie fand die Stelle schnell, wo Lara sagte: „Ich sollte um halb fünf kommen, um ihn abzuholen. Als er nicht auftauchte, dachte ich mir, dass er mit Caro nach Hause gefahren sein wird. Ich habe mich geärgert, dass er mir keine SMS geschickt hat, um mir die Warterei zu ersparen. Ich wusste ja nicht, dass er sein Handy bei mir liegengelassen hatte."

Hatte Lara fast zwei Stunden auf Sunny im Auto gewartet?

Frieda stand auf und reckte sich. Sie musste raus aus dem miefigen Büro und den Kopf freibekommen. Draußen hatte es sich nicht im Mindesten abgekühlt und so ging sie zur Fahrbereitschaft und holte sich von dem verdutzten Kollegen den Schlüssel für ihren Lieblingsdienstwagen. Sie kurbelte das Seitenfenster herunter und rollte vom Hof in Richtung Lanxess-Arena. Frieda brauchte Anhaltspunkte, um sich in der Stadt zurechtzufinden und sich nicht zu verfahren. Sie steuerte dann auf die Deutzer Brücke zu. Es herrschte reger Autoverkehr und viele Fußgänger waren um diese Stunde noch unterwegs. Sollte Köln sich auch zu einer Stadt entwickeln, die nie schläft? Erst als sie die Innenstadt hinter sich gelassen und Melaten erreicht hatte, wurde es ruhiger. Sie bog in die Hültzstraße ein und suchte sich einen Parkplatz. Das Haus, in dem Lars wohnte, lag in tiefer Dunkelheit. Frieda drückte entschlossen auf den Klingelknopf, und als sich nichts regte, drückte sie dreimal in kurzen Abständen Die Gegensprechanlage knisterte und sie hörte Lars verschlafen „Hallo?" sagen.

„Ich bin es, Frieda."

„Kannst du nicht schlafen?", fragte er ohne großen Enthusiasmus, dann summte der Türöffner.

Frieda sah auf die Uhr, es war 0.30 Uhr, als sie den Hausflur betrat.

„Entschuldige die späte Störung, Lars, aber ich habe noch eine Frage zu deinem Obduktionsbefund in der Sache Sunny Lippens."

„Jetzt? Was ist denn passiert?" Lars ließ sie herein und kratzte sich am Kopf, bevor er in sein Schlafzimmer ging.

„Wir haben neue Erkenntnisse gewonnen und ich muss Zeiten abgleichen."

„Wen habt ihr denn im Visier?" Lars ließ sich rückwärts aufs Bett plumpsen und streckte alle viere von sich.

Frieda musste lächeln, denn wie er so nackt und schweißglänzend vor ihr lag, erinnerte er sie verrückterweise an eine seiner Maden, die er in der Gerichtsmedizin zu Forschungszwecken in Einmachgläsern hielt, um sie beobachten zu können.

„Gefällt dir, was du siehst?"

„Ja, aber deswegen bin ich nicht hier. Ich möchte von dir wissen, ob du den Todeszeitpunkt näher eingrenzen kannst. In deinem Bericht steht die Zeit zwischen vier und fünf Uhr. Was würdest du sagen, eher vier oder fünf Uhr?" Frieda wartete gespannt.

„Du bist vielleicht lustig. Ich soll mich hier auf eine genaue Zeit festlegen?" Lars bewegte sich keinen Millimeter.

„Nein, das sollst du nicht, aber vielleicht sagt dir deine Erfahrung, ob es eher um vier Uhr oder um fünf Uhr geschehen ist."

„So etwas mache ich normalerweise nicht, Frieda." Er klang indigniert. „Schließlich muss mein Bericht auch einem externen Gutachten standhalten und mein Ruf steht auf dem Spiel."

„Ich weiß, Lars."

„Das muss ja was wirklich Wichtiges sein, wenn du mitten in der Nacht durch Köln fährst." Seine Neugier war geweckt. „Du hast übrigens meine Frage von gerade eben nicht beantwortet. Also, wen nehmt ihr aufs Korn?"

„Du weißt, dass ich darüber nicht sprechen darf, Herr Rechtsmediziner!"

„Ist ein neuer Verdächtiger aufgetaucht? Eine wichtige Person, der du deinen Nachtschlaf opferst?" Er überhörte ihren Einwand. „Oder geht es gar um Fluchtgefahr?"

„Lars, bitte."

„Lass mich überlegen."

Frieda beobachtete ihn fasziniert, wie er mit geschlossenen Augen und gefalteten Händen auf dem Rücken lag und nachdachte.

„Wenn ich alles miteinander abwäge", Lars war mit seinen Überlegungen offenbar am Ende angelangt, „würde ich eingrenzend sagen, zwischen 4.30 Uhr und 5 Uhr."

„Danke!" Frieda drehte sich um.

„Du willst doch nicht wieder gehen?"

„Doch, ich muss zurück ins Büro."

„Bist du verrückt, weißt du, wie spät es ist?" Lars hob den Kopf und sah sie zweifelnd an. „Ich liege hier in meiner ganzen Pracht und Herrlichkeit und du willst zurück in dein muffiges Büro?"

„Du kannst auch nur an Sex denken, es ist viel zu heiß!"

„Meinem Freund nicht."

„Ich sehe es Lars, ich bin doch nicht blind."

„Gegen die Hitze können wir etwas unternehmen, *chérie*, wir stellen uns einfach unter die lauwarme Dusche und schauen, was passiert."

„Ich verspreche dir, mich mit dir ein ganzes Wochenende unter die Dusche zu stellen, wenn ich den Fall abgeschlossen habe." Sie warf ihm eine Kusshand zu und stürmte aus der Wohnung.

„Ts, ich werde ihr wohl einen Schlüssel zur Wohnung geben müssen, wenn sie weiterhin zu solch unorthodoxen Zeiten arbeitet.“ Lars ließ sich wieder zurückfallen und dachte an Eiswürfel und ob Schwiegermütter aus der Eifel wohl Haare am Kinn haben.

•

„Hallo, Frau Leippold“, Conny Frantzen blickte erfreut hoch, „zu solch früher Stunde schon wieder oder noch unterwegs?“ Er stellte ihr ungefragt einen Milchkaffee hin, den er für sich gemacht hatte.

Frieda nahm die Tasse dankbar an. „Immer noch unterwegs.“ Sie wischte sich über den Mund und sah sich um. „Nicht viel los heute.“ Die Musik kam leise von einem Band und an der Theke saßen außer ihr nur noch wenige Gäste, die Nischen waren leer.

„In den beiden Wochen nach dem CSD müssen sich viele noch ausschlafen und für die kommenden Wochenenden schonen. Morgen ist Freitag, da wird es erfahrungsgemäß wieder voller.“ Er lächelte sie an und gab zwei Teelöffel Zucker in seinen Kaffee. „Ich habe Lilly bereits nach Hause geschickt und Semra wird heute früher kommen. Gleich werden alle rausgefegt.“

„Sind Sie ganz allein hier?“

„Höre ich da Besorgnis aus Ihren Worten, Frau Kommissarin?“ Conny lächelte Frieda entwaffnend an.

„Ich meine nur, ähm, ich frage mich, ob Georg nicht da ist?“ Frieda umging eine direkte Antwort.

„Sie meinen Georg, meinen Sicherheitsoffizier?“

„Ja, Frau Wagner erzählte von ihm.“

„Georg ist hier, er sitzt dort am Ende.“ Conny wies zum dunkleren Teil der Theke und ein freundlich lächelnder Muskelprotz beugte sich nach vorn ins Licht.

„Hallo.“ Er hob eine Hand zum Gruß.

Frieda überlegte, dass es von dem Türsteher kein Aussageprotokoll in der Akte gab.

„Wer hat Sie in der Nacht befragt, Herr …?"

„Pratt, Georg Pratt. Ich glaube, das war Ihre Kollegin, mit der Sie auch letzten Samstag hier waren." Er grinste breit.

Lara hatte nicht nur die Vernehmung der Putzfrau, sondern offenbar auch die des Türstehers verschwinden lassen oder gar nicht schriftlich protokolliert.

„Sie meinen Frau Fricke?"

„Wenn das ihr Name ist, dann ja. Ich kann mich nicht mehr erinnern, wie sie sich vorgestellt hat."

„Vielleicht ist Ihnen ja noch etwas eingefallen, was Sie uns noch nicht gesagt haben?"

„Ich habe Ihrer Kollegin alles gesagt. Ich war vollauf mit dem Ansturm auf die Eingangstür beschäftigt, ich hatte überhaupt keine Zeit, mich auch noch um die Hintertür und den Hof zu kümmern. Mehr kann ich Ihnen auch nicht sagen."

„Kennen Sie beide einen Max?" Frieda sah von Georg zu Conny Frantzen.

„Hier laufen einige Maxe herum." Conny lachte leise. „Wie sieht Ihr Max denn aus?"

„Klein und schlank, Schnurrbart, durchtrainierter Körper, schwarze Haare."

„Die Beschreibung hilft nicht gerade weiter, Frau Leippold."

„Und Sie?"

Georg schüttelte als Antwort lediglich den Kopf.

Wäre ja auch zu schön gewesen. Frieda seufzte und nahm den letzten Schluck Kaffee.

„Gibt es vielleicht weitere Details, die uns ein Erkennen erleichtern würden?" Conny stützte sich mit den Ellenbogen auf die Theke. „Südländischer Typ mit Akzent, so in etwa."

„Er war ein Freund von Sunny Lippens."

„Nee, kenn ich nicht." Georg schüttelte wieder den Kopf.

„Warum haben Sie das nicht gleich gesagt?" Conny Frantzen sah sie mit hellwachen Augen an und richtete sich wieder auf. „Meine Joggingstrecke führt durch den Stadtwald und dort habe ich Sunny einige Male mit diesem, wie sagten Sie doch gleich, ach ja, Max, gesehen. Sie saßen immer abseits auf einer Bank und sprachen angeregt miteinander. Ich glaube nicht, dass die beiden mich wahrgenommen haben."

„War dieser Max jemals hier im Club?"

„Nein, ich kann mich nicht erinnern. Es sei denn, er war während meines Urlaubs hier. Da müssten Sie Lilly fragen." Conny drehte sich um und verkündete laut, dass jetzt Feierabend sei und er abkassieren würde.

Frieda dachte darüber nach, dass Lara den Mörder von Sunny Lippens gesehen haben könnte, wenn sie tatsächlich so lange draußen gewartet hätte. Eine ältere Türkin trat ein und wurde von Georg mit einem fröhlichen „Hallo, Semra" begrüßt. Frieda erinnerte sich wieder an das jammernde Elend, das von einem Notarzt in einer der Nischen versorgt werden musste.

„Spricht Ihre Putzfrau Deutsch?"

„Frau Leippold, Frau Leippold!" Mit erhobenem Zeigefinger sah Conny Frantzen sie tadelnd an. „Was spricht man denn da, wo Sie herkommen? Kiswahili? Sie haben merkwürdige Vorstellungen, scheint mir."

Frieda spürte, dass sie rot wurde.

„Semra, kommst du bitte einen Moment", rief Conny der Putzfrau nach, die gerade Richtung Toiletten verschwand.

„Nicht nötig." Frieda sprang schnell auf. „Der Weg von mir zu ihr ist genauso weit." Sie war froh wegzukommen.

„Ich habe noch Fragen an Sie. Haben Sie einen Moment Zeit?" Frieda zückte ihren Dienstausweis.

„Schon wieder Polizei?" Die Putzfrau riss entsetzt die Augen auf. „Ich habe doch schon alles gesagt. Die Polizistin im Krankenhaus hat mich befragt. Ich habe ihr gesagt, dass ich mit dem Müll raus zu den Tonnen wollte, und da lag der hübsche, junge Mann. Ein anderer Mann sprang hoch und rannte weg. Ich habe vor Schreck geschrien und alles fallen gelassen."

Frieda starrte die Frau an und traute ihren Ohren nicht.

„Alles in Ordnung, Frau Polizistin?" Besorgt tätschelte die Putzfrau Friedas Arm.

„Es lief also jemand weg?" Nur mühsam konnte sich Frieda konzentrieren.

„Ja, ein kleiner magerer Typ, sah aus wie Ihre Kollegin von hinten, war aber ein Mann."

„Danke." Frieda wandte sich erschüttert ab und setzte sich wieder an die Theke.

„Hier, trinken Sie den." Conny Frantzen stellte ein Cognacglas vor sie. „Habe ich in Madrid entdeckt, ein spanischer Brandy, Cardenal Mendoza."

„Ich darf im Dienst nicht trinken", erwiderte sie matt.

„Es ist gleich zwei Uhr, Sie haben in den letzten Minuten mehrfach Ihre Gesichtsfarbe gewechselt und sehen so aus, als hätten Sie gerade Pause." Er goss ein zweites Glas ein. „Und wenn es Ihnen hilft, ich trinke einen mit." Er prostete ihr zu. „Sie haben herausgefunden, wer Max ist?"

„Und Sie? Wissen Sie, wer Max ist?" Frieda sah ihn ernst an. „Sie rühmten sich doch Ihrer außerordentlichen Beobachtungsgabe."

„Sie hatten bislang noch nicht nach einer Person dieses Namens gefragt, wenn mich nicht alles täuscht."

„Bitte, beantworten Sie einfach meine Frage!"

„Nein, Frau Leippold, ich weiß es nicht. Mein Laufweg führte nicht direkt an der lauschigen Bank im Grünen vorbei."

„Er erinnert Sie auch an niemanden?"

„Das schon, aber das hilft Ihnen wohl kaum weiter." Er hielt ihrem Blick stand.

„Warum habe ich immer das Gefühl, dass Sie erheblich mehr wissen, als Sie mir sagen?"

Ein Achselzucken war die Antwort.

„Ihnen ist bekannt, dass Sie sich strafbar machen, wenn Sie der Polizei Informationen vorenthalten und so die Ermittlungen behindern, Herr Frantzen?"

„Es hat mir viel besser gefallen, als Sie mich Conny genannt haben." Er lächelte ohne Freude. „Und nein, Frau Leippold, ich verschweige keine Informationen und ich habe nicht vor, einen Totschläger oder Mörder zu decken."

•

Missmutig und frustriert stand Frieda am frühen Freitagmorgen vor der Ausnüchterungszelle, in der Lara Fricke untergebracht war. Der diensthabende Beamte schob den Riegel zurück.

„Seit sie hier ist, tigert sie auf und ab. Ich glaube, sie hat sich noch nicht ein einziges Mal hingesetzt. Und sie redet ununterbrochen mit sich selbst." Der Beamte sah Frieda besorgt an.

Eine durchdrehende Lara fehlte ihr jetzt noch. Frieda seufzte. „Die Situation ist ja auch alles andere als glücklich."

„Um zehn Uhr wird sie in das Untersuchungsgefängnis überstellt."

Dieser Satz klang in Friedas Ohren ausgesprochen übel und sie seufzte erneut. „Bitte, öffnen Sie die Tür."

Die Tür schwang zur Seite und Frieda trat ein. Sofort schoss Lara auf sie zu.

„Und? Hat sich alles geklärt?" Die Augen hoffnungsvoll aufgerissen zerrte Lara an ihrem Arm.

Frieda konnte nicht sofort antworten, denn der Geruch von Erbrochenem, der unter einer Wolke von Desinfektionsmittel lauerte, nahm ihr den Atem. Die Ausnüchterungszelle war an den Wänden und am Boden mit weißen Fliesen gekachelt. Eine weiße Plastikmatte, die Frieda an den Turnunterricht erinnerte, lag an einer Wand. Ein Metall-WC ohne Deckel und Brille klebte an der anderen Wand. In der Mitte des Raumes war der Abfluss im Boden eingelassen, durch den alles verschwand, was mit dem Schlauch weggespritzt wurde.

„Warum sagst du nichts?"

„Ähm, entschuldige, Lara, aber diese Räumlichkeit ist doch etwas gewöhnungsbedürftig." Frieda zog ihren Arm zurück. „Vielleicht möchtest du mir jetzt die Wahrheit sagen?"

„Aber ich habe dir doch die Wahrheit gesagt." Lara zog sich zurück.

„Hör auf, mich anzulügen. Ich habe genug von deiner Tour. Erkläre mir lieber, warum du die Aussagen der Putzfrau und des Türstehers nicht protokolliert hast!" Frieda sah ihre Kollegin ärgerlich an.

„Ich weiß nicht, was du meinst."

„Ach, Lara, Schluss jetzt. Es ist drei Uhr morgens, wir sitzen seit knapp zwei Wochen an diesem Fall und ich bin müde. Ich habe keine Lust mehr auf Spielchen." Frieda wandte sich ab. „Du bist gesehen worden, vielmehr Max ist gesehen worden. Über die Leiche gebeugt." Frieda hatte die Tür erreicht.

„Bitte, hol mich hier raus!" Lara war kaum zu verstehen. „Ich werde hier drin verrückt."

„Du bist nicht mehr lange hier, in wenigen Stunden wirst du in das Untersuchungsgefängnis gebracht." Frieda wollte sich nicht vorstellen, wie die anderen Untersuchungshäftlinge auf eine Polizistin reagieren würden.

„Ich“, Lara zögerte, „ich will eine Aussage machen. Jetzt sofort.“

„Wenn du nichts Neues zu erzählen hast, bin ich mit dir fertig.“ Frieda klopfte an die Tür, die augenblicklich geöffnet wurde. Sie blickte sich nicht um und atmete kräftig ein und aus.

„Ja, ja, ist nicht das feinste Parfüm bei uns hier unten.“

„Bringen Sie Frau Fricke bitte nach oben ins Vernehmungszimmer.“

Frieda bestieg den Fahrstuhl. Sie hatte sich schon erheblich wohler in ihrer Haut gefühlt und sie haderte einmal mehr mit ihrer Entscheidung, die Versetzung nach Köln angenommen zu haben. Die Verantwortung für den Fall lastete auf ihr und sie fragte sich, ob sie ihr gewachsen war. Der Fahrstuhl blieb ruckelnd stehen und sie lief in den Kollegen, der ihr neu zugeteilt worden war.

„Sascha, was machst du denn um diese Zeit hier?“

„Bin so früh gekommen, weil ich mich in die Ermittlungsergebnisse einarbeiten wollte. Außerdem hatte ich nichts Besseres zu tun.“ Er betrachtete skeptisch seinen Kaffeebecher und suchte nach Flecken auf seiner Kleidung. „Ich habe am PC anhand der Beschreibungen ein Phantombild von Max Fricke zusammengebastelt. Sieh dir doch bitte an, ob das die Person aus der Selbsthilfegruppe ist.“

„Ja, das schaffe ich noch, bevor Lara hochgebracht wird.“

„Du willst sie jetzt noch mal vernehmen?“

„Ja, sie möchte eine Aussage machen.“ Sie ging in ihr Büro und betrachtete das Bild auf dem PC. „Ja, das ist Max. Wie hast du das hingekriegt?“

„Ich habe ein Foto von Lara aus ihrer Akte genommen und es mit dem entsprechenden Programm bearbeitet.“

„Druck es bitte aus. Wir müssen uns anhand des Bildes die Zeugenaussagen bestätigen lassen.“

Sascha sah sie fragend an.

„Ich komme aus dem *Trans*Later*. Die Putzfrau hat eine Person, auf die genau diese Beschreibung passt, von der Leiche weglaufen sehen."

„Ach du je. Damit dürfte sie geliefert sein."

„Wir hören uns erst mal an, was Lara zu sagen hat. Dann sehen wir weiter."

„Du glaubst doch nicht allen Ernstes, dass sie unschuldig ist?"

„Schuldig oder unschuldig, das ist jenseits unserer Entscheidung, Sascha. Das wird das Gericht feststellen. Unsere Aufgabe ist es, Beweise zu sammeln – für die Schuld, wenn du so willst, oder eben für die Unschuld. Wir sind noch nicht am Ende der Fahnenstange angekommen."

„Dein Wort in Gottes Ohr. Warten wir also ihre Aussage ab." Er sah nicht überzeugt aus. „Ich hole mir noch einen Kaffee."

„Bring bitte für Lara und mich Milchkaffee mit."

Eine Beamtin brachte Lara in das Vernehmungszimmer und Frieda folgte ihr. Als Sascha mit den Getränken kam, ließ sie Lara die Handschellen abnehmen und entließ die Kollegin. Lara stürzte sich auf den Kaffee wie eine Verdurstende.

„Ich möchte mit dir allein reden", sagte sie, als sie ihren Becher absetzte.

„Lara, das geht nicht und das weißt du auch."

„Das Aufnahmegerät läuft und Sascha wird hinter der Spiegelscheibe stehen und uns beobachten. Aber wenn ich ihn nicht sehe, kann ich mir einbilden, ich würde allein mit dir sprechen."

Frieda sah ihren Kollegen an, der die Brauen runzelte. Sie nickte ihm zu und er stand auf. Als er den kleinen Vernehmungsraum verlassen hatte, drehte sich Frieda wieder zu Lara.

„Danke." Lara schwieg und Frieda vermutete, dass sie sich sammeln musste. Sie traute ihr zu, die lange Beichte zu wählen, und ließ Lara Zeit.

„Ich muss etwas länger ausholen, damit du mich besser verstehen kannst, okay?"

„Wie du möchtest."

„Ja. Also, ich bin, ähnlich wie du, aus der Provinz." Lara lächelte. „Allerdings komme ich nicht aus der Eifel, sondern aus dem Bergischen. Fünfhundert Einwohner, eine kleine Grundschule, eine noch kleinere Kneipe, die Kirche und drum herum Hügel und Wälder. Jeder kennt jeden und das, was du selbst deinen Eltern nicht erzählst, wissen sie spätestens am nächsten Morgen von den Nachbarn."

Frieda kam diese Schilderung sehr vertraut vor und nun war es an ihr zu lächeln.

„Das jährliche Schützenfest mit der Kirmes bildet den kulturellen Höhepunkt in unserem Dorf. Kaum zu glauben, dass es so eine Idylle im einundzwanzigsten Jahrhundert noch gibt. Meine Eltern bewohnten ein Häuschen, in dem es noch eine Einliegerwohnung gab. Mein Opa wohnte dort und er war mein Anker. Mein Vater war schon arbeitslos, als ich geboren wurde. Ich kenne ihn nur als Produzenten von verbalen Nichtigkeiten, die er, auf der Bank vor der Kirche sitzend, genussvoll mit anderen austauschte. Dumpfbacken allesamt." Lara atmete durch. „Meine Mutter hat nur geschuftet: Schule und Kirche putzen, dem Pastor das Essen kochen, die alte Frau Kern pflegen. Solche Sachen eben, ich habe sie nicht viel gesehen." Lara starrte schweigend vor sich hin und Frieda wartete ab. „Mein Opa war ganz anders. Er nahm mich mit in seinen kleinen Garten, in dem Himbeeren und Johannisbeeren wuchsen. Es gab Grünkohl und Gurken, Stangenbohnen und Kartoffeln. Es gab eigentlich immer etwas zu essen, wenn wir dort waren. Wir hatten dort eine Art Unterstand mit zwei Stühlen und einem kleinen Tischchen. Dort saßen wir, wenn wir stundenlang Unkraut gejätet hatten oder uns ein Regenschauer Schutz suchen ließ. Ich war im ersten Schuljahr, als mein Opa anfing, mich Max zu nennen. Er wusste von Anfang an, wer ich war, noch bevor ich selbst eine Ahnung hatte. Weißt du", Lara sah Frieda in die Augen, „ich habe als kleines Kind geglaubt, dass das, was bei mir fehlt, nachwachsen würde. Irgendwann würde ich auch einen Penis bekommen, denn es konnte doch nicht sein, dass der liebe Gott sich so vertan hatte. Später habe ich überlegt, ob er mich bestrafen wollte oder ob Gott einfach nur einen grausamen Fehler begangen hatte. Mein Opa starb, als ich zehn Jahre alt war, und meine Eltern hatten plötzlich ein Kind am Hals, mit dem sie nichts anfangen konnten, das sie eigentlich gar nicht kannten. Da ein Schulwechsel anstand, wurde ich kurzerhand bei meiner Patentante hier in Köln untergebracht. Sie war mir gegenüber korrekt, aber die große Liebe war es zwischen uns beiden nicht." Lara griff nach dem Wasserglas, das Frieda ihr hingestellt hatte. „Meine Patentante war ein ältliches Fräulein mit einer Wohnung in Nippes, die viel Wert auf eine gute Schulbildung legte. Ich konnte mit ihr nicht besprechen, wie es in mir drin aussah, wenn sie mich sonntags zum Beispiel zwang, ein Kleid anzuziehen, und mich mit in die Kirche nahm. Du kannst dir vorstellen, dass ich sonntags oft kränkelte und sie ohne mich gehen musste." Lara grinste Frieda an „Sie bekam nichts von meinen Nöten mit, das kannst du mir glauben. Da lebte ich kreuzunglücklich neben ihr her und verliebte mich in eine Klassenkameradin." Lara blickte versonnen vor sich hin. „Die Pubertät war eine schreckliche Zeit. Ich war so anders und litt unter der göttlichen Ungerechtigkeit. Mehr als ein Mal habe ich überlegt, wie viel einfacher es doch wäre, würde ich nicht leben. Die ersten Mitschüler fingen an, sich über mich lustig zu machen, sprachen von Mannweib oder Lesbe, während ich für die eine oder andere Mitschülerin interessant wurde. Weißt du, ich habe eigentlich immer nur sexuelle Beziehungen zu heterosexuellen Frauen gehabt. Für mich folgerichtig, denn ich bin ein heterosexueller Mann." Lara ließ Frieda nicht aus den Augen.

„Hast du nie an eine geschlechtsangleichende Operation gedacht?"

„Manchmal, aber ich habe Angst, entweder aus der Narkose nicht mehr aufzuwachen oder mit dem erzielten Ergebnis unglücklich zu sein." Lara sah zur Wand. „Und natürlich ist mir die Vorstellung, mich zu outen und mich so womöglich dem Gespött der lieben Kollegen preiszugeben, nicht besonders angenehm." Lara schickte einen ärgerlichen Blick zur Spiegelscheibe. „Nein, im Grunde ist die Angst mein ständiger Begleiter. Und dann lernte ich Sunny kennen." Lara wischte sich Tränen aus den Augen. „Sunny, strotzend vor Selbstbewusstsein, guter Laune, und der Schwarm etlicher Frauen."

„Wo hast du Sunny Lippens kennengelernt?"

„In der Selbsthilfegruppe vor einigen Monaten. Er war nur sporadischer Gast, denn eigentlich brauchte er die Gruppe nicht. Sunny war stark und wusste, was er wollte. Er brauchte Informationen, mehr nicht. Wir saßen nebeneinander und mochten uns auf Anhieb. So was wie beste Freunde auf den ersten Blick." Laras Augen leuchteten. „Wir hingen öfter im *Trans*Later* ab, trafen uns zum Quatschen im Stadtwald und auch mal bei ihm oder mir zu Hause. Jungsabend auf der Couch, wir hatten viel Spaß zusammen."

„Ihr wart im *Trans*Later*?" Friedas Aufmerksamkeit war ungebrochen.

„Ja, ich war in der Zeit dort, als Conny Frantzen seinen ominösen Urlaub machte."

„Ominöser Urlaub?"

„Ja, er war gute sechs Wochen weg und es wurde gemunkelt, dass er sich hat operieren lassen. Aber das wurde nie bestätigt, und als Sunny mit verschiedenen Frauen in näheren Kontakt kam, bin ich immer seltener mitgegangen, weil ich mir das nicht mit ansehen wollte."

„Warst du eifersüchtig?"

„Nicht auf den Sex, den er hatte. Aber er hatte immer weniger Zeit für mich, wir trafen uns immer seltener außerhalb des Clubs. Sunny zog es regelrecht zwanghaft dorthin. Als er mit Carolin Römer zusammenkam, fühlte ich mich abgemeldet. Er wollte so viel Zeit wie nur möglich mit ihr verbringen und Carolin legte keinen Wert darauf, dies öffentlich zu tun. Wir telefonierten zusammen, aber zogen nur noch ab und zu gemeinsam um die Häuser. Das war immer dann, wenn sie dienstlich unterwegs oder mit ihrem Mann zusammen war. Charly Römer durfte schließlich von allem nichts mitbekommen und so gab es eine entsprechende Geheimniskrämerei. Ich weiß, dass dies Sunny auf den Geist ging."

„Warum?"

„Sunny wollte nicht nur im *Trans*Later* leben, er hatte sich für eine geschlechtsangleichende Operation entschieden und das bedeutete, dass er sich über kurz oder lang outen musste und sein offizielles Leben als Mann seinen Anfang nehmen würde."

„Hat er mit dir über Bernadette Brandt gesprochen?"

„Nein, von ihr wusste ich nichts. Und Carolin Römer habe ich persönlich auch nicht kennengelernt. Was ich von ihr weiß, hat mir Sunny erzählt."

„Was ist in der Nacht passiert, Lara?"

„Ich bekam mitten in der Nacht einen Anruf von ihm. Er war sehr aufgeregt und sagte, dass er sich von Caro getrennt hätte und er mir eine tolle Geschichte zu erzählen hätte. Wir verabredeten, dass ich ihn abholen und wir in Ruhe reden würden. Er war euphorisch und ich hatte keine Ahnung, was passiert war. Ich machte mich also fertig und fuhr los."

„Was heißt, du machtest dich fertig?"

„Es war CSD-Wochenende. In meiner Freizeit bin ich oft als Max unterwegs." Lara sah Frieda fast verschwörerisch an. „Du weißt ja, wie lange es dauert, sich dementsprechend zu kleiden."

„Wann bist du am Club angekommen?"

„Herr Lippens hat mich kommen sehen. Es war um drei Uhr nicht mehr ganz dunkel, aber ich habe ihn nicht bemerkt. Ich war ja auch mit Einparken beschäftigt."

„Und dann?"

„Dann habe ich gewartet."

„Im Auto?"

„Ja, ich dachte ja, dass er jeden Augenblick kommen wird."

„Du hast zwei Stunden im Auto gesessen?" Frieda sah sie ungläubig an.

„Ich bin eingeschlafen."

„Eingeschlafen?" Frieda schüttelte den Kopf.

„Als ich wach wurde, war es bereits hell und dann sah ich jemanden weglaufen."

„Wen?"

„Das weiß ich nicht. Ich sah die Gestalt nur von hinten."

„War es ein Mann oder eine Frau?"

„Das weiß ich nicht und ich habe mir darüber in dem Moment auch keine Gedanken gemacht. Es war fast fünf Uhr und Sunny war nicht aufgetaucht. Ich war ärgerlich, dass er mich hatte kommen lassen, und von ihm war weit und breit nichts zu sehen. Bevor ich aber nach Hause fuhr, wollte ich nachsehen, ob er vielleicht doch noch im Club war. Ich bin durch den Torbogen, weil ich durch die Hintertür sehen wollte. Als ich im Hof war, sah ich ihn dort liegen. Er war tot und für einen Moment glaubte ich, ohnmächtig zu werden. Es war keine Menschenseele zu sehen oder zu hören. Mir schossen die verschiedensten Gedanken durch den Kopf und dann nahm ich sein Handy, das neben ihm lag, steckte es ein und rannte weg, als diese Putzfrau plötzlich schrie wie am Spieß."

„Hast du Sunny Lippens getötet?"

„Nein, Frieda, wie oft soll ich das noch sagen. Nein, ich habe Sunny nichts getan. Er lag bereits dort, als ich in den Hof kam."

„Lara, es gibt niemanden, der deine Aussage auch nur im Entferntesten bestätigt."

„Ich weiß, aber ich habe Sunny nicht getötet. Bitte", Lara griff nach Friedas Hand, „bitte glaub mir!"

„Kannst du die Person, die du hast weglaufen sehen, genauer beschreiben?"

„Nein, ich wusste doch nicht, dass es wichtig sein würde, mir Einzelheiten einzuprägen." Verzweifelt packte Lara fester zu.

„Du bist Polizistin, Lara, du hast gelernt, deine Umwelt genau zu beobachten!"

„Aber ich war doch nicht als Polizistin dort." Tränen liefen über ihr Gesicht.

„Dann wurdest du zu einer unbekannten toten Person gerufen." Frieda erinnerte sich daran, dass Lara auf sie in keiner Weise auffällig gewirkt hatte.

„Ja, ich kam gerade zur Tür herein, als der Anruf erfolgte. Ich habe mir den Bart und die Perücke heruntergerissen, mir andere Unterwäsche angezogen …"

„Und warst vor mir dort."

„Ja, ich kenne mich halt besser aus."

„Deine Selbstbeherrschung ist bewundernswert."

„Glaub mir, Frieda, das ist das Erste, was ich gelernt habe. Niemandem meine wahren Gefühle zu zeigen. Ich habe um Sunny geweint, aber nicht am Sonntagmorgen um sechs Uhr im Hinterhof des *Trans*Later*."

„Warum hast du das Handy mitgenommen?"

„Ich hatte Angst davor, dass mein Doppelleben herauskommen würde." Lara wurde von heftigem Schluchzen geschüttelt.

„Wir haben die Telefonliste von Sunny Lippens bekommen. Der Einzelnachweis zeigt, dass sein letzter Anruf um zwei Uhr dir galt. Deine Handynummer ist kein Geheimnis." Frieda drückte einen Knopf an der Wand und ließ Lara zurück in die Zelle bringen.

„Und jetzt?" Sascha war in den Raum getreten.

„Wir gehen jetzt alle Aussagen minutiös durch, vielleicht finden wir Hinweise, die Lara entlasten."

„Okay, Frieda, leg dich einige Stunden aufs Ohr, ich fange schon mal an. Du siehst wirklich schrecklich aus." Sascha sah auf die Uhr, dabei strich er sich immer wieder über seinen riesigen Schnurrbart, der ihm das Aussehen eines kranken Walrosses verlieh. „Um zehn Uhr ist Lagebesprechung."

•

Frieda fühlte sich nicht wirklich erfrischt, als sie um kurz vor zehn im Besprechungsraum erschien. Ihr Kollege war immer noch da und positionierte gerade das Schaubild. Frieda erkannte auf den ersten Blick, dass er die Zeit genutzt hatte, um verschiedene Alibis zu überprüfen und die dazugehörigen Personen endgültig von der Liste der Verdächtigen zu streichen.

„Sind die Römers die Einzigen, die übriggeblieben sind?"

„Ja, sie geben sich gegenseitig ein Alibi und dies ist durch dritte Personen nicht zu verifizieren."

„Wir brauchen Kollegen, die die Personenüberwachung übernehmen. Kümmerst du dich darum, Sascha?"

Als ihr Kollege zum Hörer griff, erschien ihr Chef im Türrahmen und fast gleichzeitig klingelte sein Handy, das er genervt ans Ohr hielt. Er wirkte zunehmend bestürzt und Frieda wartete gespannt.

„Lara hat versucht, sich umzubringen." Er sah Frieda an, als hätte sie ihrer Kollegin die Schlinge um den Hals gelegt.

„Ist das als Schuldeingeständnis zu werten?"

„Quatsch, Sascha, vermutlich war es nichts anderes als pure Verzweiflung. Was ist passiert?" Sie wandte sich an Thomas Neuenschildt.

„Sie hat sich bei der Aufnahme im Untersuchungsgefängnis offenbar eine Büroklammer vom Schreibtisch mitgenommen und sich damit die Pulsadern aufgeritzt. Als ihre Zellengenossin von einer Therapiesitzung zurückkehrte, hat sie Lara gefunden und die Vollzugsbeamten gerufen. Lara liegt auf der Krankenstation."

„Wir fahren zu ihr." Frieda nahm das Nicken ihres Vorgesetzten nur aus den Augenwinkeln wahr und stürmte auf den Flur.

Ihr Kollege erreichte sie erst kurz vor dem Ausgang und rang nach Luft, als er sich auf den Beifahrersitz des Dienstwagens fallen ließ.

Frieda steuerte wortlos durch den Verkehr und Sascha fasste immer wieder unbemerkt an sein Medaillon, das er um den Hals trug.

„Bist du eigentlich immer so rasant unterwegs?" Er hielt seinen Blick stur geradeaus gerichtet.

„Eigentlich fährt Lara immer." Frieda lenkte in eine Parkbucht und sah ihren Kollegen freudlos an.

„Mal sehen, wie lange die Sicherheitsformalitäten heute dauern. Wenn die Dumpfbacke Mahler Dienst schiebt, dann brauchen wir Geduld." Sascha drückte auf den Knopf neben dem grünen Metalltor.

Innerhalb des Tores sprang eine Tür auf und sie traten in einen kleinen Vorhof. Rechts von ihnen befand sich der Eingang in den Verwaltungstrakt und sie öffneten die Milchglastür. Sie blieben vor einem dunklen, abgewetzten Tresen stehen und sahen sich um. Von der Person, die den Türöffner betätigt hatte, war weit und breit nichts zu sehen.

„Ahnte ich es doch, dass uns die Dumpfbacke nicht erspart bleibt", wisperte Sascha Frieda zu.

„Abwarten." Frieda beugte sich über den Tresen.

„Na, die Kollegin hat es aber eilig, kann es ja kaum erwarten." Der Kollege, der mit gönnerhafter Stimme sprach, hatte an seinem Gürtel sämtliche Insignien der Macht versammelt: Handschellen, sein Pistolenholster, Pfefferspray und, nicht zu überhören, einen dicken Schlüsselbund. „Ich nehme mal an, dass Sie die Fricke auf der Krankenstation besuchen wollen."

Frieda stellte sich vor, wie sie ihm in die Nasenlöcher greifen würde, um ihn an sich zu ziehen, würde er auch nur im Entferntesten eine abwertende Bemerkung über Lara machen. Aber das passierte nicht und so entspannte sie sich langsam. Er nickte ihnen kurz zu, als eine Vollzugsbeamtin kam, um sie zur Krankenstation zu führen.

Lara lag allein in einem Vierbettzimmer. Ihr Gesicht hob sich weiß von dem hellblauen Kopfkissen ab. Ihre bandagierten Arme lagen neben ihrem sich abzeichnenden Körper auf der Bettdecke. Sie hatte die Augen geschlossen und schien zu schlafen.

„Hallo", sagte Frieda leise und berührte sanft ihre Schulter. Sascha hatte sich auf einen Stuhl neben der Tür zurückgezogen.

„Hallo", erwiderte Lara kaum hörbar, ohne die Augen zu öffnen.

„Du traust mir offenbar nicht zu, Beweise für deine Unschuld zu finden." Frieda hoffte, dass Lara den leisen Spott nicht als Angriff empfinden würde.

„Na, dann mal los!" Laras Mundwinkel verzogen sich leicht. „Ich möchte nämlich nach Hause, um mit dir noch mal das *Trans*Later* unsicher zu machen."

Nun war es an Frieda zu lächeln. „Ist dir noch etwas eingefallen, das hilfreich für uns wäre?"

„Uns?"

„Ja, Sascha ist mit an Bord."

„Hi, Lara." Sascha war aufgestanden, aber neben seinem Stuhl stehengeblieben.

„Hi, Sascha." Lara hielt die Augen weiter geschlossen.

„Also, hast du noch etwas für uns?" Frieda setzte sich auf die Bettkante. „Irgendetwas, irgendjemand im *Trans*Later*, der dir aufgefallen ist?"

„Du kannst mir glauben, dass ich mir unentwegt das Hirn zermartere, aber mir fällt nichts mehr ein. Ich wünschte, Sunny hätte die Karate-Tussi niemals kennengelernt. Ich hatte von Anfang an das Gefühl, dass sie ihm kein Glück bringt. Wenn ihr die sozialen Kontakte unserer Verdächtigen abgeklopft habt und es niemanden sonst mit einem Faible für asiatische Kampfsportarten gibt, würde ich mir Carolin Römer vorknöpfen. Die Frau ist kalt wie eine Hundeschnauze und abgezockt bis hinter die Ohren."

„Könnte es sein, dass du voreingenommen bist?"

„Vielleicht, aber ich bin immer noch Polizistin genug, um ihrer freundlichen Fassade nicht zu trauen." Lara öffnete die Augen. „Bitte, Frieda, finde das Loch in ihrem Alibi."

„Wenn es überhaupt ein Loch gibt." Frieda stand auf und beugte sich zu Lara hinunter. „Und du wartest bitte gefälligst mit irgendwelchen dramatischen Aktionen, bis unsere Ermittlungen abgeschlossen sind."

„Ja, ja. Die halbe Abteilung denkt sowieso, dass ich Sunny getötet habe und mich der Verantwortung entziehen wollte. Nicht wahr, Sascha?"

Der Angesprochene hob die Augenbrauen, erntete einen vielsagenden Blick von Frieda und schwieg.

„So, nun müssen Sie gehen, die Patientin braucht Ruhe. Kommen Sie morgen wieder, wenn Sie weitere Fragen haben." Ein junger Arzt komplimentierte sie hinaus.

„Hat sie viel Blut verloren?“ Frieda ließ es sich nicht nehmen, vor der Krankenzimmertür nach Laras Befinden zu fragen.

„Genug, um ihr eine Transfusion zu verabreichen.“ Er sah die Beamten streng an. „Sie wird einem Psychiater vorgestellt, denn ich kann die Suizidgefahr bei ihr nicht einschätzen. Ich möchte nicht, dass sie aufgrund ihrer psychischen Belastung einen erneuten Versuch startet.“

Damit waren sie endgültig entlassen und sie holten sich im Aufnahmebereich ihre Waffen und Handys ab.

„Ich könnte jetzt etwas essen.“

„Später, wir fahren direkt zu Santiagos Sicherheitsdienst.“ Frieda fädelte sich in den Verkehr ein.

•

Als Frieda die Dame an der Rezeption nach Carlos Santiago fragen wollte, öffnete sich eine der Bürotüren und ein Mann trat heraus.

„Herr Pratt!“

Frieda schlug sich innerlich vor die Stirn. Die Information von Conny Frantzen, dass er einen Sicherheitsdienst mit der Türsteherfunktion beauftragt hatte, fiel ihr siedend heiß wieder ein. Wie hatte sie das vergessen können!

„Sie kennen meinen Mitarbeiter?“ Santiago stand lächelnd hinter seinem Bodyguard.

„Ja.“ Frieda sah zu ihrem Kollegen. „Ja, wir haben an seinem Arbeitsplatz *Trans*Later* miteinander gesprochen.“ Sie lächelte nicht. „Wir haben noch einige Fragen an Sie beide.“

„An mich auch?“

„Ja, Herr Pratt, an Sie auch. Halten Sie sich bitte zu unserer Verfügung und verlassen Sie dieses Haus nicht, bevor wir bei Ihnen waren!“

„Okay, Sie sind die Polizei." Er drehte sich um und verschwand wieder in dem Büro, während Carlos Santiago auf sie zukam.

„Gibt es Probleme, Frau Kommissarin?" Er wies zu seinem Büro und sie traten ein.

„Mord ist immer ein Problem, meinen Sie nicht?" Friedas Gelassenheit drohte sich ob des Schlafmangels und der immer noch andauernden Hitze zu verabschieden.

„Natürlich, so habe ich es nicht gemeint. Ich habe mich nur gefragt, was Sie von Georg möchten."

„Am CSD-Wochenende war Ihr Mitarbeiter Herr Pratt im *Trans*Later* im Einsatz?" Frieda überging seine Frage.

„Ja."

„Haben Sie so etwas wie einen schriftlichen Einsatzplan?"

„Natürlich, allerdings nicht auf Papier." Santiago deutete auf seinen Computer. „Aber ich kann Ihnen die Übersicht gern ausdrucken."

„Bitte, tun Sie das." Sascha schaltete sich erstmalig ein.

Wenige Augenblicke später hielten sie ein Blatt Papier in den Händen.

„Hier steht allerdings nicht, bis wann Herr Pratt genau dort beschäftigt war." Frieda wies mit dem Finger auf die letzte Zeile. „Hier ist nur der Dienstbeginn vermerkt."

„Dann hat er wohl vergessen, das nachzutragen." Santiagos Augen fixierten den Bildschirm. „Da müssen Sie ihn selbst fragen."

„Sie wussten von den privaten Besuchen Ihrer Mitarbeiterin Frau Römer im *Trans*Later*?" Frieda wechselte blitzschnell das Thema.

„Wie bitte?" Santiago schien einen Moment verunsichert zu sein.

„Frau Römer verkehrte regelmäßig in dem Club."

„Das wusste ich nicht." Santiago stockte. „Mir war lediglich bekannt, dass Caro mal Zeit ohne ihren Mann verbringen wollte. Mit wem oder wo sie unterwegs war, entzieht sich meiner Kenntnis."

„Ist es bei Ihnen üblich, dass Sie Ihren Mitarbeitern falsche Alibis geben?"

„Frau Leippold, ich bitte Sie. Sie wollen doch eine kleine Gefälligkeit nicht gleich als ‚falsches Alibi' bezeichnen!"

„Gehören kleine Gefälligkeiten zum Umfang Ihres Sicherheitsdienstes?" Frieda wurde ärgerlich.

„Nein, es war eine besondere Ausnahme, die ich für Caro gemacht habe. Wir sind schließlich ein seriöses Unternehmen." Santiago strich sich unsichtbare Haare aus der Stirn.

„Ist Frau Römer heute im Dienst?"

„Nein. Heute hat sie frei. Kann ich Ihnen sonst noch helfen?"

Frieda ignorierte ihn und wandte sich stattdessen an Sascha. „Informiere bitte die Einsatzkräfte, damit sie Frau Römer abholen. Und beantrage gleich einen Durchsuchungsbefehl für die Wohnung und die dazugehörigen Räume im Haus."

Ihr Kollege nickte und zückte umgehend sein Handy, um die Kollegen, die seit heute Morgen die Personenüberwachung durchführten, aufzufordern, Carolin und Charly Römer zur Vernehmung ins Präsidium zu bringen.

Santiago beobachtete alles mit großer Aufmerksamkeit.

Sascha drehte sich kurz um und nickte, bevor er das Büro verließ. Santiago sah die schweigsame Frieda fragend an.

„Kleine Vorsichtsmaßnahme." Sie lächelte. „Wir wollen schließlich nicht, dass Sie aus lauter Gefälligkeit zum Telefon greifen."

„Für wie blöd halten Sie mich eigentlich?"

„Sie sind sicherlich nicht blöd, Herr Santiago, aber mit großer Wahrscheinlichkeit sehr loyal."

Friedas Handy vibrierte und sie nahm es aus der Gürtelhalterung. Mit ausdruckslosem Gesicht nahm sie die Nachricht entgegen.

„Sollte sich Frau Römer bei Ihnen melden, informieren Sie uns umgehend. Sollten Sie an uns vorbeiarbeiten, Herr Santiago, wird sich das nicht vorteilhaft auf Ihren Sicherheitsdienst auswirken."

Frieda wandte sich ab.

„Warten Sie, Frau Leippold!" Carlos Santiago war aufgesprungen. „Caro hat für nächste Woche Urlaub genommen, sie wollte ausspannen." Bevor Frieda fragen konnte, fügte er schnell hinzu: „Nein, ich weiß nicht, ob sie zu Hause bleiben oder wegfahren wollte. Das hat sie mir nicht gesagt."

„Wenn Ihnen noch etwas einfällt, rufen Sie mich an." Frieda reichte ihm ihre Visitenkarte und ging.

An der Rezeption wartete Sascha in Begleitung von Georg Pratt auf sie.

„Wir nehmen Sie mit zur Vernehmung ins Präsidium."

Bevor der Türsteher etwas erwidern konnte, hatte Sascha ihn fest am Arm gepackt und die Richtung vorgegeben.

•

„Wo ist Ihre Frau?"

„Keine Ahnung." Charly Römer zuckte lässig mit den Achseln und sah an Frieda und ihrem Kollegen vorbei an die Wand.

„Wann haben Sie Ihre Frau zuletzt gesehen?"

„Heute Morgen beim Frühstück."

„Machen Sie sich keine Sorgen?"

„Caro kann ganz gut allein auf sich aufpassen." Stolz schwang in seiner Stimme. „Die kennt keine Angst."

„Wovor sollte Ihre Frau Angst haben?"

„Ich meinte das ganz allgemein." Charly Römers Augenlider flatterten einen Moment.

„Haben Sie Angst?"

„Wie meinen Sie das? Verstehe ich nicht.“ Er rutschte auf seinem Stuhl nach vorne.

„Das ist doch eine ganz einfache Frage.“ Frieda stützte ihre Ellenbogen auf den Tisch, der zwischen ihnen stand, und sah ihn lächelnd an.

„Wovor sollte ich denn wohl Angst haben?“ Er bekam hektische Flecken im Gesicht.

„Zum Beispiel davor, dass Sie sie nie wiedersehen.“

„Quatsch.“ Charly Römer entspannte sich zusehends.

„Wenn Sie wissen, wo sich Ihre Frau aufhält, brauchen Sie davor natürlich keine Angst zu haben.“

Statt zu antworten, lächelte er spöttisch.

„Aber Sie wissen vielleicht nicht, in welcher Begleitung Ihre Frau verschwunden ist.“

„Was soll das?“ Charly Römers Stimmung hatte schlagartig gewechselt und er sah Frieda wütend an.

„Na ja, Sie wissen offensichtlich so einiges erst viel später als andere.“ Frieda sah ihm eine Weile schweigend dabei zu, wie er nervös unsichtbare Fussel von seinem T-Shirt zupfte. „Herr Santiago wusste von den Verabredungen Ihrer Frau mit Sunny Lippens lange vor Ihnen. Er hatte mit Ihrer Frau eine Vereinbarung, die es ihr ermöglichte, sich so oft und so lange mit ihrem Geliebten zu treffen, wie sie wollte.“

„Sie meinen, dass er mich angelogen hat, wenn ich im Büro angerufen habe, um mich zu erkundigen, warum meine Frau noch nicht zu Hause ist?“ Er schnappte nach Luft wie ein Karpfen auf dem Trockenen.

„So ungefähr, ja.“

„Mistkerl.“

„Ihre Frau wollte Sie verlassen, Herr Römer.“

„Pah, vielleicht wollte sie das irgendwann mal, aber jetzt ganz bestimmt nicht mehr.“

„Nein? Was macht Sie so sicher?“

„Ich weiß es eben.“ Charly Römer verschränkte die Arme vor der Brust und lehnte sich zurück.

„Sind Sie sich Ihrer Frau sicher, weil Sunny Lippens tot ist?"

Charly Römer machte eine wegwerfende Handbewegung. „Was ich von dieser schmierigen Fotze gehalten habe, sagte ich Ihnen bereits."

An dem Wandtelefon blinkte eine Lampe auf und Frieda erhob sich. „Vielleicht möchten Sie noch ein wenig nachdenken. Möglicherweise fällt Ihnen noch etwas ein."

Frieda verließ den Raum und ging nach nebenan zu ihrem Kollegen.

„Die Spurensicherung hat sich gemeldet. In der Wohnung sind keine persönlichen Dokumente von Carolin Römer zu finden, ebenso hat sie fast ihre gesamte Kleidung mitgenommen."

„Wie konnte sie entwischen?"

„Sie hat in einem neutralen Wagen der Sicherheitsfirma die Tiefgarage verlassen."

„Verdammt!" Frieda ärgerte sich maßlos. „Wie bist du darauf gekommen?"

„Ein Streifenwagen hat einen dunkelblauen Kombi in der Nähe der Jugendherberge am Rhein abgestellt gefunden. Der Schlüssel steckte in dem ansonsten leeren Fahrzeug. Die Kollegen haben das Kennzeichen überprüft und festgestellt, dass der Van auf die Sicherheitsfirma *Santiago&Römer* zugelassen ist. Carlos Santiago hat gerade am Telefon bestätigt, dass es ein Firmenwagen ist und Carolin Römer ihn ausgeliehen hatte."

„Wir lassen Römer ein wenig schmoren und knöpfen uns Georg Pratt vor." Frieda war schon auf dem Weg.

Der Angestellte der Sicherheitsfirma saß in einem weiteren Vernehmungsraum, in dem die Luft stand und Georg Pratt der Schweiß in Strömen lief.

„Ist das hier eine moderne Form der Folter?", keuchte er, als Frieda sich setzte.

„Wir leiden alle unter dem Wetter. Mein Kollege wird uns Wasser bringen."

Tatsächlich trat Sascha beladen mit einem Sechserpack Wasserflaschen und drei Gläsern ein.

„Frau Römer ist verschwunden. Haben Sie eine Idee, wo sie sein könnte?" Frieda trank ihr Glas aus, ohne es abzusetzen.

„Caro ist weg?" Georg Pratt sah sie ungläubig an. „Das kann ich mir nicht vorstellen."

„Wann haben Sie Ihre Chefin zuletzt gesehen?"

„Gestern. Sie trainierte an einem Boxsack in unserem Fitnessraum."

„Und haben Sie Ihre Chefin auch öfter im *Trans*Later* gesehen?"

Georg Pratt murmelte etwas Unverständliches.

„Ich kann Sie nicht verstehen."

„Ja, ich habe sie dort gesehen."

„Gehörte sie zu den Stammgästen?"

„Kann man so sagen."

„Und Sie haben Carolin Römer in der Nacht des Todes von Sunny Lippens auch dort gesehen?"

„Ja."

„Wann hat sie den Club verlassen?"

„Es muss so um ein Uhr gewesen sein. Das war ungewöhnlich früh für sie, aus dem Grund ist es mir wahrscheinlich auch aufgefallen."

„Ist Carolin Römer zur Vorder- oder zur Hintertür rausgegangen?"

„Sie ist vorne raus. Mein Job ist es, die Eingangstür im Auge zu behalten. Für den Hinterausgang bin ich nicht zuständig."

„Wer war denn zuständig?"

„Am CSD-Wochenende ist die Hintertür eigentlich auch besetzt, aber meine Kollegin Vanessa hatte sich am Nachmittag beim Sport das Bein gebrochen und rief aus dem Krankenhaus an, um uns Bescheid zu geben. Carlos konnte so kurzfristig niemanden mehr finden und so war nur ich dort."

„Haben Sie Frau Römer zu einem späteren Zeitpunkt noch mal gesehen? Sie hätte also durch den unbeaufsichtigten Hinterausgang zurückkommen können?" Frieda blickte den Türsteher aufmerksam an, der nur den Kopf schüttelte und mit den Achseln zuckte.

„Herr Pratt, haben Sie einen Streit zwischen Carolin Römer und Sunny Lippens mitbekommen?"

„Nein."

„Ist Ihnen etwas im Hinterhof aufgefallen?"

„In der beginnenden Nacht ging es dort zu wie in einem Taubenschlag. Ein ständiges Kommen und Gehen."

„Und gegen Morgen? Wie lang ging eigentlich Ihr Dienst?"

„Ich bin gegangen, kurz bevor die Putzfrau kam. Da war da hinten nichts mehr los. Mein Motorrad stand im Durchgang und als ich es vom Bock schob, rannte ein Kerl in die Maschine und ich bin samt meinem Schätzchen hingefallen."

„War es einer dieser Männer?" Frieda legte ihm Bilder von Helmut Lippens und Max Fricke vor.

„Ich weiß es nicht, denn ich hatte meinen Helm auf und nicht damit gerechnet, dass ich mich auf die Nase legen würde." Er zog die Bilder wieder zu sich. „Nein. Den hier kenne ich aus dem Club", er tippte auf das Foto von Max Fricke, „der ist zu klein. Nein. Nein, der war es nicht. Den anderen habe ich noch nie gesehen." Er schob die Aufnahmen wieder zurück. „Vielleicht hilft Ihnen weiter, dass sich der Kerl an einer Fußraste meines Motorrades die Hose aufgerissen hat. Ich habe es deutlich gehört. Vermutlich hat er nicht nur eine zerrissene Hose, sondern auch einen ordentlichen Kratzer am Bein davongetragen." Grimmig blickte Georg Pratt auf den Tisch. „Bis ich meine Maschine aufgehoben und aufgebockt hatte, war der Kerl verschwunden."

„Sind Sie sich sicher, dass es ein Mann war?"

„Klar, sein Schweiß stank dermaßen nach Pumakäfig, zu so was ist eine Frau nicht fähig."

„Wo könnte sich Frau Römer aufhalten, Herr Pratt?"

„Caro haut nicht einfach ab. Das würde sie niemals tun!"

„Frau Römer steht unter dem Verdacht, für den Tod von Sunny Lippens verantwortlich zu sein. Das ist doch ein guter Grund abzuhauen."

„Sie meinen, Caro hat Sunny umgebracht?" Georg Pratt starrte Frieda an, als würde er an ihrem Verstand zweifeln. „So, wie ich das gesehen habe, war Caro hoffnungslos verliebt in Sunny. Warum sollte sie Sunny also etwas antun?"

„Weil Sunny sie verlassen wollte, zum Beispiel."

„Ach, Sunny flirtete gern auch mit anderen Frauen. Wenn es Caro zu viel wurde, haben die beiden Tacheles miteinander geredet und es war wieder alles im Lot." Georg Pratt schüttelte den Kopf. „Und selbst wenn, Caro hätte sich eine Weile ihre Wunden geleckt und dann hätte sie jemand anderen gefunden. Caro konnte jede und jeden haben und Sunny Lippens war nicht der Nabel der Welt." Er sah nachdenklich aus, als er fortfuhr: „Charly würde sie freiwillig nicht gehen lassen, er ist fixiert auf seine Frau. Warum glauben Sie wohl muss Caro sich hin und wieder eine Auszeit zum Luftholen nehmen? Charly erstickt Caro. Sie wollte ihn bereits vor ungefähr drei Jahren verlassen, da hat er ihre Katze genommen und sie über die Balkonbrüstung gehalten und gedroht, sie fallenzulassen."

„Was bedeutet ‚Auszeit nehmen'?"

„Caro hat eine kleine Hütte im Hunsrück, ungefähr zwei Stunden mit dem Auto von hier. Davon weiß Charly nichts."

„Woher wissen Sie von der Hütte?"

„Sie hat mich für ein Wochenende mitgenommen und ich musste ihr schwören, dass ich ihrem Mann nichts von ihrem Schlupfwinkel erzähle.“

„Warum haben Sie uns das alles nicht von allein erzählt, Herr Pratt?“

„Frau Leippold, in unserem Job müssen wir uns blind aufeinander verlassen können und wir stehen auch in kritischen Momenten zueinander. Glauben Sie mir, wenn es Anhaltspunkte für mich gegeben hätte, dass Caro an dem Tod von Sunny beteiligt gewesen wäre, hätte ich mich bei Ihnen gemeldet. Aber so schien es mir nicht nötig zu sein.“

„Schreiben Sie mir bitte die Anschrift der Hütte auf.“

„Ich kenne nur die Koordinaten.“ Er nahm das Blatt, das Frieda ihm hinschob.

„Damit kommen wir auch klar. Sie können dann gehen.“

Als Georg Pratt den Raum verließ, reichte ein uniformierter Beamter Sascha einen Zettel. „Lara hat eine Nachricht geschickt. Es sei ihr erst jetzt eingefallen, dass sie ein Motorrad hat wegfahren sehen.“

„Das bestätigt die Aussage von Georg Pratt.“

„Ja, und Charly Römer will ohne einen Anwalt nichts mehr sagen.“

In diesem Moment vibrierte Friedas Handy.

„Das sind die Kollegen der Spurensicherung, mal hören, was sie wollen.“ Sie hielt das Gerät ans Ohr. „Okay, wir kommen sofort.“ Sie wandte sich an Sascha. „Wir sollen in die Wohnung Römer kommen.“

Bevor sie jedoch losfuhren, gab Frieda die Koordinaten an die Kollegen im Hunsrück durch, mit der Bitte, die Hütte zu durchsuchen und Carolin Römer festzunehmen, wenn sie sie dort antreffen würden.

•

„Verdammt, ich habe das Gefühl, dass uns die Zeit davonläuft." Frieda wischte sich müde über die Augen, während Sascha den Wagen durch den Verkehr lenkte. Er bog am Weidener Einkaufscenter von der Aachener Straße ab und hielt vor einem fünfstöckigen Gebäude. Die Fahrzeuge der Spurensicherung waren nicht zu übersehen, ebenso wenig die beiden uniformierten Polizisten, die vor dem Gebäude standen, um unliebsame Gaffer fernzuhalten. Die Menschen in den umliegenden Häusern und in diesem Haus selbst hatten schon längst bemerkt, was vor sich ging, und standen auf den Balkonen oder lagen in ihren Fenstern. Frieda blickte zu der Einfahrt in die Tiefgarage und beauftragte einen der Polizisten damit herauszufinden, ob es in der Tiefgarage Überwachungskameras gab und die Aufnahmebänder zu besorgen. Sie fuhren mit dem Fahrstuhl in den vierten Stock und wurden bereits erwartet.

„Hallo, Kollegen." Ein Beamter mit einem weißen Schutzanzug wies auf eine Kiste. Frieda und Sascha staffierten sich auch aus und folgten ihm in die Küche.

„Die Wohnung ist penibel aufgeräumt, alles hat seinen Platz. Eine Kleinigkeit fällt jedoch auf." Er zeigte auf eine Messerleiste über der Arbeitsplatte. „So wie es aussieht, fehlt dort ein Hackbeil. Der Hersteller hat Schablonen an den Stellen aufgebracht, an dem die Messer hängen. Wenn man mehrere benutzt, sieht man sofort, wo die einzelnen Stücke ihren Platz haben."

Frieda betrachtete die Lücke in der Leiste und ihr lief ein Schauer über den Rücken.

„Wenn ihr zwei mir bitte in den Keller folgen wollt." Der Kollege ging wieder voran. „Die Mieter oder Eigentümer dieses Hauses haben alle einen abgeschlossenen Kellerraum."

Im Keller waren weitere Kollegen der Spurensicherung beschäftigt.

„Hier geht es lang." Er wies auf eine geöffnete Tür. „Hier unten ist alles ebenso ordentlich aufgeräumt wie in der Wohnung."

Frieda sah verschiedene Hammer, Schraubenzieher in allen Größen und andere Werkzeuge an einer Wand aufgehängt. Auch hier waren die Plätze markiert.

„Was fehlt da?" Frieda wies auf eine Lücke.

„Eine kleine Handsäge und hier", der Kollege öffnete einen Schrank, in dem Bohrmaschinen aufbewahrt waren, „hier fehlt eine Flex."

„Das hört sich nach einem Massaker an." Sascha kratzte sich an seinem stoppeligen Kinn.

„Wir brauchen einen Durchsuchungsbeschluss für das gesamte Haus." Frieda sah sich um. „Was hat Carolin Römer vor?"

Ein weiterer Polizist in einem Schutzanzug trat in den Keller. „Frau Leippold, wir haben in der Dusche Blut gefunden, als wir den Siphon herausgenommen haben. Wem das Blut zuzuordnen ist, können wir im Moment noch nicht sagen. Ich habe es aber schon ins Labor geschickt."

„Danke." Frieda überlegte. „Vielleicht hat Carolin Römer das Haus nicht freiwillig verlassen. Vielleicht ist sie hier noch irgendwo."

„Vielleicht kann sie das Haus gar nicht mehr verlassen." Frieda sah, wie unwohl Sascha bei dem Gedanken wurde.

Der Polizist, der sich um die Überwachungskameras kümmern sollte, trat auf Frieda zu: „Sie können sich die Aufzeichnungen in der Hausmeisterbude ansehen."

Frieda und Sascha folgten ihm durch den Keller in die Tiefgarage. Neben der Ausfahrt sahen sie eine Art Glaskasten und traten ein. Sofort sprang ein Mann in einem grauen Kittel auf.

„Sie sind der Hausmeister?" Frieda streckte ihm die Hand hin.

„Ja."

„Und Sie bewahren hier die Aufzeichnungen der Überwachungskamera auf?"

„Ja, wir haben im Haus nicht nur in der Garage Kameras, sondern auch in den Aufzügen und im Keller."

„Dann zeigen Sie mal."

Frieda setzte sich an einen Schreibtisch, der mit sechs Monitoren bestückt war. Sie sah die Tiefgarage in zwei verschiedenen Ansichten, zwei Fahrstühle und den Keller aus verschiedenen Einstellungen.

„Hier können Sie die Aufnahmen von gestern Abend und der Nacht sehen." Der Hausmeister drückte auf einen Knopf und ein weiterer Monitor, der in sechs Einzelfelder aufgeteilt war, leuchtete auf. Sie sah Charly Römer in den Fahrstuhl einsteigen und im Keller aussteigen. Er tauchte dann in der Garage auf und bestieg den Van, der gefunden worden war, und fuhr mit ihm weg. Sie ließen das Band vorlaufen, bis eine Stunde später Charly Römer wieder zu Fuß in der Garage erschien und den Weg in umgekehrter Richtung zurück in seine Wohnung nahm.

„Die Kollegen sollen nach einem Taxi suchen, das ihn vielleicht in der Nähe des Rheins aufgenommen und hier abgesetzt hat." Frieda stand auf.

„Das ist noch nicht alles." Der Hausmeister wies auf den Monitor. „Als Herr Römer von der Tiefgarage ins Haus trat, wurden erst die Bilder aus dem Keller und dann aus einem der Fahrstühle schwarz."

„Abgeklebt?"

„Ich sag der Spusi Bescheid, die sollen das sofort untersuchen." Sascha verließ den kleinen Raum.

„Wie lange hat es denn gedauert, bis alle Kameras wieder ein einwandfreies Bild lieferten?" Frieda sah den Hausmeister an.

„Eine gute Stunde."

Friedas Handy vibrierte und sie nahm das Gespräch an. „Danke, ich komme." Sie stand erneut auf. „Der Beschluss für die Durchsuchung der gesamten Kellerräume wurde gerade erteilt. Bitte nehmen Sie Ihr Werkzeug und Ihre Schlüssel mit, Sie müssen uns alle Türen öffnen. Wir fangen mit den Kellerräumen an."

Frieda wartete an der frischen Luft auf den Ruf, der sie zurück ins Haus beordern würde. Es dauerte nicht lange, bis Sascha ihr winkte und knapp sagte: „Unten im Keller."

Sie folgte ihm die Treppe hinunter in einen der langen Gänge, wo sie zuvor schon gewesen waren. Die Tür des letzten Raumes stand offen und das Licht der Scheinwerfer, die bereits aufgebaut waren, ließ sie sich wappnen. Sascha gab ihr den Vortritt und Frieda zuckte zurück. Zu grell war das Licht und sie brauchte einen Moment, bis sie sich daran gewöhnt hatte. Es roch intensiv nach Desinfektionsmittel, was Frieda den Atem raubte. Der Raum war leer bis auf eine Gefriertruhe, die in einer Ecke stand, und das fehlende Werkzeug daneben. Der Deckel war geöffnet und die Beamten der Spurensicherung sahen sie an und nickten ihr zu. Frieda trat an die Gefriertruhe und blickte hinein. In vielen Gefrierbeuteln lag dort, ordentlich aufgereiht, die zerteilte Carolin Römer. In dem obersten Beutel lag ihr Kopf, das Gesicht von ihrem langen, schwarzen Haar umrahmt.

•

„Für heute macht ihr Feierabend!"

„Aber …" Frieda holte Luft.

„Nichts aber, es ist Freitagabend, 20 Uhr. Die Spurenlage muss nun ausgewertet werden. Soviel ich weiß, wimmelt es an dem Werkzeug und der Truhe in dem Kellerraum von den Fingerabdrücken Charly Römers.

Er ist hier unten bei uns sicher verwahrt und kann genauso gut morgen früh befragt werden. Dann seid ihr beiden wieder frisch und im Vollbesitz eurer Kräfte." Thomas Neuenschildt sah nicht so aus, als würde er diskutieren wollen. „Wie ihr ausseht, muss ich ja wohl nicht ausdrücklich erwähnen." Er lächelte. „Wir konnten zwei Tatverdächtige dingfest machen und warten jetzt auf die Ergebnisse aus der Gerichtsmedizin und dem Labor. Punkt. Abmarsch!"

Frieda erhob sich schwerfällig, jeder Knochen in ihrem Körper schien Zentner zu wiegen und sie schleppte sich zum Aufzug. Statt aber nach Hause zu fahren, nahm sie den direkten Weg zur Gerichtsmedizin. Als sie den Obduktionssaal eins betrat, warf ihr Lars einen schnellen Blick zu und konzentrierte sich wieder auf das, was auf seinem Tisch lag.

„Guten Abend, Frieda. Willst du dir das hier wirklich heute Abend noch antun?"

Sein Assistent holte unaufgefordert einen Stuhl und wies Frieda an, Platz zu nehmen.

„Ich wollte schon eine Vermisstenanzeige aufgeben."

„Du willst doch nicht behaupten, dass du dir Sorgen machst, wenn ich mich mal einen Tag nicht bei dir melde."

„Genau das wollte ich sagen, Frieda."

Sie schwieg und sah ihm dabei zu, wie er den Kopf Carolin Römers aus einer Schüssel auf seinen Tisch legte. Frieda musste kräftig schlucken. Der Assistent kämmte das Haar aus und sicherte Flusen, die er in ein Plastiktütchen steckte. Lars sah ihm dabei zu und zog dann eine Haarsträhne zur Seite.

„Stumpfe Verletzung des Schädels, das umliegende Haar ist blutverklebt. Dieser Schlag kann nicht tödlich gewesen sein, hat aber vermutlich zur Bewusstlosigkeit geführt. Der Kopf wurde post mortem sauber vom Hals getrennt. Ein Abdruck der Wundränder wird zeigen, ob das Wundmuster mit der am Fundort gefundenen Flex übereinstimmt. Ebenfalls am Hals zu sehen ist eine bräunliche Verfärbung, die den Hals umschließt. Dies ist das typische Bild einer Strangulation. Die hervorgequollenen Augäpfel und die Einfärbung in den Augen lassen den vorläufigen Schluss zu, dass die Frau aufgrund der Strangulation zu Tode gekommen ist. Genaue Ergebnisse können morgen meinem Untersuchungsbericht entnommen werden."

„Warum diese furchtbare Gewalt, Lars?"

„Ich bin kein Psychiater, aber gegen eine Affekttat spricht meiner Meinung nach, dass ein separater Kellerraum mit einer Kühltruhe vorbereitet war und nichts, außer dieser Frau, darin gefunden wurde. Das bedeutet, dass die Tat geplant war und vorbereitet wurde."

„Aber warum musste sie zerstückelt werden?"

„Hass, Rache, Wut, frag euren Psycho." Lars sah Frieda besorgt an. „Auf meinem Schreibtisch liegt ein Schlüssel mit einem kleinen Golfball daran. Damit fährst du jetzt in meine Wohnung und ich komme nach, sobald ich hier fertig bin, okay?"

Frieda hielt die Augenlider nur noch mühsam offen.

„Und du nimmst dir ein Taxi! Deinen Wagen können wir morgen abholen."

•

„In Ihrer Wohnung wurde eine schwarze Jeans mit einem Riss im unteren Hosenbein gefunden. An der Hose befand sich Motorenöl, das dem Motorrad von Herrn Pratt zweifelsfrei zugeordnet werden konnte, ebenso wie die Schmutzrückstände an der Jeans. An ihrem linken Bein wurde eine Verletzung festgestellt, die mit dem Riss in Ihrer Hose identisch ist, Herr Römer. Sie waren kurz vor dem Zeitpunkt des Todes Sunny Lippens' im Hinterhof."

„Na und? Dann war ich eben da."

„Sie haben uns bei der ersten Befragung etwas anderes gesagt. Warum?"

Charly Römer zuckte nur mit den Achseln.

„Ihre Frau hat uns auch angelogen, denn sie hat Ihre Geschichte bestätigt."

„Erzählen Sie uns, was in der Nacht im Hof des *Trans*Later* geschehen ist." Frieda war froh, dass Sascha neben ihr saß.

„Ich bin meiner Frau auch an dem Abend gefolgt. Ich habe gewartet, mal hinter Autos gekauert, mal in dem Torbogen. Da kam dann plötzlich auch so ein schräger Vogel und drückte sich in den Schatten. Ich nahm an, dass es ein Spanner war, der sich eine kleine Peepshow gönnte. Ich ging also in den Hinterhof und versteckte mich da. Irgendwann kam dieser Türsteher raus, ich wurde nervös und rannte in dieses dämliche Motorrad, bevor ich mich wieder auf der Straße versteckte." Er rieb sich mit der Hand sein linkes Schienbein. „Direkt danach tauchte meine Frau am Torbogen auf, fast hätte sie mich entdeckt. Inzwischen war es schon ziemlich hell geworden. Ich hörte sie im Hinterhof reden und schaute um die Ecke. Caro quatschte mit dieser, diesem, ach ich weiß nicht, was, und fing an zu weinen. Ich konnte nicht verstehen, was Sunny sagte, aber meine Frau machte eine schnelle Bewegung mit dem Arm und der Typ fiel nach hinten. Meine Frau stand wie angewurzelt und ich stürzte auf sie zu, riss sie weg und sagte, dass sie sofort verschwinden soll. Ich würde mich um alles kümmern. Meine Frau zögerte, ich beugte mich runter und fühlte am Hals nach dem Puls. War nix. Ich nahm die Hand meiner Frau und wir rannten los. Mir ging der Arsch auf Grundeis, zumal ich Stimmen hörte."

„Sie sind zusammen nach Hause?"

„Nein, wir haben uns getrennt und sind auf verschiedenen Wegen zurückgekommen." Charly Römer sah Frieda verschlagen an. „Tja, und damit hatte ich sie in der Hand."

Sein Anwalt versuchte einen Einwand, doch Charly Römer bedeutete ihm mit einer wegwerfenden Handbewegung, dass er still sein sollte.

„Ihre Frau wurde gefunden, Herr Römer." Frieda blickte von Charly Römer zu seinem Anwalt.

„Meine Frau?" Charly Römer lachte hysterisch auf. „Das, was Sie gefunden haben, können Sie wohl kaum als meine Frau bezeichnen." Er gluckste. „Sie haben einen Haufen mageres Fleisch gefunden. Meine Frau ist weg!"

„Sie sagten gerade, dass Sie Ihre Frau in der Hand hatten?"

„Ja, es war ein einfacher Deal. Sie hatte die Wahl: Für immer bei mir zu bleiben oder ich würde die Polizei informieren." Er grinste über das ganze Gesicht. „Sie wollte natürlich nicht in den Knast." Sein Gesicht umwölkte sich. „Und dann kommt sie auf die Idee, sich doch tatsächlich ein paar Tage zurückzuziehen, um sich alles in Ruhe zu überlegen. Für wie blöd hat sie mich gehalten?" Er schlug mit der Faust auf den Tisch und Frieda zuckte zusammen. „Abhauen wollte sie! Ohne mich! Nein, meine Frau verlässt mich nicht, das lasse ich nicht zu." Er schüttelte schweigend den Kopf.

„Was ist dann geschehen?"

„Ich stand in der Schlafzimmertür und sie fing plötzlich an zu flennen wie ein Baby. Quatschte was davon, wie leid ihr alles tut. Ich dachte noch, dass sie uns meinte, aber nein, sie heulte wegen dem Freak. Sie jammerte rum, dass sie ihn doch gar nicht töten wollte, dass alles nur ein schrecklicher Unfall war. Das ganze Gewäsch drehte sich nur um sie selbst. Und ich? Ihr war es völlig egal, wie es mir ging. Sie hat sich einen Dreck um mich geschert. Dabei habe ich ihr die Stange gehalten. Ich habe sie geliebt und alles für sie getan. Gelogen habe ich, damit sie bei mir bleibt. Und wie dankt sie es mir? Wollte weg, ohne mich weg!" Charly Römer hatte sich in Rage geredet.

„Mir wurde ganz schlecht und sie packte weiter ihre Tasche. Sie hatte mich die ganze Zeit nicht angesehen, mir einfach den Rücken zugedreht. Was soll das? Das ist doch keine Art!“ Er atmete schwer. „Ich hatte plötzlich so eine dämliche Duftkugel in der Hand und habe sie nach ihr geworfen. Caro fiel hin und ich habe sie mir gegriffen. Habe ihr eines ihrer Seidentücher um den Hals gelegt und zugezogen. War ganz einfach.“ Er lächelte spöttisch. „Tja, meine ach so clevere Caro hatte keine Chance, sich zu wehren.“ Er atmete tief ein und setzte sich aufrecht hin. „Alles andere war ein Kinderspiel. Ich packte die Klamotten, warf sie in den Müllschlucker, zog mir was über und fuhr den Wagen an den Rhein. Am Reichensperger Platz nahm ich mir ein Taxi, holte Caro aus der Wohnung. Damit die blöden Kameras mich nicht aufnehmen konnten, hatte ich sie abgeklebt. Bis der Hausmeister kam und ihm die verklebten Kameras auffallen konnten, war ich fertig und längst wieder in der Wohnung. Ich hab mal auf 'nem Schlachthof gearbeitet, ich weiß, wie man einen Körper effektiv und schnell zerlegen kann. Die längste Zeit habe ich zum Saubermachen gebraucht.“

„In Ihrer Wohnung wurde ein separater Mietvertrag für einen zweiten Kellerraum gefunden, der nur von Ihnen unterschrieben war. Datiert auf den ersten Mai dieses Jahres. Wozu haben Sie den Raum angemietet?“ Frieda sah Charly Römer angeekelt an.

„Für den Notfall.“

„Welchen Notfall?“

„Der ja dann eingetreten ist.“

Frieda blickte ihn verständnislos an. „Welcher Notfall ist eingetreten?“

„Sie wollte mich verlassen.“ Charly Römer fing an zu weinen. „Dabei sollte sie doch immer bei mir bleiben.“

„Sie hatten geplant, Ihre Frau zu töten, für den Fall, dass sie Sie verlassen wollte?“

„Ich bin nicht davon ausgegangen, dass es wirklich passieren würde.“ Charly Römer blickte Frieda verzweifelt an.

•

Frieda hatte Lara zwei Wochen nach ihrer Einlieferung vom Krankenhaus abgeholt und die beiden Frauen saßen in Laras Küche und tranken Kaffee.

„Gute Arbeit!“

„Wenn ich gut gearbeitet hätte, würde Carolin Römer noch leben.“ Frieda wirkte nicht zufrieden.

„Die Entwicklung war nicht abzusehen, außerdem ging doch plötzlich alles rasend schnell.“

„Eine Frage habe ich noch. Warum hast du versucht, den Verdacht auf Conny Frantzen zu lenken?“

„Als der alte Lippens meinen Wagen beschrieb, den er in der Nacht gesehen hatte, geriet ich in Panik. Ich wollte dich ablenken und hoffte, dass es meiner Beziehung zu Conny nicht schaden würde.“

„Das verstehe ich nicht.“ Frieda rückte ihre Tasse zur Seite und stützte sich mit den Ellbogen auf den Tisch.

„Ich war mal für kurze Zeit im Kriminalkommissariat, das sich mit Fällen gegen die sexuelle Selbstbestimmung befasst.“

„Die gute alte Sitte.“ Frieda lächelte.

„Genau. Ich habe eine Beamtin der Prävention zu einem Elternabend in einer Grundschule begleitet. Dort war auch eine Psychologin, die davon berichtete, dass junge Kinder, die sexuelle Gewalt erleben, manchmal Menschen in ihrer Nähe beschuldigen, die sie sehr gern haben, die aber überhaupt nicht übergriffig waren. Die Kinder machen das wohl, um den wahren Täter zu schützen. Vor allem dann, wenn sie wenig Unterstützung in ihrer Familie erfahren oder der Täter zum Beispiel der neue Lebensgefährte der Mutter ist, die diesen als die Liebe ihres Lebens bezeichnet und sich nicht davon abbringen lassen wird, den neuen Partner zu glorifizieren. Da die Kinder aber unter großem Druck stehen und sich entlasten wollen und möchten, dass die Übergriffe aufhören, kommt es manchmal zu solchen Beschuldigungen. Kinder haben ihre ganz eigene Logik."

„Das wusste ich gar nicht. Das macht die Ermittlungsarbeit nicht einfacher." Frieda blickte nachdenklich. „Und du?" Sie nahm einen Schluck Cappuccino. „Wirst du zu uns zurückkommen, Max?"

„Ich glaube nicht, ich habe ein Angebot von einer Sicherheitsfirma bekommen."

„Das ist nicht dein Ernst?" Frieda starrte Max ungläubig an.

„Doch, und ich werde es wahrscheinlich annehmen." Max stand auf.

„Wovor hast du Angst?" Frieda wollte das nicht einfach hinnehmen. „Du bist doch nicht allein. Ich bin doch da und wir sind ein tolles Team. Ich finde nicht, dass du das so ohne Weiteres aufgeben kannst."

Max grinste und streckte die Hand aus. „Komm, wir schauen im *Trans*Later* vorbei und mischen den Laden ein bisschen auf!"

Band XIII
Leichen-Puzzle
Kriminalroman
Markus Dullin
12,90 €
978-3-89656-196-1

Auf Berliner Spielplätzen werden Körperteile gefunden. Eine Nase, zwei Ohren und Augen. Jede Woche kommt ein anderes Teil hinzu. Als der Kopf eines Mannes auftaucht, bestätigt sich ein grausamer Verdacht.

Band XIV
Operation Fledermaus
Kriminalroman
Sebastian Benedict
12,90 €
978-3-89656-210-4

Wien, Herbst 1932. Es wird gestohlen, betrogen, geraubt, gemordet und erpresst, um zu überleben. Lehrlinge verschwinden. Die Polizei ist überfordert. Ein klarer Fall für den „Kaffeehaus-Detektiv" Ferdinand Nowak.

Band XV
Eine Bratsche geht flöten
Kriminalroman
Inge Lütt
12,90 €
978-3-89656-212-8

Kurz vor dem großen Abschlusskonzert wird ein Bratscher vor dem Bachdenkmal tot aufgefunden. Hauptkommissarin Karin Rogner hat ihre Zweifel – und bald mehr als genug Verdächtige.

Band XVI
Mord am Wannsee
Kriminalroman
Markus Dullin
12,90 €
978-3-89656-213-5

Als Hauptkommissarin Monika Seyfarth in der Villa der 67jährigen Christin Wohlfahrt am Berliner Wannsee eintrifft, scheint der Fall schnell gelöst, doch jede Familie hat Leichen im Keller.

Band XVII
Fatale Treue
Kriminalroman
Heny Ruttkay
12,90 €
978-3-89656-221-0

Eine Serie von Männermorden bringt nicht nur die Polizei in Bedrängnis,sondern auch die Therapeutin Sophie Lambert

Band XVIII
Angst ist stärker als der Tod
Kriminalroman
Felix Haß
12,90 €
978-3-89656-235-7

Ein Toter in einer schwulen Szenebar – leider ausgerechnet im Stammlokal von Kommissar Steffen Lenz. Schade, dass er am Tatabend selbst dort Gast war und den Toten kannte.